春天的第一天

南西·塔克 著
呂玉嬋 譯

The First Day of Spring

Nancy Tucker

名家盛讚好評

情節緊扣人心，讓人不忍釋卷，敘事聲音令人感動又難忘。這本書不只讓我們了解一個孩子被逼上暴力之路的迷惘心理，也讓我們深刻思索愛與友誼的救贖力量。

——**《列車上的女孩》作者／珀拉．霍金斯**

陰鬱卻耀眼的處女作！作者懷著博大的胸懷，以細膩的筆觸描述一個備受疏忽和虐待的孩子的悲慘故事。如最緊張的驚悚小說一樣扣人心弦，如最私密的回憶錄一樣感人慈悲。我喜歡這本書。

——**《失蹤的女孩》作者／麗莎．朱爾**

南西．塔克創造了我所讀過最令人難忘的角色，她的聲音既尖銳又富有詩意，純真與邪惡之間的對比令人歎為觀止。我發現自己為克莉絲／茱莉亞感到痛苦，因為她學會了如何在一個讓她失望的世界中以女兒和母親的身分生存。不寒而慄、發人深省、可讀性強的《春天的第一天》，每一頁都會讓你心碎，讓你難以忘懷。

——**《在所有母親之間》作者／艾希莉．歐娟**

一部非凡的處女作，從第一頁就讓人震驚和感動。我無法形容我有多喜歡這本書。

——**《我讓你走》作者／克萊爾・麥金托**

《春天的第一天》是一個揪心的故事，講述被忽視和孤獨之於孩子的影響。八歲的克莉絲的聲音是如此坦承與真實，一頁接著一頁，我迫不及待想知道她接下來要做什麼。這是一部令人痛心又刻畫入微的處女作。

——**《親愛的玫瑰金》作者／史蒂芬妮・羅貝爾**

《春天的第一天》是南西・塔克的第一部小說作品，我的天啊，這真是太棒了……這本書是如此具有力量，如此令人不安，以致我將在未來的幾個月裡思索它。它毫無疑問地會是我這一年的最佳十大好書。

——**崔西・芬頓**

扣人心弦、令人不安的處女作……克莉絲的觀察精準無瑕，符合她的年齡和她的絕望處境……在小說結尾，克莉絲和茱莉亞的聲音將同時駐留在你的腦海：那既是發自內心的邪惡的聲音，同時也是悲傷和動人的聲音。

——**《紐約時報》書評**

一次令人驚豔的亮相……懸疑？毫無疑問。讓人心碎？從開始到結束皆然。

——《華盛頓郵報》

富有洞察力和同情心，一個講述得極好的關於人如何毀滅的故事。

——《衛報》

一部非凡而令人心碎的小說。

——《觀察者》

優雅而慧黠的驚悚片……塔克述說一位女性回溯她被隔離的童年，也在隱藏於生命角落和縫隙的黑暗秘密之中尋找「愛」。

——《歐普拉雜誌》選書

一部引人入勝的小說處女作……使人緊張、細膩生動的敘述，在克莉絲的幼年和成人視角之間來回交替，挖掘童年創傷給受害者和周圍人帶來的危險。麗莎・朱爾的書迷和心理懸疑小說愛好者將會熱切期待塔克的下一本書。

——《出版家週刊》

這本視角銳利且引起高度討論的書讓人愛不忍釋。

——《書單》雜誌

極富說服力且重要……這部刻意引人發想、發人省思的小說對童年（和母性）的揭露有著驚人有力、讓人矚目的描述。

——《紅秀GRAZIA》雜誌

塔克在她令人不寒而慄的處女作中，直截了當地抓住讀者的注意力……從各種意義來說，都是一部相當引人入勝的驚悚片。這是一部關於內疚、責任和救贖，令人毛骨悚然的懸疑小說。

——寇克斯評論

謹以此書獻給我的母親

克莉絲

今天，我弄死了一個小男孩。我雙手握著他的喉嚨，感覺他的血液在我的大拇指底下劇烈地跳動。他扭來扭去，踢來踢去，一個膝蓋撞上我的肚子，我的肚子突然像是被勒緊了，好痛。我大聲吼叫，一直擠壓一直擠壓，汗水讓我們皮膚之間變得滑溜，但我沒有鬆手，一直擠壓一直擠壓，擠壓到指甲失去了顏色。比我想像還要容易。沒過多久，他不再踢了。當他的臉變成牛奶果凍的顏色，我往後坐到腳後跟上，甩了甩雙手，手都僵了。我把手放在自己的脖子上，放在像把手的兩塊凸骨上方，血液在我的大拇指下劇烈地跳動。*我在這裡，我在這裡，我在這裡。*

後來，因為離晚餐時間還有幾個小時，我就去敲門找琳達。我們走到山頂，靠著倒立牆倒立，菸頭和閃爍的玻璃磨著我們的手掌，裙子落在我們的臉上，風吹在腿上，真涼快。一個女人從我們身邊跑過，是唐娜媽媽，她跑過的時候，肥大的乳房一上一下起伏著。琳達身體一撐，離開了牆，站到我的身邊。我們一起看著唐娜媽媽沿著街跑下去，她發出像貓叫的聲音，那聲音打破了午後的寧靜。

「她哭什麼？」琳達問。

「不知道。」我說。我知道。

唐娜媽媽跑到街尾，轉了個彎，消失了。我們聽到遠處傳來驚訝的喘息聲。當她回來的時候，一群媽媽圍著她，個個都腳步匆忙，褐色鞋子在路上啪啪啪啪地敲著。麥可也來了，但跟不上媽媽們，當媽媽們經過我們身邊時，他已經落後了一段路，喘著氣，不停地發抖。他媽媽伸手去拉他的手，結果他跌倒了。我們看到鮮血像覆盆子色的漣漪濺開，聽到慘叫聲劃破了天空。他媽媽一把將他拉起來，緊緊抱著。她不停地跑，不停地跑。

媽媽們經過後，我們看著一群穿開襟羊毛衫的背影，大屁股抖動著。我拉著琳達的手臂，也跟了上去。到了街尾，我們看到理查走出雜貨店，一手拿著太妃糖，一手牽著寶拉。他看到我們和這群媽媽一起跑，也跟了上來。寶拉不喜歡理查拉她，嗚嗚地哭了，琳達就抓住她腰把她抱起來。她的大腿肥嘟嘟的，有一圈一圈的肉，大腿從膨脹的尿布伸出來，每走一步，尿布就往下滑一點。

還沒見到人群，我們就聽到了人群的聲音：厚厚的隆隆聲，有嘆息，有咒罵，還夾雜著女人的哭聲。小女孩哭，小娃娃也哭。拐過轉角，看到了，一大群人站在藍屋子四周。琳達已經不在我身旁了，因為寶拉的尿布在科普利街街尾掉下來，她停下來想幫她穿回尿布。我沒等她，我繼續往前跑，避開那幫嘰嘰喳喳的媽媽，跑進雲層一樣的人群中。跑到中間時，我不得不蹲下來縮小身體，在熱呼呼的身體之間鑽來鑽去。沒有身體可鑽的時候，我看見了——一個高大的男人站在門口，懷裡抱著死去的小男孩。

人群後面傳來一個聲響，我一聽，就往地上找狐狸，因為那是狐狸爪子刺到荊棘時會發出的聲音，好像肚子裡有什麼要從嘴裡跑出來的那種聲音。然後，這大群人散開，碰碰撞撞，推倒了我。我從大腿之間看過去，史蒂文媽媽走向門口的男人。她嚎天喊地，好像五臟六腑都要吼出來。她從男人手中接過史蒂文，嚎哭變成了語言：「我的孩子，我的

孩子，我的孩子。」她撲通坐到地上，絲毫不在意裙子撩到了腰上，大家都看見了她的內褲。她緊緊摟著史蒂文，我想他死了也好，要是他還沒死，她胸脯肚腩一堆堆的肥肉也要把他給悶死了。他的臉在那堆肥肉底下，我看不見，沒關係，我早知道是什麼樣子——灰灰的，像壞了的肝，眼珠子瞪得跟彈珠一樣。他不眨眼了，我弄死了他之後就注意到這一點，有人能這麼長時間不眨眼，我覺得很奇怪，我要是長時間不眨眼，眼球會刺刺乾乾的。他媽媽撫摸他的頭髮，哭得呼天搶地，唐娜媽媽衝過人群，跪在她的身邊，理查媽媽、麥可媽媽和其他媽媽們都圍上去哭了。我不知道她們在哭什麼，她們的小孩又沒有死。

琳達和寶拉拖了很久才追上我們，當她們趕到藍屋子這條小巷時，琳達還拎著寶拉的濕尿布。

「妳知道怎麼讓她把這個穿回去？」琳達一面問，一面把尿布拿給我看。我沒回答，只是斜著身子，繼續看著那群痛哭的媽媽們。「什麼事？」她問。

「史蒂文在那裡。」我說。

「他跑去了藍屋子？」她問。

「他死在藍屋子裡。」我說：「他媽媽找到了他，但他還是死了。」

「怎麼死的？」她問。

「我不知道。」我說。我知道。

寶拉坐到我旁邊的地上，光溜溜的屁股坐進了泥土裡，胖嘟嘟的手摸來摸去，找到一顆小石子，小心翼翼地吃了起來。琳達坐到我另一邊看那群媽媽。寶拉又吃了三顆石子。大家咕咕唧唧，哭哭啼啼，一堆胸脯和粉紅色開襟衫像披肩遮起了史蒂文媽媽。蘇珊來了，她是史蒂文的姊姊，她站得離媽媽們有些距離，遠離了人群。除了我以外，好像沒有人看到她，她像鬼魂一樣。

太陽開始下山時，寶拉媽媽走來抱起她，從她嘴裡挖出一顆石子，帶她回家去了。琳達也得走了，因為她說她媽媽已經煮好了晚餐，她問我要不要去她家，我說不去。我待到有一輛車嗚嗚嗚地開來。車上下來了兩個警察，又高大又幹練，衣服上的釦子閃閃發亮。一個警察蹲下來和史蒂文媽媽說話，我聽不見。通常，為了聽見大人不想讓別人知道的事，我會閉上眼睛，咬緊牙關，但這一回這招不管用。另一個警察走進藍屋子，我看著他悄悄走過樓下的房間，很想大聲喊：「我是在樓上弄死他的，你得去看看樓上。」我咬緊嘴唇，我不能穿幫。

我想留下來繼續看，至少看到警察去查看正確的地方，但住在三十五號的希格斯先生叫我快走開。我站起來，身上都是地面留下的印子，凹凹凸凸，有直線有圓圈。站著看史蒂文，看得是更清楚了，他的小腿軟綿綿地掛在他媽媽的手臂上，我注意到他一隻鞋掉了，膝蓋上有泥巴。只剩蘇珊一個小孩子還沒走，因為她家裡也沒有人在等她了。她雙臂在胸前交叉，然後抓住肩膀，好像在擁抱自己，或者把自己的碎片拼在一塊。她看起來很瘦，又像在發亮。她撥開臉上的頭髮看到了我，我正要揮手，希格斯先生竟然抓住我的手肘。

「好了，小妹妹。」他說：「該走了。」我掙脫開來，以為他只是出聲趕一趕我，結果他居然要陪我走回街上。他一路靠得很近，我都聽見了他的呼吸聲，那呼吸聲又費力又大聲，聽了感覺有蛞蝓在我的皮膚上留下黏液。

「瞧那片天空。」他指著我們頭上方說。我抬頭一看，一片的藍。

「嗯。」我說。

「春天的第一天。」他說。

「嗯。」我說。

「春天的第一天，一個小男孩死了。」他說。他舌頭頂著上顎，彈出嘖嘖的聲音。

「嗯。」我說：「死了。」

「妳不害怕，小妹妹？」他問。我爬上沃倫先生前院的牆頭。「警察會處理，妳知道的，妳不用害怕。」

「我什麼都不怕。」我說。

走到牆的盡頭，我跳了下來，一路跑回屋子。我抄近路，就是要從停車場圍欄縫隙擠過去的那條路，和琳達一起不能走捷徑，因為她擠不過那個縫，但我隨便一擠就過去了。大家老說我八歲長這樣實在太瘦小了。

屋子裡沒有一盞燈亮著。我走進去，關上前門，按下牆上的開關，沒有動靜。沒電。我討厭沒電的時候，這表示電視不能看，屋子也黑漆漆的，沒辦法讓屋子亮起來，我害怕看不見的東西。有一會兒，我停在走廊不動，聽聽看有沒有媽媽的聲音。我猜爸爸不在，不過我也在尋找他的聲音。我拉長耳朵，好像只要認真聽，就能像變魔法一樣變出他的聲音。整個屋子沒有一丁點聲響。媽媽的提包在樓梯旁的地板上，我在裡面找到一包餅乾，我最愛吃的那一款——淺褐色，加了像死蒼蠅的葡萄乾——我躺在床上吃，記住要用沒有蛀牙的那一邊咀嚼。餅乾吃光後，我把雙手舉到臉的上方，手指像海星一樣伸長。直到血都流光了，我才把手放下來撫摸臉。手麻了，像別人的手，是別人在撫摸我的臉，這種感覺很美妙。手指又活過來後，我把手掌放在臉頰上，像玩躲貓貓一樣，瞇著眼睛從手指縫裡往外看。

你肯定看不到我，你肯定找不到我，你肯定抓不到我。

I

那天晚上，當一切沉睡時，我卻醒了過來。我靜靜躺著不動。我猜媽媽一定用力關上了屋門，因為那通常是夜裡吵醒我的聲音，有時我是因為尿床醒來，但床單是乾的，我也聽不到有誰在樓下。我的腳沒有生長痛。我摸摸肚子、胸口、喉嚨，摸到喉嚨時，我停下來。記起來的感覺像奶油下到熱鍋，嘶嘶地起著泡。

今天，我弄死了一個小男孩。我把他帶到小巷，在藍屋子掐住他的脖子。即使我們的皮膚因為流汗變得很滑，我也繼續用力擠壓。他死在我的底下，有一億人看著他被一個高大強壯的男人抱下來交給他的媽媽。

每當記起一個美妙的秘密，我的肚子就有這種嘶嘶起泡的感覺，像雪酪冰在肚子裡爆炸。在這種感覺底下，還有另一樣東西，更緊繃、更像金屬的東西，我沒有理會它，我把注意力集中在嘶嘶起泡上。嗖嗖嗖——呼呼呼——

記起了弄死史蒂文的事，我就興奮得再也睡不著。我躡手躡腳下了床，走向樓梯，走到媽媽的房門外，我停下來屏住呼吸，但她的門關著，什麼聲音也聽不到。腳下的地板冰冰涼涼，我感覺空虛，臉色蒼白，餅乾似乎是很久以前的事。雖然廚房是放食物的空間，但廚房裡什麼吃的都沒有，不過我還是去找了一找。我爬上流理臺，打開所有櫃子，在爐子旁的櫃子發現了裝糖的紙袋。我把紙袋夾在腋下。

轉動前門把手必須特別小心，轉太快會發出喀噠一聲巨響，要是媽媽在房間裡睡覺，我可不想吵醒她。我把踏墊拉到門前臺階才關門，這麼一來，門只會卡住，不會關上。我放學回來時，媽媽不想要我敲門，就是這麼做的。外面空氣讓我睡衣下面沒穿衣服的地方起了雞皮疙瘩，風在我心裡呼嘯。我在門口站了很久，看著空蕩蕩的街，覺得是這個世界上唯一的人。

先前在藍屋子外頭，我聽到一個媽媽說，這幾條街再也不會和以前一樣了。她的頭靠在另一個媽媽肩上，眼淚讓她的羊毛衫濕了一塊。「再也不會和以前一樣了。」她說：「發生了這種事後，有人做出這種事後，再也不會和以前一樣了。知道這裡發生了這種可怕的事，我們怎麼能覺得安全呢？我們之間有惡魔？」想到那一幕，我整個人都發亮了。這幾條街再也不會和以前一樣了，以前很安全，現在不安全，這全因為一個人，一個早晨，一個時刻。全因為我。

人行道上的砂礫摩擦著我的腳，但我無所謂。我決定走去教堂，因為教堂在山頂，從教堂外面可以看到棋盤似的街道。我一面走，一面目不轉睛盯著尖塔，尖塔像一棵冬天的樹木高聳入雲。走到山頂後，我爬到天使雕像旁的牆上，回頭看著密密麻麻的小屋子。我的肚子開始劇烈收縮，我舔了舔手指，把手指伸進糖袋，然後伸出來吮乾淨。我蘸糖吃糖，反覆吃到我那顆蛀牙開始酸酸麻麻，刺刺的糖粒像沙子磨著嘴唇內側。我覺得自己像幽靈或天使，穿著白色睡衣站在牆上，吃著紙袋裡的糖。沒有人看見我，但我仍舊在那裡。基本上我就是上帝。

「原來只要這樣。」我心想：「要讓我覺得自己擁有世界上全部的力量，原來只要這樣，一個早晨，一個時刻，一個黃頭髮小男孩，其實也不太難。」

風吹起睡衣，如果不是有什麼沉重的東西壓著，我覺得我會被吹到天上去。

我心想：「很快我就不會有這種感覺了。」就是這個念頭把我壓在地上。「很快，一切會恢復正常，我會忘記擁有一雙強壯得可以榨乾某人生命的手是什麼感覺，我會忘了當上帝的感覺。」

下一個想法是一個乍然出現在腦海中的聲音。

「我需要再感受一次，我需要再做一次。」

做一次與再做一次之間的時間，突然映射到一個鐘面上，指針滴答滴答走著。我看著時鐘滴答地走，聽到了它的滴答，也感覺到了它的滴答。這座鐘是只為我準備的特別秘密，有人在教室坐在我的隔壁，有人在街上從我身邊走過，有人在兒童遊戲場和我一塊玩耍，他們不知道我的真實身分，但我知道，因為我有我的滴答聲提醒著我。當時鐘滴答滴答地走完一整圈，指針在十二點時交疊，事情就會發生了。我會再做一次。

手指腳趾凍得抽筋了，所以我開始走回屋子。我感覺比出門時更輕盈，我知道這不只是因為現在是下坡路，不是上坡路，而是因為我有了計畫。屋門還是卡著踏墊，我進去後，小心翼翼把門關上。我把糖放回廚房，上了樓。一切仍然靜悄悄，一切仍然黑漆漆。

上了床，我在睡衣裡縮起膝蓋，把雙手放到腋窩。我好冷，但我非常真實，很有生命力。我身體每一個小部分都有自己的心跳，有自己的滴答聲。

滴答，滴答，滴答。

茱莉亞

「今天是春天的第一天。」莫莉說。她的指關節沿著海堤移動。
「不要那樣做。」我說。
她抬起手，開始舔混凝土的粉塵。我拉著她的袖子。
「不要。」我說：「很髒的。」
在我們前方，一個女人抓著一個幼童的腰，悶哼一聲，把他舉了起來。他沿著堤頂走著，雙臂從身體兩側伸出，仰著臉迎接空氣中的鹽。
「媽媽！」他說：「妳看我！」
「好棒哦，小寶貝。」女人看著她的手提包說。我們看著那個小男孩，我們看著他一路走到海堤盡頭，然後繃緊了身體，跳進女人的懷中。女人吻了吻他的臉蛋，把他放下來。
「他沒有摔下來。」莫莉說。
「嗯。」我說：「他沒有摔下來。」
星期五那天，我沒有看到她爬上海堤——我一直在觀察另一個母親和另一個孩子。她們十指緊扣走著，懶洋洋地擺動著手臂。不知道莫莉的手指夾在我的手指中間會是什麼感覺，莫莉的手指又小又細，像包著皮膚的火柴，不知道她的手指能不能恰好插入我手指間的縫隙。

「看！」她大叫一聲。我轉過身去，見到她在堤上保持平衡。「看！」她又叫了一聲，她的意思不是「看」，她要我「反應」。

「下來。」我說。我走到堤邊舉起雙臂。「不可以爬上去，很不安全，我跟妳說過了。」

「我也可以。」她說。

「下來，莫莉。」我說。

她沒有回答，也沒有跳到我的懷中，所以我拉了她的手臂一下。我沒有用很大的力，我本來是要抓住她的。她大叫一聲，往前一撲，我在慌亂中抓住了她的外套，攥了一大團布在手裡。但她摔到了地上，外套從我的手中滑了出去。啪的一聲，是東西碎裂的聲音。她抬頭看著我，嘴噘成一個小小的O，我感覺像是被潑了冰水。她先是無聲地尖叫，接著哭了起來，哭聲微弱，夾著困惑的呻吟。她的手臂軟綿綿地垂在外套袖子裡。

我感覺身後有人，轉身一看，見到那對手指交纏的母女。女人沒問發生了什麼事，也沒有問我需不需要她的幫助，她跪到莫莉身邊，一手放在她的手腕上，另一隻手放在她的背上，問：「是這裡痛嗎，小寶貝？」我的舌頭在嘴裡移動，發出像是走在潮濕路面上的腳步聲。我嘗到地毯的味道，我想揪著女人的衣領把她拉起來，逼問她是在哪裡學到孩子從堤上摔下時該怎麼辦，但我說不出話來。被壓抑的尖叫是一張網，堵住了我的喉嚨。

「我去那邊的屋子借電話。」女人指著海邊那排小屋說。我還沒來得及問她是要叫救護車還是叫警察，她就匆匆走開了。

我跪在莫莉旁邊，一隻手放在她的背，一隻手放在她的手臂上。她的手腕像蠟一樣蒼白，我發現我反而希望流血了，血是坦率的——油一般從皮膚流出，帶有金屬和屠夫的氣味。莫莉的手臂，外面是活的，裡面卻是死的，我推高她的衣袖，好假裝手臂在流血。女人跪著時咕噥了幾句，但我沒有聽到，所以無法學她，所以不知道該說什麼。我聽著頭上方的海鷗叫聲，努力不去聽莫莉在我身邊哭。

最後，女人匆匆回來了，拿著一袋用茶巾包著的冷凍豌豆。我看得出來她異常興奮。她說：「來了。」還看了我一眼，眼神像是在說：「我回來了，妳可以讓開了。」我讓開了。「第一棟屋子的女主人很親切。」她說：「救護車就來了，他們說我們也可以自行開車送她，不過我沒車。小寶貝，手腕很痛哦，我們把手腕靠在這上面。」她拿著豌豆當靠墊，把莫莉的手移到上面。我沒有問她為什麼認為我也沒有車，因為只有別人做出錯誤的假設，我們對他們動怒才有用。

救護車一路呼嘯開到路的盡頭，女人把莫莉的頭髮往耳後塞，說：「來吧，小寶貝，有人來幫助妳了。」我看著白色廂型車停下來，跳下兩個露齒微笑的醫護人員，他們走過來，神情一點也不急迫。他們身材魁梧，精神抖擻，他們確認了女人不是莫莉的母親，我才是莫莉的母親——我像稻草人愣著，另一個女人安慰著莫莉，但我才是她的母親——就帶我們往救護車走去。我們走上金屬階梯，女人對我們揮手。

「祝妳們順利！」她叫道。我沒有回答，因為我無法說出我唯一的念頭：「妳看到了多少？」醫護人員讓我坐在莫莉旁邊，說：「好了，現在媽媽可以握著妳沒有受傷的手，我們送妳去醫院，好好檢查會痛的手，嗯？」車子花了十五分鐘時間送我們到醫院，我花了十四分鐘才把手伸向莫莉的手，輕輕拍了兩下。她已經不哭了，鼻涕在她的上唇留下一條帶沙的痕跡。

醫院非常忙碌，擠滿了隔間、病床、穿著藍色寬鬆衣褲的男人。其中一人給我看了莫莉手腕的X光片，我看到斷骨四周都是黑色的，什麼都沒有。我想問：「這樣正常嗎？別的小孩的X光片也是這樣嗎？不見得所有人都這樣吧——不會像這樣什麼都沒有，這是因為她是我女兒嗎？」我什麼都沒問，我什麼都沒說。滋——我耳裡響起靜電的聲音，好像海灘上的海浪拍打著我的腦殼。醫生說明了骨折情況後，把我們單獨留在小隔間很久。為了以備不時之需，我袋子有鈕釦巧克力，我打開紫色包裝，拿出巧克力餵莫莉。她似乎很高興躺在床上，讓我把巧克力一片接一片放到她的舌頭上，如果我餵她，那代表我可以不停給她送上糖果，不會出現我們可能覺得應該用語言來填補的停頓。

正當我開始認為我們被遺忘了，或者我們被留在小隔間裡腐爛，以懲罰我的所作所為，另一位醫師帶著護理師大步走進來。他拿著寫字板，坐在我對面，護理師用石膏包紮莫莉的手腕。

「好。」他說：「能不能再告訴我一遍確切的事發經過？」

「她走在堤上。」我說：「我不許她這麼做，她知道我不允許，她趁我不注意的時候爬上去，但是我平常都顧好她。」

「我明白。」他說。他在寫字板上寫了些東西，但他把板子向上傾斜，所以我看不見。

「走在堤上，然後呢？」

「她跌下來。」我說：「我叫她下來，結果她就跌了下來，我想抓住她，但是沒抓到。」

「好。」他說。

「我想她是伸出手想撐住身子。」我說。

「沒錯。」他說。

「我不許她爬上海堤。」我說：「她知道她不可以爬上去，她以前也從來沒有爬上去過。我想是因為她剛開始上學，才上幾個月，別的小孩會做她不允許做的事，她模仿他們，她以前從來沒有受傷過。」

他說：「當然。」但他不再繼續寫字，他斜眼看著我，眼神很奇怪。他繼續斜眼看我，說道：「莫莉？媽媽說的對不對？妳的手腕是那樣受傷的嗎？」

「什麼？」莫莉說。護理師給了她一樣東西玩——一隻有瓢蟲造型錶殼的手錶，翅膀打開了，咔嚓一聲又闔起來了——她忙著開開闔闔，完全沒聽見我說什麼。我突然注意到她嘴唇上有鼻涕，辮子散了，制服毛衣領口有汙漬。

「妳的手腕怎麼受傷的？」醫生一邊問，一邊滑著椅子靠近她。

「我剛才告訴過你了。」我說。一樣硬硬的東西湧上我的喉嚨，他轉向我，轉頭的樣子好像他的脖子很僵硬，他很生我的氣，因為我讓他轉頭。

「我知道。」他說：「我也想聽聽莫莉的說法，確認沒有錯。」

「我走在堤上。」她說：「然後摔下來。」

「妳怎麼摔下來的？」他問。

「我也不知道。」她說：「就是摔下來了。」

他在寫字板上潦草寫字。他很失望，我看得出來。我不知道該為莫莉說謊而鬆一口氣，還是該為她知道自己必須撒謊而恐懼。我看著在膝上絞成一團的雙手，假裝其中一隻是她的。

我們留在小隔間，直到她打好石膏，用吊帶把手臂固定在胸前。護理師吩咐我要讓石膏保持乾燥，不要做運動，如果她的手指開始腫脹，就去看家庭醫生。我點點頭，拉起拉鍊，把石膏藏到她的外套裡，假裝它不存在。

他們讓我們走的時候，已經快八點了，外面世界一片漆黑。自從去學校接了莫莉後，我就沒再看過手錶，這可能是她出生以來我沒看手錶最長的一次。我們沒有在三點四十五分回到公寓，沒有在四點吃點心，沒有在四點半讀那本讀物，沒有在五點看《藍彼得》，沒有在五點三十分吃晚餐。我們糖花般脆弱的作息表碎裂了，莫莉也碎裂了。我分了心，所以出了這種事。

「妳知道我是怎麼知道今天是春天的第一天嗎？」莫莉問。「因為金老師告訴我們，所以我們給他們做了花冠。」

「哦。」我說：「沒錯。」昨天她放學時，頭上有一圈糖紙棉球做成的東西，我們走著走著，那圈東西從她的頭頂滑下來，最後掛在脖子上，像又醜又沒用的圍巾。我不敢問那是什麼，上一次我把她用碎紙糊出來的耶誕樹當成火山，她很久都不肯原諒我。「那個花冠真漂亮。」我說。

「金老師說全班我做的最漂亮。」她說：「她人好好哦，對不對？」

「像天使一樣。」我說。

難以想像還有比莫莉臥房架上那個花冠還要難看的花冠，我猜有的小孩直接把紙貼在臉上。

「如果是春天的第一天，是不是從現在起天氣會開始變暖和呢？」她問。

「我不知道。」我說。海上颳來的風非常刺骨，我無法想像天氣會再暖和起來。莫莉在地上磨著鞋子，嘆了口氣。

「我會問金老師。」她說：「她一定知道，她什麼都知道，她好聰明，對不對？」

「她是天才。」我說。

我用手指按了按眼皮，眼皮摸起來像花瓣：柔軟有細毛，微微腫脹。當我們看到另一個孩子沿著海堤走，我的痛沸騰了，像是加熱的機油湧上了臉龐，擺脫不了，還發出嗡嗡作響的高音。我揉捏顴骨，直到我能感覺到的只剩下壓力。

「放學後，我們可以去坐遊戲機嗎？」莫莉問。她的目光越過我，越過那排漢堡車和關了門的露天遊樂場，吃角子老虎的聲音依稀傳到我們的耳邊——嘩啦嘩啦，錢被吸走的聲音。

「我們可以去玩遊戲機嗎？」我說。

「是我問妳。」她說：「可以嗎？我有零錢。」她從口袋掏出四枚一便士硬幣和一個玩具小圓片，朝我搖了搖。

「不行。」我說：「快點，要遲到了。」

我們不會遲到，我們從來不遲到。每天早上我們八點出門，八點十五分到校，這時大多數小孩都還沒吃完早餐。如果我們晚一點出門，路上可能會遇到其他的媽媽，她們會訴苦，會罵小孩，會讓孩子走在堤上。我不能保護我們不受任何傷害，但我可以保護我們不受那種傷害。

八點二十分，我們已經到了校門，在「歡迎光臨」的牌子下面縮成一團。我們等待時，一個無歡迎之意的接待員噔噔噔走到側門，開了門鎖，鑽了進去。

「今天我們好早就到了。」我說，聲音大得足以傳到她的耳中。「比平常提早很多。」我幾乎是用喊的了。莫莉看著我，眼神像是憐憫。她靠到柵欄上，額頭出現了格柵的凹痕。

「那是早餐俱樂部。」她說。她指著餐廳，那裡傳來湯匙的叮噹聲和小孩的嘰嘰喳喳。

「妳吃過早餐了。」我說。接待員消失在建築裡，不過我仍舊說了出來。「妳吃過早餐我們才出門。」

「我還想再吃點早餐。」

「妳還餓嗎？妳需要再吃點別的？」

「沒有啦。」

當工友慢條斯理走過來打開柵門時，一大群其他的母親和其他的孩子加入了我們，我想起要採取迴避其他母親的計畫的理由。她們三三兩兩，用揮鞭般的速度說話，陣陣笑聲令我的耳朵嗡嗡作響。她們把我吞沒的時候，我總是有相同的感覺：我喬裝混入了另一個物種。她們轉著圈子輕柔低語的樣子讓我想起鴿子，所以她們變成了鴿子——一群咕嚕咕嚕的鳥——我則成了衣服上黏著羽毛的人。她們看了看我，把目光移開，為我明顯又突兀的存在感到尷尬。亞碧嘉爾到了，莫莉跑上去迎接她，沒了我的小盾牌，我感覺少了保護。亞碧嘉爾有一頭磚色頭髮，耳朵上有小小的金色耳釘。我看著兩個小女孩互相擁抱，呼吸著彼此的空氣，覺得她們的親密像一種渴望，但我不知道我在渴望什麼——是渴望獨自擁有莫莉，還是有個朋友在身邊。

九點，操場上已經是許許多多的短襪和聚酯纖維。在我們周圍，其他的母親開始用親吻和高音驚嘆詞安撫其他的孩子。

「祝你今天過得愉快，親愛的！」

「我等不及晚點再見到你，寶貝！」

「我超愛你的，小天使！」

鐘聲響起，其他的孩子搖搖晃晃排好隊，其他的母親搖搖晃晃回家洗衣服。我等到金老師見到我為止，然後叫莫莉過來，把書包和運動服給她，還有一個裝著削皮蘋果切片的保鮮罐。她像鐵屑被磁鐵吸引一樣朝金老師走去，沒有回頭微笑，也沒有揮手。在操場的另一頭，一個小孩摟著一個媽媽的腰不放，我同情他：每天早晨莫莉走向金小姐之前我也想這樣對她，我想緊緊抱住她，老師如果想把我們分開，我會說：「但是我們由彼此組成的，我們是同一個整體的一部分，妳不知道她是在我體內長大的嗎，就像我的器官一樣？」沒有一個生物系統能讓莫莉和我永遠在一起，我沒有辦法讓她像袋鼠寶寶一樣，窩在我骨盆上的育兒袋，帶著她到處走——這似乎太殘忍了。

I

我在門外找鑰匙，公寓裡的電話響起了。我感覺到身後人群熙熙攘攘，公車駛過，整車熱騰騰的氣息和無聊的臉龐。他們好像都不介意噪音，但喧囂聲讓我想沉入地下。我想蹲下，然後跪下，再把額頭貼到混凝土路上。乾澀的頭痛在眼睛後方的空間沸騰，人行道看起來能夠解熱。

我直到星期六早上才知道公寓電話的鈴聲是什麼聲音。一陣尖銳聲劃破空氣，我看看爐架，看看烤箱，又看看暖氣。我還聞一聞看哪裡有煙味。莫莉從沙發上站起來，眼睛沒有離開電視，手則伸向了掛著電話的牆。我緩緩地笨拙地把畫面和聲音連接起來，這種連接像開瓶器卡住軟木塞一樣進入了我的腦中。

「不要接。」我穿過房間說。「不要接。」我把她的手推開，我們四目相對，直到鈴聲停止。

「妳為什麼不接電話？」她摸著石膏問。

「不想接。」

「為什麼？」

「把妳的節目看完，十點了，我們馬上要去公園了。」

趁她不注意，我把聽筒從托架拿起來，讓它懸著，切斷了電話。星期日晚些時候，電話響起，她已經上床睡覺了，我走出她的房間，站在電話旁。

「我不會接的，所以你不如放棄吧。」我暗自想著。「你可以不停地打，不停地打，但我永遠不會接。」

我看著外套掛鉤旁邊的鏡子裡的自己，我的眼睛有一圈瘀青色的眼圈，眼白布滿猩紅的血絲。我用指甲掐手臂，感覺破皮的地方是一個黏糊糊的半月。當鈴聲停止時，寂靜如一股涼水淹沒我的頭頂。我數著自己的呼吸，以前在憤怒的邊緣徘徊時，他們教我要數呼吸，但還沒數到十，電話又響起了。這一次似乎更響亮，更急切。我用手指壓肚子，摸到一個像硬囊的器官，我把一隻手留在那裡——留在肝臟或脾臟或沼澤暗處另一樣東西上——接起了電話。說話的聲音很緊張，就像一個正在拉開的罐子。

「喂？」他們說。他們喘著粗氣，我想像自己透過聽筒的小孔聞到了他們的味道，一種沒刷的芥末色的牙齒氣味。

「克莉絲嗎？」他們說。

我用指甲按下切斷鈕，撥號音像是一聲沉悶的呼喊。

「克莉絲嗎？」他們說。

「好。」我心想，「那就這樣吧。」

克莉絲

星期一，學校要我們到禮堂排排坐，就像星期五開集會一樣，只不過那天不是星期五，而是星期一。禮堂彌漫著碎肉和鉛筆屑的味道，陽光照亮空氣中的灰塵，灰塵在閃亮的光柱中飛舞。我們這個年級進去時，六年級已經坐下來了，我在那幾排人中尋找蘇珊。你一定能找得到蘇珊，因為她是全校頭髮最長的女生，她的頭髮長到了屁股。夏天她洗過澡後，會坐在前院的軟墊上，她的媽媽坐在後面的凳子，一面梳她的頭髮，一面與隔壁院子的凱倫媽媽閒話家常。史蒂文搖搖晃晃在小徑上走來走去，每一次走到他媽媽的身邊，他媽媽都會親他一下。有時我靠在牆上看。等到頭髮都梳順了，太陽把頭髮曬乾成一大片黃白色，蘇珊媽媽的手會像溫暖的沙子穿過頭髮。然後，她把梳子收到口袋，拍拍蘇珊的頭頂。我們在外頭玩的時候，蘇珊不常和我們一起玩，就算我們玩非常好玩的遊戲，比如從羅利太太的破後門溜進她家，偷拿她的東西，或者玩沙丁魚遊戲。她通常與其他六年級女生一起坐在兒童遊戲場，讓她們輪流摸她的頭髮。

我只記得蘇珊跟我說過一次話，那時我在二年級，她在四年級。我一個人在遊戲場，想踩著柵欄最下面的欄杆繞著外圍走一圈，她和一個不是她媽媽的女人從街上走來。

「克莉絲！」她看到我時大喊。我覺得自己很特別，因為四年級通常不會和二年級說話。她走到柵欄，扶著柵欄踮著腳尖蹦蹦跳跳。她說：「妳猜怎麼著？」那個不是她媽媽的女人走到她的後面。

「小珊有個令人興奮的消息。」她說：「說吧，告訴妳的朋友，小鴨鴨。」

「我有弟弟了。」蘇珊說。她說這句話的時候，肩膀聳到耳朵旁，眼睛閃閃發亮。

我根本不覺得這是一個非常令人興奮的消息，有弟弟妹妹是很平常的事，我對她很生氣，因為她讓我以為發生什麼真正教人興奮的事，像是牧師死掉一類。

「他實在好可愛哦，是不是，小鴨鴨？」不是她媽媽的女人說。

「她是一個女孩。」我說：「不是一隻鴨子。」

「他叫史蒂文。」蘇珊說：「我媽媽和我爸爸想了兩個名字，斯圖爾特和史蒂文，他們把兩個名字告訴我，讓我選，我選了史蒂文。」

「那個女人是誰？」我問。不是她媽媽的女人笑了。

「我是小珊的阿姨，我叫瓊恩。」她說：「她媽媽和她爸爸忙著認識那個小傢伙，所以我來幫忙他們，妳叫什麼名字，小乖乖？」

「克莉絲。」我說。

「這名字真好聽。」她說：「好了，我們最好快去買東西吧。」

她們走開時，蘇珊喊道：「掰掰，克莉絲！我們得趕快去給媽媽、爸爸和史蒂文買東西！」

「很高興認識妳，小鴨鴨！」瓊恩阿姨喊道。

「我是女孩子！」我大喊，但我想她們沒有聽到。我看著她們走遠，最後只能看到蘇珊長長的銀白色辮子像兩條繩子垂在背後。她們走了以後，我想了很久很久，要是我有蘇珊那樣的頭髮，情況就完全不同了——比如我會很有錢，因為我會收錢讓人摸我的頭髮，還有，每個人都會喜歡我。可能連媽也會喜歡我。

兩星期後，在一個星期五，我見到了史蒂文。我走出教室時，操場上有一群媽媽，她們興奮不已，嘰嘰喳喳，軟綿綿的肚子，軟綿綿的羊毛衫。我跑過去看是什麼事讓她們大驚小怪。

「他真漂亮！」

「讓我想再要一個……」

「妳氣色看起來好極了！」

「他好不好餵？」

我走到人群中間，看到史蒂文媽媽握著嬰兒車的把手，她的臉看起來比平時還大，還明亮，好像她吞下了一口太陽，她笑得好開心，笑到嘴都要裂開了。我往嬰兒車裡瞧，想知道是什麼讓她這麼開心。一個嬰兒從白毯子裡探出來，一副被惹得很生氣的樣子。真教人失望，我還盼著是什麼有趣的東西，比如一隻獾。

蘇珊擠過人群，站在嬰兒車的另一邊，把手伸進去，用手指撫摸嬰兒的臉頰。「你好，弟弟。」她說：「你好，史蒂文，我好想你，我真的好想你哦。」我想知道他的皮膚摸起來是什麼感覺，所以把手伸進去，開始撫摸他的另一側臉頰。摸起來像皮膚，真的，就像我的皮膚，就像蘇珊的皮膚，就像其他普通人的皮膚。又一個失望，我真不明白，為什麼每個人都把他當成什麼寶。他扭著身軀，用拳頭搓臉。我摸了摸他的頭，發現有個地方很奇怪，像海綿。我正在試試能夠壓多深時，他的媽媽把我往後拉開。「小心點，克莉絲。」她說：「他非常嬌嫩，妳不會想傷害他的。」

—

那個星期一，蘇珊不在六年級那一排，也就是說，她根本沒來上學。所有年級都排排坐好後，麥克斯老師對我們說，我們可能聽說週末發生了一件讓人很傷心的事，鎮上一個小男孩在玩耍的時候出了意外，死了。我坐在唐娜旁邊，我不喜歡唐娜，因為她做人很假，而且又很胖。麥克斯老師說話時，我數了數她的胖膝蓋上有幾個凹坑，我想把手指伸進去，看看感覺如何，我把手伸過去，她推開我的手。

「不要碰我。」她低聲說。

我雙手放在嘴邊做成喇叭狀，貼著她的耳朵。「我在那裡。」我小聲說：「他們找到他的時候，我在那裡。」

她馬上轉過頭來看著我，我們的嘴巴靠得很近，近到我都能親她了，只是不用說，我是永遠不會親她的，因為她是一個假惺惺的胖子。她的呼吸有果醬味。

「他是什麼樣子？」她低聲說。

「到處都血，好多好多的血。」我低聲說：「濺得到處都是，連我的身上都被噴到了。」我給她看我裙邊一個紅褐色的圓點。「看到了嗎？是他的血。」我低聲說。她伸出一根手指摸了摸番茄醬的汙漬，說：「哇塞。」接著懷特老師拍了拍我們肩膀，要我們注意聽麥克斯老師說話。回教室的路上，唐娜走在前面和貝蒂說了幾句話，貝蒂說：「真的？」然後轉身看我，於是我肚子底有種暖暖麻麻的感覺。

那一星期很奇怪，蘇珊沒有來上學，星期二沒來，星期三沒來，每天都沒來。在放學時間，媽媽們都在操場等，當她們的小孩出來時，她們一把抱起小孩，緊緊抱在柔軟的胸前。大家不許像平常那樣到外面玩。每天下午，我走在街上，拿根棍子在人行道和柵門上拖著，沙沙沙沙，噹噹噹噹。有時我停下來，從某家的客廳窗戶看電視。我如果去敲門，媽媽們會說她們家的孩子不能出來玩，叫我也不要留在外面。「但我已經出來了。」我說。她們嘆了口氣，發出噓聲趕我走。大多數日子，我最後會靠著惠特沃斯太太前院的牆坐著，看著媽媽們捧著一條條蛋糕、一鍋鍋燉肉進出史蒂文的家。我想死了一個孩子也不算太壞，真的，你會收到很多蛋糕和燉肉。

每次我朝樓上的窗戶看去，都會看到蘇珊。她永遠在那裡，永遠把手貼在玻璃上。她不是想出門，只是想讓皮膚感受冰冷。我怎麼也看不清她的臉，不過看得見她白金色的髮垂到屁股上。我猜史蒂文沒有復活，因為我一再去觀察那屋子，從來沒有見到他。

星期四上學時，我們開始做復活節帽、復活節籃子，學唱復活節的歌曲。我們應該帶一個早餐麥片盒子到學校，不過我沒有帶。

「克莉絲，妳的麥片盒子呢？」懷特老師問。

「我沒有帶。」我說。

「妳沒有帶。」她說。

「嗯。」我說：「我沒有帶。」

她雙臂交叉放在胸前。「為什麼沒有？」她問：「昨天放學前我才提醒過大家。」

「我家不買麥片。」我說。
「克莉絲，不要胡說八道。」她說：「每個人家裡都有麥片。」
「我家沒有。」我說。她給了我一張瓦楞紙板，她應該要知道這種紙板不適合做復活節帽子，不過她顯然不知道，因為我是全校唯一真正知道每一件事的人。我拿剪刀，剪不開紙板，剪刀像小嬰兒咀嚼吐司一樣把紙板剪爛。我不剪了，改拿剪刀去剪唐娜的辮子髮尾。她哭了。懷特老師叫我去見麥克斯老師，我無所謂。剪刀剪下去時，頭髮發出一聲喀嚓的聲音，真好聽，在等著被教訓的時候，我在腦子裡一遍又一遍回憶那聲音。
放學後我去琳達家。週末的時候，她表姊給了她一本新出刊的《米拉貝爾》偶像雜誌，我們並排躺在她的床上看，大部分都在講「如何生活在愛中並保持微笑」一類的。《米拉貝爾》毫無疑問不是一本好雜誌，因為琳達的表姊一直讀這本雜誌，我卻從來沒見過她笑。
讀到最後實在是太無聊，我覺得我的大腦快像鼻涕一樣從鼻子流出來，所以我跳下床，把裙子從內褲裡拉了出來。
「琳達。」我說：「真是夠了。」
「什麼夠了？」
「夠了，夠了就是夠了。」
「這句話沒意義。」
「有意義，就是我們現在要出去玩了。」
她翻了個身，像蒼蠅在空中伸展雙腿。「不行，不安全，我們會像史蒂文一樣死掉。」

「不會。」

「可能會。」

「好吧，如果我們不出去玩，我們會無聊死，我寧可出去玩，死在外面，也不要無聊死，所以我要到外面去，妳想幹什麼就幹什麼吧。」

「噓，媽媽會聽到。」

在琳達家，我經常要小心別讓她媽媽聽到我說話。琳達媽媽不是會跟你親親抱抱的那種媽媽，她是身上有教堂和熨斗味道的那種媽媽，有時一連好幾個月不說別的話，只會說「小心」、「不要那樣」和「晚餐時間到了」。如果你在琳達媽媽面前摔倒，她會用力把你拉起來站好，揉揉你的膝蓋，好像在擦灰塵一樣，嘴裡還嘟囔著：「沒事，沒事。」除非摔倒的人是我，那麼她不會扶我，也不會揉揉我。我知道她為什麼不喜歡我：因為我七歲時曾經對她說，她的白頭髮比其他媽媽還要多（這是事實），所以她一定比其他媽媽都老（這也是事實）。這就是為什麼每一次她打開門看到是我在門口，雙臂就會緊緊地交叉在胸前，好像要防止我往她身上尿尿。

我下樓出了前門，腳步很輕，幾乎沒有發出聲響。我不必回頭察看琳達有沒有跟來，她沒有一次不跟來的。這就是我跟琳達做朋友的理由。我說我們應該找唐娜，我不喜歡唐娜，但唐娜是我唯一想得到可以出來玩的人，她有好幾個哥哥弟弟，她媽媽絕對不會注意少了一個小孩。我不喜歡唐娜有很多原因，她很胖，做人很假，不過最主要的理由是，耶誕節假期時她咬我的手臂，因為我說她的臉像馬鈴薯（這也是事實）。牙齒形狀的紫色瘀青過了一個星期才消退。所以，她很胖，做人很假，而且長得像馬鈴薯，但沒什麼人可以出來玩，所以我哪還能挑呢。我們第一次按唐娜家門鈴時，她媽媽想把我們打發走，但後來她的另一個小孩不舒服，躺在廚房的地板上，她就改變了心意。她說唐娜可以出來玩，不過有個條件——威廉也要跟，因為威廉十二歲了，長得又高又壯，如果有什麼麻煩，他可以照顧唐娜。說真的，威廉瘦巴巴的，要有麻煩，根本不管用，除非找麻煩的是一個小嬰兒，或者一隻小老鼠，就算是老鼠好了，他也是沒用，因為他害怕有尾巴的東西。我閉緊嘴不說話，唐娜有一輛粉紅色自行車，車把是藍色的，如果她出來，我可以叫她借我騎。

經過兒童遊戲場時，威廉問：「我們要去哪裡？」

「小巷。」我說。

「不行啦，不可以，我們媽媽不許我們去那裡。」唐娜說。

「妳媽媽又不在。」我說。

「如果她在，她一定不會讓我們去。」她說。

「可是她不在啊。」

「我不想去欸。」

「好哇，我也不想妳來。」

「好啦，我去我去。」

小巷以前有人住，就像街上的屋子一樣。窮得要命的人家住在小巷，房間很髒，牆壁都長了黑黴。小巷的小孩因為都吸髒空氣，所以胸口會發出一種可怕的嗶嗶剝剝的聲音，肚皮有臭蟲咬的結痂，嘴巴周圍的口水被冷風吹乾後，會長出鱗狀皮疹。現在，小巷屋子要拆了，窮人家沒地方可以去。這些屋子拆掉以後，要改蓋像一個個盒子疊起來的樓房，高高大大，閃閃發亮，一個盒子住一個人家，但小巷裡的人家不會去住，因為這種屋子很貴。為了這件事，教堂禮堂舉辦過一次會議，大人輪流站起來，說什麼「我們住在一個對最需要幫助的人不聞不問的社區，非常可悲。」我和琳達在後面晃蕩，吃著支架臺上的餅乾，最後牧師叫我們滾開。

已經有人在小巷屋子的柵欄板條綁了白絲帶，讓每個人記得那是史蒂文死掉的地方，我扯下一條綁到頭髮上。藍屋子外頭放了三角錐，中間拉起警戒線，但沒有警察，隨便一鑽就鑽得過去。威廉找到一個還沒被打破的窗戶，開始拿起石頭扔玻璃，這樣我們就可以推開玻璃爬進去。我們也是可以從門口走進去，但如果要這樣無聊，還不如一開始就不要來小巷。我等到幾乎整個人都穿過了窗戶，才搖搖晃晃抓住窗框，以免跌下去。手掌好痛，像是被咬了。我跳下去時，感覺一股暖意流過手指，一道油油的紅色慢慢流出來。我在裙子上抹了抹。我沒有哭，我從來都不哭的，不過是多了一個可以假裝是史蒂文的血的髒汙。

大家都想看看他死的地方，所以我帶他們到樓上的房間。我注意到一些和史蒂文在那裡時沒有注意到的東西，像是堆在壁爐邊上的沙發墊、角落的垃圾。壁紙剝落了，牆壁和地板相接的地方有腐爛的氣泡，很像冰淇淋蘇打上層的泡沫。在小巷的屋子，邊邊角角大多有水。

「妳怎麼知道是這裡？」唐娜問。

「那個人把他從屋子抱出去時，她在場。」琳達說：「我在幫寶拉把尿布穿回去時，她先跑來了。她從窗戶看，看到那個人在這個房間把他從地板上抱起來，帶到樓下給他媽媽。」才不是這樣，不過我喜歡這個說法，讓我聽起來非常重要。唐娜看著我，我知道她必須假裝沒有嫉妒，有一瞬間，我想告訴她是我，是我做的，讓她只能深深地嫉妒我。我不得不再次咬住嘴唇。史蒂文死後，我經常不得不咬住嘴唇。

「真的嗎？」唐娜問。

「真的。」我說：「我都看到了。」

屋頂破了一個洞，陽光從洞口射進來，黃色的光舔舐著地板。我走到破口下方的地板。

「他死在這裡。」我說：「他就是死在這個位置。」其他人走過來站成一圈，中間的空間足以容納一個小男孩的屍體。

「他怎麼死的？」威廉問。

「就是死了。」我說。我往手指吐了口口水，在傷口上揉一揉。

「不是這樣的。」唐娜說：「沒有人會莫名其妙就死了。」

「會。」琳達說：「我五歲的時候，我爺爺來我們家吃午餐，吃魚，結果就莫名其妙死了。他坐在椅子上，魚糕掉到膝蓋，然後人就死了。」她看了看四周，好像以為我們誰會尖叫或摔倒。

「不過妳爺爺可能已經一百歲了。」唐娜說：「史蒂文還是個嬰兒，不一樣。」

「一樣。」琳達說。

「不一樣。」唐娜說：「妳很呆欸。」

琳達從脖子紅到了臉，她咬住下唇的一角，嘴變得歪歪的。一點也沒錯，琳達很呆，所以沒有什麼人想和她做朋友。她很呆，不會認字，不會寫字，不會看時間，不會綁鞋帶，有時說一些呆得要命的話，你甚至驚訝她原來會走路，因為一個人要是這麼呆的話，根本就想不到自己會走路。她很呆，所以你說什麼她都信，有時很好玩。三年級時，有一次休息時間吃餅乾，她把牙齒跟著餅乾吞下肚，我告訴她，她肚子會多長出一張嘴，新長出的嘴會吃掉她所有的食物，她就會越來越瘦，越來越瘦，最後死了。現在牙齒都吞下去了，她也沒辦法阻止了。她哭得很慘，眼淚混著像蟲一樣的紅血順著下巴流下來，奧克菲爾德老師叫她去保健中心。奧克菲爾德老師問我知不知道她為什麼這麼傷心，我沒有回答，我忙著吃她的餅乾。

琳達討厭別人說她呆，因為她內心深處知道這是實話，因為她討厭，我也討厭別人說她呆。我推了唐娜的胸部一下。

「閉嘴，馬鈴薯臉。」我說：「他就是死了，跟她爺爺一樣，一模一樣。」

「我敢肯定不是一模一樣。」威廉說。

「對，我也敢肯定不一樣。」唐娜說。

「喂，你們各位。」琳達說：「你們要聽克莉絲的，她最聰明，什麼都知道。」她的臉頰紅了，因為她通常不會說「喂，你們各位」這樣開頭的話，尤其是對唐娜。她向我靠過來，我牽起她的手。

「嗯。」我說：「你們要聽我的，你們不可以欺負琳達，因為她是我最好的朋友，如果你們欺負她，我會讓你好看。不過你們主要要聽我的，因為我最聰明，什麼都知道。而且，我百分之百知道史蒂文出了什麼事。」

特別的不是我知道史蒂文發生了什麼，特別的是我是唯一一個知道他出了什麼事的人，其他的小孩大人都不知道，連警察都不清楚。學校告訴我們，他跑去小巷玩，發生了意外，他踩到腐爛的木板，結果木板陷下，他就從地板上的洞摔下去，這一摔，他的生命就像一杯用力放下的水，整杯水都潑出來了。「所以，絕對不可以去小巷玩。」他們說：「聽明白了嗎？」即使我沒有弄死他，也知道那不是事實。他們在樓上的房間裡發現他的屍體，所以他不可能是摔死的，除非他跑到屋頂上玩，但不會有人跑到小巷的屋頂上玩，連我都不會，而誰都知道我最會爬。他也不可能是因為被玻璃割傷死掉，因為不管我是怎麼告訴唐娜的，他們發現他的時候並沒有血。他死了，因為我把手放在他的喉嚨上用力擠壓，擠壓到再也不能擠壓為止。

史蒂文死掉以後，大多數日子裡，鎮上都有警車嗚嗚地開來開去。星期二，一輛警車停在學校大門外，兩個警察去和幼幼班的學生說話。我說要上廁所，躡手躡腳走到幼幼班，想聽聽他們在說什麼，不過教室門關著，我想打開門時，被戈達德老師逮個正著。

「克莉絲，不要在外面遊蕩。」她說：「妳知道不應該來這裡，請回到妳的教室。」

「妳是說偷聽吧。」我說。

「什麼？」她說。

「偷聽。」我說：「妳的意思是不要偷聽，克莉絲。」沒「遊蕩」這個詞。

「克莉絲，回去妳的教室。」她說。她不喜歡我說的是對的。

那天，警察沒有找小學生說話，真不公平，因為我想近距離觀察他們，而且我不想寫練習題。放學後，我看到警車又停在史蒂文家門外，就坐在惠特沃斯太太的前院牆上等他們出來。他們走到柵欄門時，其中一個發現我正看著。

「該回家去了，小妹妹。」他說：「妳媽媽一定在擔心妳跑哪裡去了。」

「她不會擔心我的。」我說。

「那麼，回家看電視。」他說。

「沒電。」我說。

他打開車門。「快回去。」他說：「小孩子一個人在街上不安全。」他彎下身坐上車，車子開走了。我望著車子，直到車子消失在拐角處。警察花了很多時間想查出史蒂文發生了什麼事，知道這件事後，我的指尖出現一種雪酪冰的感覺，貝蒂問我敢不敢吸電池十秒鐘那一次，我舌頭上也有那種感覺。

在藍屋子裡無事可做後，我們又回到街上。我們在小巷時，媽媽們把衣服晾在小屋子的屋頂之間，床單和襯衫袖子往下向我們揮手問好。我叫唐娜借我自行車騎一下，她不肯，我打她，她就騎著車回家告我的狀。威廉口袋裡有零錢，琳達回家吃午餐時，他就去雜貨店買了一塊肉餡餅。我們跑去兒童遊戲場，背對著鞦韆杆坐著，他吃著他的餡餅。

「你覺得史蒂文會死多久？」我問。他滿嘴的肉餡餅，回答不了，一滴肉汁沿著他的下巴流下。我都聞到了——一種焦黃色的味道，鹹鹹的——我的肚子開始吸啊吸。他咀嚼了很久，又咬了一口，又咀嚼了一會兒。我踢他的腿，叫他注意聽我說話。

「你覺得史蒂文會死多久？」我問。

「不要踢我啦！」他說。

「我愛踢你就踢你。」我說。

他猛然一個拳頭，打在我的兩眼中間，害我的頭撞上了鞦韆杆上。耳裡一陣咚咚咚的聲音。我沒有哭，我從來都不哭的。我想再踢他一下，結果他閃開了腿。

「他永遠死了。」他說。

「不是吧。」我說。我知道那句話不對，他是死了很久沒錯，但永遠比這還要長得多。我想他可能會在復活節前活過來，復活節是復活的好時機。他絕對不會是永遠永遠地死了。

「他永遠死了。」威廉說。

「他不會的。」說著，我捂住耳朵，再也聽不見他說的話。我的肚子吸得越來越厲害，好像有一雙拳頭在裡面扒啊扒。「肉餡餅分我吃一口吧。」我說。他頭也不抬地搖著頭，兩頰塞得鼓鼓的。「肉餡餅分我吃一口，我就讓你把手伸進我的內褲。」我說。

他吞下肉餡餅，嘆了口氣。「那好吧，但只能咬一口哦。」他說。

我們站起來，我撩起裙子前襬，抓住他的手，讓它從我的兩腿之間鑽進去。他溫暖柔軟的手指貼著我，他站得很近，我都能數出他臉上的雀斑有幾個。他的呼吸很熱，還有肉汁的味道。我們就這樣站了一會兒。他的手指還是軟綿綿的。我放下裙子，手臂垂在身體的兩側，假裝自己是木偶。真是無聊透了。

他的手伸出來後，直接插進了口袋裡。他把剩下的肉餡餅塞給我，好把另一隻手也插進另一個口袋。我沒幾口就吃完了，鹹鹹的，有豬油的味道，肉咬不爛，咀嚼時牙齒之間會有吱吱的聲音。我因為餓扁了，忘了用沒有蛀牙的那一側咀嚼，結果痛到連脖子也痛。我吃完後，我們爬鞦韆杆，不過手油油的，沒法子爬得跟平常一樣高。威廉說他要回家了，我說他如果走了，我會追上去，給他的手臂來個他這輩子最慘痛的麻花扭。他哭了，我不知道是因為麻花扭，還是因為他的手伸進我的內褲。我不覺得這兩件事有什麼好哭的。

茱莉亞

我上樓時，電話已經不響了。我拿了莫莉的麥片碗，洗乾淨殘留的牛奶痕跡，然後回到門口。開鎖前，我停了下來，我的思緒被那通電話纏住，當我的思緒在其他地方時，我還是會忘記我可以替自己開鎖。我想，也許到了三十歲，我會拋棄等待大人拿鑰匙來的本能。到了三十歲的時候，我在哈弗利高牆外生活的時間，已經比在高牆內生活的時間長了。

哈弗利是一個家，不過是「〇〇之家」的那種家，四周用柵欄圍起，收容惡劣到不能回自己真正的家的孩子。他們開著一輛車窗泛灰的汽車，把我從監獄送去了那裡。離開牢房以前，我吃了警衛從餐廳端來的一盤食物：腸衣裂開的褐色香腸，還有一塊深色的血腸切片，很像盆栽底部的土壤。我用手指狼吞虎嚥，吞下一團一團的食物，食物像鵝卵石一樣落在我的肚子裡。我不知道之後還會不會有人餵我吃東西。吃完後，他們讓我和兩名警察坐上車，車子開了好幾個小時，沿著曲折的道路轉啊轉，早餐也在我的肚子裡轉啊轉。牙齦和舌頭都覆著薄薄一層的油，連掉牙的地方也油膩膩的，有肉的味道，一種像汽油的苦味從我的腸胃往上湧。

「我有點想吐。」我說。

「深呼吸看看。」女警說。

「我可以搖下車窗嗎？」我問。

「不可以。」她說。她打開置物箱，拿了個紙袋給我。「拿去，吐在裡面。」

在剩下的車程，我一直想辦法從喉嚨吐出東西，因為我要是把後座吐得到處都是，他們就得讓我搖下車窗。結果直到車停在哈弗利的車道，女警走過來打開我的車門，我才吐了出來。涼涼的空氣撲面而來，我探出身子吐了，吐在她的鞋子上。

「哦，天啊。」她喊了一聲。

「就跟妳說我想吐。」說著我用手擦了擦嘴，再把手往座位抹了幾下。她抓住我的手肘把我拉出來，我看到一堆低低矮矮方方正正的房子，一點也不像監獄。我失望到心都痛了。我原本想像這裡有刺鐵絲網和鐵窗，如果唐娜來探監，我相信她一定會肅然起敬。

在哈弗利長廊上巡邏的，不是父母，而是動物園管理員。他們每天早上在固定時間叫醒我，帶我去浴室，看著我洗澡，帶我回房間，看我穿衣服，帶我去餐廳，看我吃飯，帶我去上學，看我撕破作業本，躲到桌子下面。大部分的人都很好，他們喊我「妹妹」、「小妞」和「孩子」，教我在快要發怒時怎麼把自己拉回來——深呼吸，數數，說出妳在周圍看到的東西。白天，管理員一直陪著我，讓我以為他們是因為喜歡我所以陪著我，可是到了晚上，他們就開始看著錶說：「夜班的到了嗎？」無論我們正在一塊做什麼事，晚班管理員一來，日班管理員就會站起來說：「掰掰，孩子，明天見。」在那個時候，我才想起他們根本就不喜歡我，只是有人付薪水要他們陪我。在那個時候，我會把棋盤遊戲扔到房間另一頭，撕爛作業本，或是推別的孩子的頭去撞牆壁。如果做出那樣的壞事，管理員會突然衝過來，四個人分別抓住你的四肢，牢牢抱著你，讓你動彈不得。我做了很多壞事，被抱著的感覺真好，我喜歡癱軟在他們的懷裡，聽他們說：「沒事了，冷靜，做得很好。乖孩子，克莉絲，乖孩子。」簡直好像我一點也不壞。

哈弗利充斥著獨特的節奏與聲響——走廊響起尖銳的警報器，孩子在房間裡尖叫——但最重要的聲音是掛在管理員腰帶上的鑰匙聲，叮叮噹噹，叮叮噹噹。展開新生活後，我停在每一扇緊閉的門前，等待哪個管理員來開鎖讓我進去。每一次意識到我自己就可以開門，我就覺得不尖叫不可。大家說我十八歲就被放出來很不公平，說我應該永遠關起來，我同意——這很不公平。負責的人把我藏了起來，然後把我抛進了一個我沒有想到要過的生活，一個我沒有想到要理解的世界。我懷念哈弗利長廊的叮叮噹噹，懷念門上的大金屬鎖。

「那是我的家。」我很想這麼說：「我真正的家，讓我離開是不公平的。」

因為天氣寒冷，工人一批批上門，我整天忙著把一小包一小包的薯條裝進塑膠袋，再用收銀機算錢。午餐時，我從保溫櫃拿了一個雞肉蘑菇派，走到廚房的角落吃。內餡粉粉的，靠著鹹鹹灰灰黏黏的東西才成團。吃完後，我舔了舔散落在金屬叉子尖的派皮屑，感到有點失落。

三點，G太太從辦公室出來，拍拍我的肩膀。

她說：「有一個女人打電話來找妳，叫莎夏什麼，她說她打過妳樓上的電話，她說她是兒童福利服務中心的人，她沒有說找妳做什麼，妳要去接嗎？」

在嘴裡，我的舌頭變成一大塊熱呼呼的生肉。我看著阿倫，用眼睛說：「請告訴我，我不能去，告訴我，我必須拖地，再炸點魚，或者服務客人。」角落的桌子坐著一個老太太，她正在剝掉鱈魚排上的麵皮。阿倫揮了揮手，說：「沒問題，去吧，茱莉亞。」我跟著G太太，覺得自己像是被叫出教室的孩子。進了辦公室，她拍拍我的肩膀，走去沙發，拿起她正在編織的東西。我以為她會回廚房，沒想到她從茶几上的小缽挑了兩顆粉紅色包裝的糖果，就坐下來了。

「別理我，親愛的。」她說：「妳就接妳的電話，我會聽我的收音機。」

G太太很和氣，也很愛管閒事。她不會聽收音機，她會聽我講電話。我用指尖拿起話筒。

「喂。」我說。

「妳好，茱莉亞，妳好。」莎夏是世上少數知道我真實身分的人之一，她假裝不討厭我，不過裝得不好——從她表面爽朗的聲音底下，我聽出了厭惡。「妳好嗎？」她問。

「我很好。」我說。

「好，那就好，是這樣的，我接到醫院打來的電話。」她說。我覺得一個魚鉤從我的喉嚨垂下，勾住我的扁桃體，想把我從內往外翻出來。「莫莉怎麼樣？打石膏還習慣嗎？」

石膏讓莫莉得意洋洋。她只有週末需要使用吊帶支撐，星期一早上，我很欣慰能夠將她的兩隻手臂都塞進外套，因為用吊帶又穿外套時，會有一隻空蕩蕩的袖子飄啊飄，相當恐怖。星期一，我小心翼翼把衣袖拉下來遮住石膏，只露出白色邊緣，她馬上又把袖子拉起，就是要讓別人一見到她就注意到石膏。她舉著石膏走進學校，好像捧著戰利品，回來時，手肘到手掌都是簽字筆塗鴉。她指著不同的塗鴉，告訴我是誰畫的，解釋了很久很久。我們回到公寓，她要我也畫一個。我沒畫。

「她很好。」我說。

「好，那就好。」莎夏說：「是這樣的，我只是想妳該來我這邊一趟吧，只是聊個幾句而已，不曉得明天早上方不方便？」

「明天？」我說。

「早上，十點？」

「但莫莉很好。」

「我們明天再聊好嗎？」

我不想明天再聊，我想告訴莎夏，她說了那麼多次「只是」，並沒有減輕她想要談的事的威脅。我還想問問是誰去告發我，我猜是那個斜眼看人的醫師，他認為我故意傷害莫莉。G太太開始跟著收音機裡的音樂哼唱，牆上時鐘告訴我，我該去學校接莫莉了，我覺得喉嚨縮成了一條細細的橡膠管。

「明天，好吧。掰。」我說。我掛上電話。吞口水痛，呼吸也痛。我想吞下卡在鎖骨中間的東西，可怎麼也吞不下去。

要不是G太太在後面喀喀喀地打毛線，我會問莎夏，見面的重點是否是告訴我他們要帶走莫莉，她會用尖銳的嗓音直嚷著沒有，然後轉移話題。我慶幸這場劇沒有上演。這些年來，他們一直想帶走莫莉，不過始終找不到藉口，現在可有一個了，一個又大又醜陋、上頭畫滿簽字筆塗鴉的藉口。我想到在電話中聽到的那個開罐聲音。克莉絲。不管那人是誰，他終究找到了我，他們一定和某個認識我的人談過，某個厭惡我的人。莎夏認識我，她厭惡我。

疼痛像一根緊繃的帶子穿過肩膀，擴散到頭骨底部。我拱起背部想要緩解疼痛。每年，我都有同樣的痛，這個痛在春天萌芽，在夏天消逝。有時，我感覺它從肩膀蔓延到腦子，想像它是滴入水中的一滴血，深紅色的手伸向透明的液體。

我揉了揉脖子後方起伏的脊椎骨。

「妳脖子僵硬？」G太太問。

「我沒事。」我說。不過她已經到了我的後面。她矮我一個頭，身形是我的兩倍寬。她拿開我的手，我感覺她厚實的手指碰到了我，由於長年拿著織針打羊毛線，她手指肉變得很硬。我聞到香料與木屑的味道，冷不防發現我很想哭。她的皮膚拂過我的皮膚，讓我覺得自己很年輕，而且無所遮蔽。我咬緊牙關。我從來都不哭的。

「妳的脖子很緊，親愛的。」她說。她的拇指順著我的髮際線不停地繞圈。「脖子肩膀都很僵硬，是因為阿倫老是要妳負責炸鍋嗎，我會和他談談。妳應該每天躺在地上二十分鐘，頭枕著書，平躺在地板，完全不要動，好嗎？」

我點點頭，但沒有說話。我脫了圍裙，套上外套，走進寒冷的午後。

全化為了泡影。幾個月的噁心嘔吐、肚皮撐大，幾年的洗澡、忙碌和煩心。我給莫莉買了鞋跟會發亮的運動鞋，耶誕夜帶她去教堂，教她過馬路前要注意兩邊，我當初不如把還是小寶寶的她丟到一角，等她自己哭死算了，因為兩個版本的結局都是一樣的：我又是一個人了。

她從堤上摔下來的前一個星期，她晚餐吃到一半停下來，瞪著眼睛看著我，手指放在嘴上。

「我的牙齒，我的牙齒。」她尖聲說。

「牙齒痛嗎？」

「感覺怪怪的。」

「怪怪的痛？」

「感覺怪怪的。」

這是最糟糕的事——莎夏帶走她，這件事很殘忍，很缺德，可也很正確。因為任何留在我身邊的孩子，都會長成一個腐爛的碎片拼成的拼圖。莫莉和我在一起，她會長成一個克莉絲。

我走上大街，走到半路，閃進一條小巷，靠在牆上。我拉下拉鍊，敞開外套，讓風吹涼腋下的汗水。我想像汗水結成了霜，當我移動時，發出嘎扎嘎扎的聲音。在我的胸口，我的心感到渺小，像貓項圈上的鈴鐺。尿騷味很重，我蹲到地上，尿騷味變得更濃了。我搖搖晃晃跪下，尿騷味變得更濃了。我把額頭貼在混凝土上，尿騷味變得更濃了。我開口要尖叫，尿騷味變得更濃了。

克莉絲

第二天早上我醒來時，媽媽站在我的衣櫃前。

「今天不用去上學。」

我摸了摸下巴。「我得了腮腺炎嗎？」我問。很多人因為得了腮腺炎沒去上學。

「不是。」她說。她從衣櫃拿出我上教堂穿的裙子，聞了聞腋下的地方，然後拿一個漂亮的玻璃瓶往裙子噴了一陣花香。我不知道她為什麼星期五要拿出我的教堂裙子。我摳掉眼角的眼屎。

「我們要去教堂嗎？」我問。

「當然不是。」她說：「今天是星期五，把衣服換了。」

「妳把電充滿了嗎？」我問。

「換衣服。」她說。

她走了，不過我沒有馬上起床，我躺在床上，用指關節撫摸乳頭下方的肋骨。

我不是很喜歡上學，因為我不喜歡懷特老師，不喜歡寫練習題，不喜歡坐在理查旁邊，但是我喜歡當牛奶股長。牛奶股長在休息時間要去操場，把裝牛奶瓶子的條板箱拖回教室，在每個人的桌上放一瓶牛奶和一根吸管。發下牛奶後，懷特老師會拿著餅乾罐走過來，在每個人的瓶子旁邊放一塊餅乾。我一直想讓懷特老師讓我當餅乾股長，因為做餅乾股長比做牛奶股長還棒，但她老是不准。

「餅乾股長必須是大人。」她說。

「為什麼？」我問。

「因為這是大人的工作。」她說。

「我覺得應該是小孩子的工作。」我說：「我想應該我來做。」

「克莉絲。」她說：「妳當餅乾股長的話，後患無窮。」

我不知道她在說什麼。

今天是好牛奶日還是壞牛奶日，看箱子裡的瓶子就能知道。最好是瓶子上有細細的水珠，像汗珠一樣，這代表裡頭的牛奶很新鮮，還是冷的。如果結霜了，那就不妙了，這代表牛奶凍結了，必須放到暖氣片上解凍，解凍要很長的時間。最糟的情況是，一整個上午都出大太陽，瓶子裡的白色變成了奶油色，這代表牛奶像洗澡水一樣溫溫的，而且變稠了，像奶酪一樣。

當牛奶股長最大的好處是，牛奶發下去後，要把箱子拿回操場，這時可以喝多出來的牛奶。幾乎總是有剩餘的，因為幾乎總是有人沒來。運氣好的時候，可能有五、六瓶。我把箱子放到窗臺下的地上，蹲下去，用大拇指推開瓶蓋。用吸管刺穿鋁箔更好玩——啵的一聲，真好聽。但喝多出來的牛奶動作必須要快——快——快，用吸管喝則是慢——慢——慢。一整個春季學期都是我做牛奶股長，所以我的動作已經變得很快。瓶子，拇指，猛灌，喝光。我一口氣能喝掉一瓶。坦白說，我不太喜歡牛奶，不過喝很多牛奶能讓我更容易忘掉放學後就沒得吃那件事。休息時間結束後，我只能一動不動地坐在課桌前，因為我的肚子脹得要命，如果動作太快，我知道我會想吐。我猜這可能是懷特老師讓我當那麼久牛奶股長的原因吧——因為休息時間過後我會變得很安靜。

媽媽叫我快一點，我推開毯子，心裡想著不上學就沒牛奶喝，也沒有營養午餐吃，這會是非常空虛的一天。但生活有時就是這樣，不可以氣餒。

我下了床，看了看床單，上面布滿重疊的黃色汙漬，和我得圓癬時手臂上的圓印子一模一樣：邊緣黑黑的，有的大，有的小。床中間的床單濕濕的，我睡衣底下又冷又黏。媽媽把她的香水瓶留在窗臺上，我朝最髒的床漬噴了一些，味道沒有變好，反而還有點更難聞。我用毯子把床單蓋上，希望晚上的時候床單就乾了。

在廚房，媽媽把我的頭髮綁成兩條很緊的辮子。她動作好粗魯，手指一扯，我的頭皮就像要裂開一樣，但我沒有哀哀叫，因為哀哀叫只會讓她扯得更大力。綁完後，她把手放在我頭上，小聲說：「天上的父，保護我，上帝，保佑我平安。」她的手涼涼的，我們聞到同樣的味道：上面是花香，下面是泥味。祈禱結束後，她往屁股擦了擦手掌，好像想把我擦掉一樣。

我們出門，一同走在街上。她的鞋子噠噠噠，好像馬蹄聲，她的手指在我的手腕上捏出了坑。到了轉角，我們經過幾個男孩，他們正在玩一個老舊的自行車輪胎，不過大多數人都上學去了。我好失望，我想讓他們看到我和媽媽穿著上教堂的衣服走在街上，而且幾乎是手牽著手。快到大街時，我那雙教堂鞋子戳得腳跟好痛，可是我如果放慢腳步，媽媽就會猛拉我的手臂，要我走快一點。我們走到大街，經過蔬果行、肉鋪和伍氏商行。我問媽媽我們要去哪裡，但她沒聽見，不然就是假裝沒聽見。快走到街尾時，她拉我走進一家店，動作很快，快到我都來不及看上面的招牌。

這家店的裡面根本就不是一家店。裡面是一間等候室，像診所和牙醫的候診室，我在學校放給我們看的影片中看過那種候診室，一部叫「看醫生」，另一部叫「看牙醫」。在這間等候室，每一樣東西都是很柔和很乾淨的顏色，牆上掛著許多全家福照片，每個人都開懷大笑，露出潔白的牙齒，所以我想也許是一家牙醫診所，也許媽媽是帶我來補蛀牙的。她把我拉到一張桌子前，桌子後頭有一個女人在講電話，她看到我們，就掛了電話，露出和牆上的人同樣的笑容，只是她的牙齒歪七扭八，像鬆脫的黃色路石互相推擠，我覺得長著那樣牙齒的人不該在牙醫工作，我甚至覺得長著那樣牙齒的人不能離開他們的屋子。

「這是我女兒。」媽媽說：「她的名字叫克莉絲汀，我要讓她給人收養。」

「呃。」桌子後頭的女人說。

「收養。」媽媽說。

「欸。」桌子後頭的女人說。

「我要讓克莉絲汀給人收養。」

「妳說了很多次了。」我說。

「閉嘴。」她說。

我用教堂鞋鞋尖描地毯上的圖案。我的臉熱了起來，媽媽不懂收養的意思，收養是養一個不是你親生的小孩，就像蜜雪兒媽媽跟倫敦那邊的壞人收養了她，雖然她不是自己親生的孩子，還是養她。我本來就是媽媽的孩子，她不用收養我就能養我。媽媽犯這種錯誤，真是討厭，害得我的臉好燙。我抬起頭，看到桌子後面的女人在舔嘴唇，以為她要向媽媽解釋什麼叫收養，沒想到她卻轉向了我。

「妳好，小乖乖。」她說：「克莉絲汀這個名字真好聽。我叫安，妳能乖乖坐著，讓我和妳媽媽說幾句話嗎？想喝柳橙汽水嗎？我請妳喝。」

我坐在窗邊的藍椅子上，椅子刺得皮膚癢癢的，安用塑膠杯拿了汽水來。味道好淡，我猜她根本把一個裝過真正果汁汽水的塑膠杯洗一洗，把倒出來的水裝給我喝。我把手指蘸濕，在椅子扶手上畫各種形狀。媽媽沒有看我，她站得筆直，一隻手臂抱著腰，一隻手抓著外套側邊。她的手指像白色爪子。

安回到桌子後面，正要用她不想讓我聽到的聲音跟媽媽說話時，走廊有一道門開了，我們都聽到有人在哭。哭聲不大清楚，夾著抽鼻子的聲音，像是有人拿手帕捂著嘴。過了一會兒，一個女人用手帕捂著嘴從走廊走來，我猜哭的人可能就是她吧。手帕原本是白色，現在變得灰灰的，已經濕透了，再也吸不了眼淚，不過女人還是不停把眼淚擠出來。她走到走廊盡頭，看到我和媽媽在等待室，就停下腳步，搖搖晃晃站著。她把手帕對摺，擤了擤鼻子，然後又摺起來，揩了揩眼睛底下。她連續眨了很多次眼睛。

她好美。她臉上哭得斑斑點點，化妝品弄髒了眼睛，但仍然好美好美。她的頭髮是黃色的，臉頰上抹著粉。我看了看她的雙腿，裹在肉色的絲襪裡，讓她像洋娃娃一樣光滑。媽媽的腿有很多凹痕，皮膚乾燥得像鱗片，就和我一樣。媽媽長得醜，就和我一樣。這個女人不醜，她像天使。

她好不容易止住了眼淚，走到桌子前對安說：「泡湯了，他們要讓他媽媽留下他，白費了這麼多工夫，這不公平，他們不能這樣對人。」

安皺起額頭，開口說：「哦，我覺得非常——」不過媽打斷了她。「妳想收養一個孩子？」她問。漂亮的女人生硬地點了點頭，從安桌上的盒子抽出乾淨的面紙。媽媽快步走過來，抓住我的手肘，用力把我拉起來，她太用力了，柳橙汽水潑了我一身。她把我推到前頭，朝那個漂亮的女人走去，說：「這是克莉絲，她是我的，但她要給人收養，妳可以收養她。」

安說「但是」、「等等」和「不」，而那個漂亮的女人說「但是」、「我」和「哦」。媽媽把手放在我的背上，又把手拿開，像是碰到了什麼很燙、很尖還是很可怕的東西。像是把手放在一個用碎玻璃做成的人身上。然後，她就走了。等候室靜悄悄，我耳裡聽到媽媽說：「她是我的。」她以前從來沒這麼說過我。

我低頭看了看我的教堂裙子，被汽水潑得濕淋淋的，裙襬都垂下去了。不知道這個漂亮的女人帶我去她家時，會不會給我買一件漂亮的新裙子。蜜雪兒媽媽從倫敦壞人那裡收養她時，蜜雪兒還是一個胖嘟嘟的小嬰兒，但是仍然得到新買的衣服、玩具和漂亮的軟底鞋。希望漂亮的女人也會為我準備。

「我想要一條新裙子。」我對她說，以免她不好意思主動說。「我們可以在回妳家的路上買。」

她的舌頭像蜥蜴一樣舔著下唇，然後她轉過身去，靠在桌子上和安說話。我聽到「去追她」、「顯然不太好」、「恐怕我幫不上忙」、「想要個小嬰兒」以及「年紀實在太大了，對，實在太大了」。等她轉過身來的時候，我已經又坐下來。她朝我走來，停下腳步，眨了眨眼睛，舔了舔嘴唇。她說：「我……」然後輕輕傻笑一聲，又更傻氣地微微擺了擺手，帶著一團粉和一頭黃頭髮，就衝出了門。

安穿上大衣，拿起了提包，嘴裡叨念個不停，就像大人以為用噪音堵住你的耳朵就能讓你不哭一樣。我想告訴她，她不用這樣，因為我從來都不哭的，但是我有一種奇怪的感覺，我的鼻子和喉嚨好像在冒泡泡，讓我說不出話來。我猜我可能快感冒了。安想牽我的手，不過我死命把手塞進外套口袋，塞到手都穿過了襯裡。我們走在街上，我跟在她的後面，教堂鞋的腳尖在人行道上磨啊磨。下雨了，行人都彎下腰，安不時停下來，嘮叨著要我跟上，可這反而讓我走得更慢。有個老太太一瘸一拐走在我的旁邊，安第四次停下來嘮叨，老太太就說：「跟上妳媽媽，這麼無聊的磨蹭夠了吧？」我對她吐舌頭。「哦，小淑女，這不太有教養吧？」她說。

「我就是沒教養。」我說：「我也不是小淑女。」

「哈，好，沒教養，的確。」她說。

一離開了大街，我就得帶路，因為安不知道我住哪裡。她居然還跟著我，愚蠢，一口參差不齊的牙齒，愚蠢，在我後面半步的地方快步跟著，愚蠢。我們經過小巷，她看著藍屋子，我知道她心裡在想什麼。

「知道嗎，他死的時候，我在場。」我說。

她的眉毛翹到愚蠢的劉海上。「他死的時候，妳在？」她說。

「唔，他們找到他的時候，我在場，差不多就是他死的時候。」我說：「我看見那個男人在屋裡找到他，把他抱下樓交給他媽媽。他全身都是血，血從他的嘴巴耳朵流出來，流得到處都是。他媽媽哭得像這樣。」我像一隻垂死狐狸嚎啕大哭，表演史蒂文媽媽的哭聲給她聽。她的臉色有點蒼白。

「想到那個小男孩的遭遇，妳一定很害怕。」她用她那糖霜般討人厭的聲音說。「這件事發生在一個孩子身上太可怕了，但妳知道妳很安全，對吧？不管是誰傷害他，警察一定會抓到他，他們不能再傷害別的孩子。」

我心裡開始有了雪酪冰感覺。「他們還是可能會。」我說。

「什麼？」她說。

「他們還是可能會傷害別的孩子，弄死史蒂文的人，他們可能還是會傷害更多的人。」

「不會的。」她說。她想拍拍我的肩膀，不過我快速閃開，她只拍到了空氣。「不會再有小孩子受傷了，我保證。」

人老是保證這個、保證那個，好像保證只是一個討厭的詞。

「這件事妳不能保證。」我說：「妳阻止不了這種事發生，沒有人可以。」

她解開她那愚蠢的脖子上那件愚蠢大衣的領子。天氣很冷，她鼻子還是沁出了汗珠。「唔。」她說：「我相信警察會保護所有孩子的安全，這很重要，重要的是妳很安全。」

「我從來沒說過我不安全。」我說。我想告訴她，自從我弄死史蒂文後，我覺得比以前任何時候都要安全，因為我就是別人需要提防的那個人，成為別人需要提防的那個人，是讓自己安全的最安全辦法。我認為不適合跟她說，她太愚蠢了。

走到屋子時，她沿著小徑跟著我。我轉過身，站著不動，擋住了門。「克莉絲汀，我只是進去一下，和妳的媽媽說幾句話。」她說。

「不要。」我說。

她說：「妳沒什麼好擔心的。」她想從我的身邊繞過去。「我只是想和妳媽媽簡單聊幾句，只是想確認妳們兩個人都很好。」

「我們兩個人都很好。」我說：「但是妳不能跟她說話，她很忙，她在工作。」

「在屋子裡？」

「嗯。」

「妳媽媽做什麼的？」

砰，樓上有一扇窗戶打開，傳出了媽媽的哭聲。安抬頭看看窗戶，低頭看看我，然後又抬頭望著窗子。

「她是畫家。」我說。媽媽放聲痛哭起來，安挑起了眉毛。「有時候她畫不出她要的東西。」我說。

我以為安肯離開了，沒想到她往前一衝，用愚蠢的手指去按門鈴。她按了三次，媽媽才來開門，她穿著一件腿露得太多了的睡袍。我不想再聽安的蠢話，也不想再聽媽媽的蠢哭，就從她們兩人身邊擠過去，上了樓，經過樓梯平臺，回我的房間去了。房裡仍舊有尿騷味和香水味，我把床單從床上扯下來塞進衣櫃，下面的床墊同樣也都是汙漬，臭死了，不過我鋪上毯子，假裝毯子是乾淨的。幾分鐘後，我聽到前門關上，聽到媽媽走上樓，回她的房間去了。她沒有又哭起來。我們兩人坐在自己的房間，聽著彼此的聲音。

等我明白到媽媽是不會來看我，甚至也不會喊我，我走到窗前，看著外頭的雨水像拳頭一樣重重落下。才剛過午餐時間，但我不能去敲門找誰出來，因為大家都在學校。媽媽的香水瓶還在房間，放在窗檯，我拔出瓶塞，打開窗戶，把香水倒到雨中。瓶子空了後，我把它扔了，我希望瓶子砸成數不清的閃閃發光的碎片，在媽媽下次光腳走出去時割破她的腳。不過瓶子掉到小徑上，啪的一聲悶響，然後彈到了草地上。

飢餓像是打開了閘門，開始沖刷我的全身上下，可是廚房的櫃子裡除了糖和飛蛾，什麼都沒有。我把櫃子打開又關上，想著學校裡擠在箱子裡的牛奶瓶。天氣很冷，又是星期五，牛奶應該很新鮮，學校午餐一定是炸魚薯條，是我最愛吃的。我用力踢了一下爐子的金屬底座，結果一包「快樂天使」幕斯粉從後頭滑下來。幕斯粉在我的舌頭上結成了厚厚的一團糊。在樓上，媽媽又開始哭了，發出貓叫似的嗚嗚聲。我不想聽，哭聲還是鑽進我的腦中，像長在柵欄門上的常春藤，在我的體內彎彎曲曲爬行。

我上樓時，一直低頭盯著地板上的頭髮、灰塵和結塊的泥土，走到媽媽的房門外，我不想抬頭卻抬頭看了一眼。門是開著的。我去廚房時，門沒開，這表示媽媽聽見了我下樓，急急忙忙跑到門口打開門，又急忙走回去。她坐在床上，背靠著床頭板嗚嗚咽咽。我尋找隨著哭聲流下的眼淚，不過沒找到，她的臉頰是乾的。她用力擠出像緞帶一樣長的聲音，每隔幾秒鐘眼睛就瞟過來，確認我仍舊看著她。

「妳哭什麼？」我問：「哭我回來了嗎？」

她沒有回答。我把門關上，因為我似乎沒幫上忙，反而還讓她更難過。一聲尖叫，接著是什麼又硬又重的東西砸在牆上的聲音。

「妳不懂。」她尖叫：「克莉絲，妳根本不在乎，妳根本不在乎。」

接著她很快就不哭了，可能因為我看不見她，她也知道我不會去告訴她我其實很在乎。如果用哭不能讓我做任何事，那她哭也沒有什麼好處，只會眼睛紅腫喉嚨沙啞。我用力捏了捏肚子肉，彎腰把快樂天使吐到地板上。它流過木板縫隙，媽媽這下子得清理了。我用手背擦了擦嘴，跨過那攤奶油色的東西，走回我的房間，把門關上。我跳上床，我告訴自己，明天早上，我要傷害一個人，誰都好，想傷害幾個就傷害幾個。我把一大團枕頭咬到嘴裡，大吼了一聲。

茱莉亞

莫莉上學六個月的期間，我去接她從未遲到過。險些遲到的那一次，是她放耶誕節假期的前一天，我在玩具店排隊排了很久。結帳後，我跑回公寓，把彈珠軌道臺藏在我的衣櫃，旁邊是我從八月份就藏起來的一盒耶誕襪玩具。我三點半溜進學校大門，這時，金老師帶了一排四、五歲孩子出來。莫莉臉上畫了冬青，拳頭抓著一塊耶誕老人造型巧克力，蹦蹦跳跳跑過來。

「我們開同樂會，玩缺腳趾遊戲，要親下面的人，我和亞碧嘉爾沒有親親，我們只有互相摩擦鼻子。我現在可以吃這個嗎？」

那時候我太魯莽了，太幸運了，我根本沒有真正遲到過。這一回，大門敞開，其他母親和其他孩子所組成的浪潮朝著我襲來，我站著不動，等著他們過去。我覺得我只是一個虛無的輪廓，人群的衝撞會讓我垮掉。

莫莉跟金老師站在噴泉旁，金老師看見了我，就要她往我的方向走來。

「妳遲到了。」莫莉到了我的跟前說。

「我在講電話。」我說。

我們走去了海邊，她指著露天遊樂場裡骨架似的設施，雖然開放，但空蕩蕩的，遊樂設施也冷冰冰的。在控制室裡，有人在抽捲菸。

「我們可以進去嗎？」她問。
「不行。」我說。
「為什麼不行？」她問。
「因為今天只是普通的日子，普通的日子不去遊樂場玩。」
「什麼日子才去？」
「特殊的日子。」
「像是春天的第一天？」
「不是，那不是特殊的日子。」
我又按了按眼睛四周的皮膚，但無法消除充塞在眼眶中的疼痛。莫莉把一顆鵝卵石踢到草地上，發出一種介於呻吟和哀鳴之間的聲音。「妳都不讓我做好玩的事。」她說。
「對不起。」我說。
一個女人帶著一個小女孩，走到我們前方的小路上，女孩穿著荷葉邊連身裙，走路時，腳上懶人鞋的鞋跟就會和腳分開來。我還沒來得及阻止，腦子裡的計數器就呼呼地動了起來。
天氣很冷，她應該穿褲襪。莫莉穿了褲襪，莫莉的腿不冷。一分。
那雙鞋太大了，而且沒有支撐，她的腳不能正常發育。莫莉的鞋子非常適合成長中的腳，鞋店的女人告訴我的。兩分。
那件裙子不實穿，穿著不能到處跑，她一定會擔心弄髒衣服。她媽媽不應該把她當洋娃娃。莫莉的衣服適合日常生活，不是用來炫耀。三分。

女人彎下腰把女孩抱起來，女孩兩腿勾著她的腰，頭靠在她肩上。

她有個好媽媽，莫莉沒有。很快，莫莉就沒有媽媽了。扣分，扣掉所有的得分。

我看著莫莉輕快跳過小路上的裂縫，風颳得她的臉頰泛起紅暈，她看起來更漂亮了，因為這讓她沒那麼像我了。莫莉最好的部分就存在那裡——在她和克莉絲之間的空白，在她柔軟的嘴和清澈的眼眸中。有時我覺得有一種「範本小孩」，那一個蒼白黑髮的小女孩，而莫莉和克莉絲的存在則是顯示她是吃飽還是挨餓，是乾淨還是骯髒。自從我到真實的世界後，就每天洗洗刷刷，把我最鋒利的稜角都磨掉，當我知道莫莉長得非常像我時，我感到一股暖暖的興奮，我不再去想那些不屬於我的基因。

給我莫莉的那個人，與其說是個男人，不如說是個大男孩，與其說是個大男孩，不如說是四肢和蠻幹性子組成的一個瘦長的網。他叫奈森，名牌上是這麼寫的。我的名牌寫著露西，他們放我出來後，我溜進了第一個新生活，露西是他們給我起的第一個新名字。觀護人珍給露西找到了工作，我和奈森在五金店負責整理貨架。珍總是說，我能出來到現實世界生活是很棒的一件事，因為現實世界的生活比獄中的生活好得許多。去五金店面試時，他們擺出了一系列的螺絲釘、螺栓和門把手，讓我們挑出最喜歡的，「介紹」給大家。大家亂烘烘圍了上去，最後桌面上只剩一袋鐵釘。我等著輪我說自己有多強壯多機靈時，拿了一根鐵釘戳手指尖，心裡想到了哈弗利。那裡是監獄的一種，遠沒有現在這座監獄糟。

奈森喜歡告訴我週末去了哪間酒館，和誰在一起，看了哪一場足球賽。他說話結巴，但只有說到T開頭的字才會。他家附近的酒館叫「塔門」，他支持的足球隊是「托特納姆隊」，他所有朋友似乎不是叫「湯姆」就是叫「東尼」。一個負責收銀的女孩告訴我他喜歡我，我笑了，因為沒人會喜歡我。他約我出去喝酒時，我沒有笑，我說：「好。」

我們去了火車站旁邊的酒館。要是他問起我來五金店之前的生活，我不知道會告訴他什麼。幸好，他沒問。他對我生活的任何部分似乎都不感興趣，卻還是問我想不想去他的公寓。我說：「好。」

我穿著工作制服：藍色POLO衫，胸前有「彭頓五金百貨行」的標誌。他沒有解開釦子，從我的頭上直接把我的衣服脫下，害得我的耳朵嗡嗡作響。他脖上掛了條銀鍊，上頭有個耶穌受難像。那一切發生時，我數著吊墜撞到我的臉的次數。數到忘了數到幾的時候，我轉過頭，看著堆放在電視機旁邊的錄影帶的標題。我覺得被用力推撞，好像他想打破我體內一堵堅固的牆。被一個比你更大更壯的人壓在下面，我覺得不知所措，他們的身體擋住了光線，擠出了你的空氣。不知所措——這是一種令人恐懼的感覺。我希望可以更痛。

「妳還好嗎？」他在我的上面一遍又一遍地問我。

「還好。」我在他的下面一遍又一遍地說。我平躺在地上，他的體重鑽著我的身體，我的身體裂了，像一個撐開了的痂滲出液體。我有很多的感受，「還好」不是其一。

「哦。」痛從疼痛變成刺痛，我喊了一聲。他喉嚨後面發出哼哼的呻吟。「哦。」我又喊，他又哼哼作聲，一種快樂的哼聲，讓我以為他喜歡我。我不知道怎麼有人能知道這件事結束了，還是會無止境地繼續下去，他知不知道什麼時候該停止，他會不會告訴我結束了。過了好長一段時間，他停下來了，喘著氣溜了出去。我覺得寬慰，起碼結束是明白易懂的：一種刺痛的空虛。我們翻過身背對彼此，我拉上牛仔褲，把膝蓋曲到胸前。我覺得自己裂開了，黏黏糊糊，像一個傷口。

「好吧。」我心想：「反正是發生了。」

在接下來的三個星期，我們又做了五次。第一次之後就不疼了，只有伸展開來的感覺，好像我是一隻裝滿熱油的手套。他喜歡這件事，我喜歡他喜歡這件事的感覺，那感覺簡直就像他喜歡我一樣。我不確定我喜不喜歡這件事——這件事本身，這件事的味道、聲音和沉重的親密——但這件事帶來一種平靜，一種被占據的感覺，這我喜歡。對他，我沒什麼感覺，他也沒讓我覺得他對我有什麼感覺。我們從不討論我們在做什麼，事情發生時，我們看向相反的方向。有時，我覺得這是我們想瞞著對方的秘密。

第一次的一個月後，我把油漆罐擺上貨架時，收銀檯女孩拍了拍我的背。

「幫我顧一下收銀臺，五分鐘就好？」她問。「我要去趟藥局。」

「好的。」我說。

「謝謝。」說著她靠了過來。「事後藥。」

「好。」我這麼回答，但突然覺得自己很不好，突然覺得又燥熱又噁心。我沒買午餐，而是買了驗孕棒，然後跑去五樓的馬桶坐著，那間窗子關不上，冷水龍頭也壞了，所以沒有人使用。門後貼著一張鹵素燈泡的廣告，我外褲內褲縐巴巴褪到腳踝處，一邊等著，一邊由上到下把海報看了一遍，學到很多。兩條線像咒罵的手指浮現了。

「好吧。」我想：「反正是發生了。」

我們從店的正對面過馬路，我拉著莫莉的袖子。在店內，阿倫正在把醃蛋裝到罐子中，一顆顆眼球似的東西泡在渾濁的褐醋中，我在人行道就聞得到味道，噁心的感覺像蜘蛛，毛茸茸的蜘蛛腳在舌頭後方緩緩移動。我找公寓鑰匙時，莫莉在點了螢光燈的門口磨蹭，希望別人注意到她。

阿倫沒有立刻看到她，她出聲喊：「嗨，阿倫。」

「妳好，莫莉小姐。」他說。他在圍裙上擦了擦手，拿起一罐可樂喝。「妳今天下午好不好？可憐的手臂好不好？」

「還好。」她說：「你今天炸了多少薯條？」

「哦，今天生意不好。」他說：「我們今天只炸了一萬五千根。」

「昨天是兩萬。」

「我知道，前天是兩萬五，我能怎麼辦？」

「不知道。」

「今天我們炸的薯條都沒有賣出去，不知道怎麼處理，剩太多了，我在想——我有沒有認識哪個肚子餓的小妹妹？但我想了又想，想不到有誰……一個也想不到。」

「她不餓。」我低聲說。我找到了鑰匙，把鑰匙插進鎖孔，但是莫莉已經走進店裡。她經過鏡子旁的凳子時，我聽到了金屬摩擦瓷磚的聲音。

「你認識我啊，阿倫。」她說。

「莫莉，妳可以進屋子來嗎？」我喊她，她沒有出現。我側著身子從店門往裡頭看，她站在櫃臺前，臉貼著保溫櫃，看著阿倫嘩啦啦把薯條放到一張白紙上。

「不用了，阿倫，真的。」我說：「我們有吃的，她不需要。」

「這沒什麼，這沒什麼，莫莉。」他說。他把薯條包成一包，遞給了莫莉，她像抱著新生兒一樣抱著。上了樓，她把薯條放在桌上，剝開一層層的紙。我用口呼吸。在店裡，油味碰到瓷磚會彈開，但是公寓到處是地毯窗簾，這些會吸入油臭味。我打開窗戶。

看著莫莉吃東西，我隱約有一陣像發癢的恐慌感。現在是四點鐘，四點鐘不是晚餐時間，是點心時間，準備接著四點半的閱讀時間，準備接著五點的《藍彼得》時間。莫莉如果在四點鐘吃了晚餐，那麼五點半我們就空出來了，我不知道怎麼填滿那個空白——然後，她睡前又會餓，到時我不知道要不要讓她吃東西，讓她吃什麼東西，要不要再刷牙，吃過東西後要等多久才能睡覺。

電話鈴聲響了起來，我把頭探出窗外，空氣涼爽，略帶甜味，我從咬緊的牙關啜飲著。外頭，有個男子想進去紀念品店隔壁的房子，用手掌砰砰砰敲著門，又用肩膀使勁猛撞，我好像看著一塊沒有發酵的麵糰被扔到了牆上：酵母發揮不了作用的硬麵糰。他身子一滑，倒在地上，拿起一只玻璃瓶子喝，卻沒能喝到嘴裡。他哭了起來。叮鈴鈴，電話鈴聲似乎一聲比一聲大——一聲比一聲響，一聲比一聲急——我想像著電話線另一頭的記者，彷彿聞到了她的香水味，聽見她的指甲敲打打字機的聲音，噠噠噠噠，噠噠噠噠。

「妳為什麼把窗戶打開？」莫莉叫道：「很冷。」

「只是透透氣。」我說。電話不再響了，我躲回屋裡，靠在玻璃上。從學校回來的路上，我的腦海中已經有了牢固的解釋：醫生打電話給莎夏，莎夏打電話給報社。我在心裡翻來覆去尋找恐慌或遭受背叛的感覺，但找不到。莎夏可以用我的電話號碼收到一大筆錢，多過於她的年薪，貧窮是可怕的。我愣在那裡。

「我真的需要一件禮服噢。」莫莉說。

「什麼？」我說。

「我需要一件禮服，參加愛麗絲的聚會。」

我摸了摸額頭：冰涼，濕軟，像死人的皮膚。我去了浴室，在地上鋪了墊子。莫莉繼續含糊不清嚷著衣服的事，咕噥與浴缸放水的咕咕聲交錯。我突然想到，我有沒有讓她保持乾淨已經不重要了，因為讓她保持乾淨是擁有她的一部分，而我已經不能再擁有她了。我又想到，要是不給她洗澡，她睡前會有更多沒有規劃的時間要填補。水龍頭還在流。我努力不去想像她穿著蓬蓬袖束腰裙子的模樣。我在浴缸旁跪下，把頭靠在邊上，看著水越來越高。

莫莉在我的肚子時，我大部分的生活都歪著頭看浴室。我從未經歷過這種的噁心，噁心到我肯定以前沒有人真正噁心過。夜裡，像刀片般的手指掐緊我的肚子，把我弄醒，我爬到浴缸，把冰冷的臉頰貼在浴缸邊上。我的汗好鹹，好像皮膚擠出了鹽，磨碎的結晶鹽粒順著我的脖子滑下。我的肚子抽筋，然後來了，一陣反胃讓我對著馬桶想吐又吐不出來，劇烈的反胃讓我以為孩子會跟著哇哇吐出來的膽汁吐出來。

從他們讓我出來後，我一直努力讓自己消失，可是莫莉讓我變成了霓虹燈。陌生女人笑盈盈看著我，問是男孩還是女孩，問什麼時候生，問我是否累了，在公車上想讓座給我。我覺得自己像個騙子。他們要是知道了我是誰，一定把我踢到公車車輪下。隨著肚子越來越大——大得可笑，大得不必要，肯定是任何人都沒有過的大——我離開公寓的次數越來越少。我低頭看著黏在身體前方的異物，心想：「請出去，請出去，拜託，誰來把它從我身體裡弄出來。」然後，夜幕降臨，我又回到浴室的地板上。我雙手放在腹部，隔著肚皮摸到圓圓的膝蓋，圓圓的手肘。她摸起來不像是陌生的，她摸起來像是一個朋友。我過去一直是那麼地孤單。

在哈弗利，我們曾經種過向日葵的種子。我告訴管理員，我的種子會枯萎，因為我是壞胚子，我種的種子也是壞的。結果，我的大黃花長得又鮮豔又挺拔，你根本不會知道它是一個壞胚子種的。晚上跪在浴室的地板上，我會想到它：明亮柔軟的花瓣。嬰兒是從種子長出來的，這是舍監說的。我咬緊牙關祈禱，「請留在裡面，請留在裡面，不管你是誰，請留在我體內。」

克莉絲

史蒂文死了一陣子後，大多數媽媽在放學後不再把小孩關在家裡，因為天氣逐漸暖和了，她們也受不了放學後讓孩子待在家中。媽媽還是討厭我，不過她沒有再試圖把我送走。我從學校或玩耍回來時，她通常都出門了，不然就是在自己的房裡，關著門，關著燈。星期日我們仍然上教堂，媽媽雖然不喜歡我，不過一直都喜歡上帝。我們必須晚一點到早一點走，因為媽媽不喜歡別人，如果我們晚一點到早一點走，別人幾乎不會注意我們來了。上教堂是媽媽唯一真正開心的時候——她閉著眼睛唱〈舞王〉、〈清晨破曉〉和〈天堂的麵包〉，仰起臉朝著天空。她的歌聲與她這個人的其他部分不搭，她的歌聲又嘹喨又好聽。我相當喜歡教堂，因為有時可以從後頭的募捐盤偷幾個硬幣，我也喜歡去前面接受祝福，讓牧師摸我的頭。回屋子後，媽媽通常在門墊上蜷成一團，我想要她到客廳裡來，但她不肯動，她太重了，我也抬不起來。最後，我通常會到走廊，躺在她的身邊，抓起她的一綹頭髮在嘴邊掃。頭髮好像一根羽毛。我不知道她為什麼上教堂後會變得這麼傷心，我猜可能是因為她知道自己整整一個星期都不能再唱讚美詩了。

只剩蘇珊還沒有出來玩，甚至沒去上學。我只有晚上才見得到她，她站在她的房間窗前，雙手貼在玻璃上。我不知道她有沒有看見我。她整整兩個星期沒來上學後，我下課時走到一個六年級女生面前，問她在哪裡。

「蘇珊？」她說：「妳是說弟弟死掉的那個？」

「嗯。」我說。

她說：「不知道，可能在家吧。」然後就跑掉了，因為六年級女生不應該和四年級女生說話。我在腦子裡翻來覆去地想——「蘇珊，弟弟死掉的那個。」以前都是「蘇珊，頭髮長長的那個」。

貝蒂也沒來上學，不過她是因為得了腮腺炎，不是有個弟弟死了。懷特老師說，如果我們覺得自己可能也得了腮腺炎，必須馬上跟她報告。我每天都跟她報告，報告很多很多次，她卻只是說：「克莉絲，別傻了，回去寫妳的練習題。」到了下午的遊戲時間，我偷溜回教室，把色鉛筆盒裡的色鉛筆統統都折斷。噼啪——噼啪——噼啪——我——討厭——懷——特——老——師。

星期二放學後，我和琳達去撿瓶子。許多人把玻璃瓶扔到垃圾桶，好像那是廢物。不過我們會把瓶子撿起來拿去換糖。有時，瓶底還有幾滴黑色的可口可樂，我就搖一搖，讓可樂滴到舌頭上。琳達說很噁心。壞掉的可口可樂是很噁心沒錯，有種腐臭的味道，但還沒壞的可口可樂像糖漿，值得冒險。星期一，我們帶琳達的堂弟一塊去，但是他們根本沒有幫我們撿瓶子，那幾個小傻蛋。這天不是撿瓶子的好日子，因為垃圾桶剛剛被清空，還沒有人來得及喝可口可樂。我常問懷特老師能不能把學校一箱箱的空牛奶瓶給我，她永遠都說不行，懷特老師就是這種人。要是我有那些牛奶瓶，可能九歲就成了百萬富翁了。我在排水溝中找到兩個冰淇淋蘇打的瓶子，可惜一個已經砸成了兩半。不管怎樣，我還是撿了。琳達只找到一個，那幾個小男生只會裝消防車的聲音。

「真爛。」我們走去雜貨店，琳達說：「我們從來沒有撿過這麼少的瓶子。」
「又不是我的錯。」我說。
「誰的錯？」她問。
「我不知道。」我說：「可能是首相的錯。」
「為什麼是他的錯？」她問。
「琳達。」我說：「所有的事都是他的錯。」有時，有一個很呆的好朋友好累。
進了雜貨店，邦蒂太太說她只能給我們四分之一磅的糖果，我們應該可以換到更多才對，不過邦蒂太太就是這種人，她就是小氣，小氣，小氣。每一次她秤糖果，會把糖果一顆一顆放進天平的銀秤盤，直到針剛好指到正確的數字，然後就把罐蓋轉緊。如果邦蒂太太膝蓋的老毛病又犯了，哈洛太太會來顧店，你就會知道哈洛太太不是小氣的人，因為她是用倒的把糖果倒進秤盤，而且倒到指針都超過了正確數字，然後說：「啊，好吧，多吃幾顆糖害不了孩子的。」邦蒂太太從來沒有那樣做過。小氣，小氣，小氣，小氣。
我和琳達為了換什麼糖吵了很久，最後我們換了綜合口味的甘草糖，因為我想吃甘草糖，而且是我找到兩個瓶子（包括碎掉的那一個，雖然邦蒂太太不肯收），而且我們基本上最後總是照我的意思。邦蒂太太秤好了糖，倒進白色紙袋裡。
「少得要命。」我說。她把袋口擰起來。
「克莉絲．班克斯，妳感激也好，不懂感激也就算了。」她說：「說實話，你們這些孩子就是不懂得惜福，是吧？日子不是一直都這樣輕鬆，我還是個孩子的時候就不是，當時在打仗。」

「唉。」我說：「為什麼除了愚蠢的戰爭，沒有人談論別的事情？」

離開雜貨店後，我們去兒童遊戲場，我和琳達坐在旋轉椅上，小男生跑來跑去，每隔幾分鐘，就伸著手來找我討糖吃，我把一條咬成兩段分給他們。他們年紀小，一口糖就夠了。

我躺著的時候，琳達低聲說：「看。」還打了我的手臂一下。她指著柵欄門。我坐起來，看見史蒂文媽媽推開門。起初我覺得她看起來很正常，因為她穿著普通裙子和羊毛衫，但後來我注意到她光著腳。她沒有看我們，而是看著那些小男生。他們停止奔跑，想爬上鞦韆杆。她露出迷濛的笑容朝他們走去，走近時，跪了下來，伸出雙臂。

「過來啊，小文。」我們聽到她說：「我就知道我會找到你。」

幾個小男生哭著跑開，我們也跑了，離開遊戲場，沿著街道往下跑。拐過街角之前，我回頭看了看。史蒂文媽媽坐在鞦韆杆下的地上，發出像是扎到荊棘的狐狸所發出的聲音，那個男人把史蒂文抱出藍屋子的時候，她也是發出這個聲音。我想找出心裡那個嘶嘶起泡的聲音，但找不到，回想是一種扭曲的悶痛，好像有人把我的內臟來個麻花扭。

「她瘋了。」我追上琳達說。她不斷回頭看史蒂文媽媽有沒有跟著我們，不過我知道她不會跟來。「妳猜是誰弄死了史蒂文？」她問。

「不知道。」我說：「反正也不重要，他很快就回來，像我爸一樣。」

「妳爸爸很久很久沒回來了。」她說。

「哪有很久很久。」我說。

「我認為史蒂文不會回來了。」她說：「我爺爺就沒有回來過。」

我不想跟琳達解釋人死後又回來的事，所以把剩下的甘草糖統統塞進嘴裡，讓牙齒黏得不能說話。她撞了我一下。

「喂！妳很貪吃耶。」她說。褐色口水順著我的下巴往下淌，琳達走進她家後，我把糖吐到排水溝，舌頭在嘴裡舔了舔，想看看蛀牙有沒有也跟著吐了出來，不過它還在，在牙齦裡嘎吱嘎吱響。

❙

星期三，我忘了用腮腺炎的理由讓老師叫我回家，因為警察又到學校了，這一次他們不只跟小小孩說話，他們跟所有年級說話。我透過門上的玻璃看到他們，他們每個人的鞋子都擦得鋥亮，鈕釦也閃閃發亮。我肚子有一種感覺，像是橡皮筋快要拉斷，或者像少量雪酪冰掉在可口可樂杯裡。懷特老師讓他們進來，叫我們要非常專心聽，所以我轉過身看著前面。理查踢我，我打了一下他光溜溜的腿。懷特老師叫我們安靜，別再亂來，一個警察看著我，半咧著嘴笑了。橡皮筋斷了，雪酪冰起了泡，我覺得自己又像是上帝了。

警察說的話，和麥克斯老師在史蒂文死掉後說的話一模一樣：我們可能聽說一個住在附近的小男孩發生一件很讓人難過的事，我們千萬不可以再到小巷去玩，我們之中有人可能認識這個小男孩，如果我們在他死的那天見過他，就必須和警察談一談。他們一講完，我就舉手，懷特老師說：「克莉絲，警察很忙，他們還要去跟五年級和六年級的學生說話，我們沒有空胡來。」

「我看見他。」我說。我直視著她的眼睛。

「妳看見了？」她說。她回頭看著我。

「對。」我說。

「妳那天看見了他？」一個警察問。

「對。」我說。

「那好。」他說：「妳願意過來跟我們聊一下嗎，小妹妹？」

我站起來，走到前面。我能感覺每個人都盯著我的後背，這股力量讓我咕嘟咕嘟起泡了。警察把手放在我肩上，我們走去圖書角的椅子坐下，我聽到後面有人竊竊私語，懷特老師叫大家把練習題寫完。除此之外，我還聽到別的聲音——嘶嘶嘶，砰砰砰，嗖嗖嗖。史蒂文媽媽到兒童遊戲場時，我還擔心我的嘶嘶聲可能永遠消失了，因為我覺得內心非常冰冷，非常安靜，但現在它又回來了，而且比以前更好聽。根本沒有人在寫練習題，他們都在看我。

「妳叫什麼名字，小妹妹？」我們坐下來，一個警察問我。圖書角的小椅子對他們來說太小，他們的肉都從椅子兩側跑出來了。

「克莉絲．班克斯。」我說。另一個警察記在筆記本上。

「嗨，克莉絲，我是PC史考特，這位是PC伍茲。」他說。「所以妳認為妳在史蒂文去世的那天看到了他？」

「PC代表什麼？」我問：「是警察的意思嗎？」

「很接近，是警員。」他說：「妳認為妳看到他，是不是？」

「我確定我看到了。」我說。我發現我的腦子一片空白，接下去不知道要說什麼。警察緊盯著我，我知道他們希望我繼續往下說，不過我也只是緊盯著他們。

「關於這一點，妳可以跟我們多說一點嗎？」史考特警員問。

「我是早上看到他的。」我說。

「好。」他說。然後，伍茲警員在筆記本記了其他的東西，我想可能是「她早上看到他」。

「妳在哪裡看到他的？」史考特警員問。

「雜貨店。」我說。

「馬德利街街底那家？」他問：「賣報紙那家？」

「我不知道有沒有賣報紙。」我說：「我們去那裡只會買糖。」

他的嘴角往內縮，跟別人憋笑時一樣。「好。」他說：「那他和誰在一起？」

他們等著我繼續說下去，但我沒有繼續，因為我不知道我接下來還要說什麼。

「他和誰在一起？」他問。

「他爸爸。」我說。他們互看了一眼，還挑了挑眉毛，讓我覺得這是很聰明的說法。

「那是幾點鐘的事？」史考特警員問。

「不知道。」我說。

「大概什麼時間？上午，快要中午……」

「下午。」我說。

「下午？」他說：「妳確定嗎？妳剛才說是早上。」

「不對，其實我覺得不是。」我說：「我想是下午，快到晚餐時間。」

他們又互相看了看，伍茲警員在筆記本的角落裡寫了什麼，拿給史考特警員看。他們塞在圖書角的小椅子，看起來很笨拙，我覺得他們好像我的真人尺寸的玩偶。

「克莉絲，妳是哪一天見到史蒂文的？」史考特警員問。

「他死的那天。」我說。

「對，但那天是哪一天？妳還記得嗎？」

「星期日。」我說。

「哦。」他說：「妳確定那天是星期日？」

「確定。」我說：「我沒來上學，早上去教堂。」

「啊。」他又說。他像一顆扁了的足球，全身沒了氣。我知道為什麼，因為史蒂文是星期六死的，不是星期日。星期日不會有人見到他，因為他在星期日時已經埋到地下了。我讓警察白白像狗一樣流著口水嗅來嗅去，沒有告訴他們最大的秘密。最大的秘密就是，我是最大的秘密。我覺得自己比以前更像上帝了。

「好吧，非常感謝妳的幫助，小妹妹。」史考特警員說。

「不客氣。」我說。他站起來，伍茲警員也站起來。我不知道伍茲警員是不是真的警察，他看起來更像秘書。「你們會去抓弄死他的人嗎？」我問。史考特警員咳嗽了一下，看了看周圍的其他小孩，他們都目不轉睛看著他。

「我們會查出真相。」他大聲說：「妳不用擔心。」

「我不擔心。」我說。我回到我的座位。

理查用鉛筆戳我的手臂。

「你們說了些什麼？」他小聲地問。我看著警察跟懷特老師說話，聽不見他們在說什麼，但看到伍茲警員把他記的那頁筆記扔進她辦公桌旁的垃圾桶。

「噓。」我說。理查歪著身體讓兩根椅腳懸空，用手臂壓我的手臂，我們的臉頰幾乎貼在一起。他連續用力吸了三次鼻子。

「妳身上有尿騷味。」他說。我把椅子從桌子邊挪開，於是他就倒在我的大腿上，他還沒坐起來，我就一拳狠狠打在他的耳朵上，好像我的拳頭是鐵鎚，他的頭是鐵釘頭。我接著握起鉛筆，把筆尖刺進他的耳洞，他哇哇大叫。懷特老師一臉慌張，匆匆跟警察說再見，警察跟懷特小姐說再見時，則是一副很高興的模樣，慶幸自己是男人，不是女人，所以可以做警察，不用當老師。懷特老師過來時，理查哭得很悽慘，沒法子告訴她發生了什麼事。

「老師，他不知道怎麼就倒下來了。」我說：「我想可能是他的椅子壞了，也許是因為他太胖了。」

「克莉絲汀．班克斯。」她說：「不可以批評別人。」

「這不是批評。」我說：「這是事實。」

理查不哭了以後，懷特老師說我們可以著色到下課為止，因為大家都太興奮了，沒人寫完練習題，不過她接著又說，我們不能著色，因為有人把色鉛筆盒裡的色鉛筆統統都折斷了。她問有沒有人肯承認是他做的，我知道她知道是我，她也知道我知道是我，我們都知道沒人能證明是我。原來這是這樣美好的一天啊！

到外面玩時，大家聚在一起說自己認為史蒂文遇到了什麼事。羅迪認為壞蛋在小巷發生槍戰，一顆子彈意外射中史蒂文。伊芙猜他有心臟病，但沒人知道，他是心臟病發作死掉的。有人的猜測很有道理，我想他們一定猜對了。事實上，我有時不記得是我弄死了他，那件事像肥皂一樣溜出了我的大腦，我在大腦中尋找，那裡什麼也沒有。最後，它永遠會溜回來，每次溜回來的感覺都不一樣，可能像燃放煙火，可能像一塊鉛掉下來，可能像冰水潑濺開來。也可能是一陣牙痛，比如我在兒童遊戲場看到史蒂文媽媽那一次。或者像熱鍋上的奶油發出的滋滋聲，我穿睡衣走去教堂的那個晚上就是這個感覺。但大多數時候，它不存在，我喜歡它不存在，這表示我肯定是兇手。但我也有不知道我就是兇手的日子，因為當兇手是一件很累人的事。

我們排隊回教室時，我隔著欄杆看到了警察。他們朝他們的車子走去，互相交談。砰，我突然好難過，難過到彎下了腰。他們走了，我走去圖書角時感受到的那股起泡般的力量，也就變得越來越小，越來越小。我想把它抓回來；我把手放在史蒂文脖子上，聽著呼哧呼哧的噴口水聲音，看著那凸起的眼睛，也感覺到那個力量。感覺身體是電做成的。

「我要它回來。」我想：「我還需要它，我需要做得更多，更多，更多。」

排在前面的人開始一個個走進教室，凱瑟琳推我，要我跟上，所以我把她推了回去，結果她摔倒了，排在她後面的人也跟著全摔倒了，像骨牌一樣倒下。她哭了，懷特老師罵了我一頓，但是我心裡的時鐘規律地走著，我聽不見她。

滴答，滴答，滴答，滴答，滴答，滴答。

放學後，我想再見到警察，不過他們的車沒有停在平常的位置，我不知道還能去哪裡找。我在史蒂文家外頭徘徊了很久，警察沒來，於是我往兒童遊戲場走去。快走到時，看到唐娜朝我走來，還拉著一個小妹妹的手。她跟我在現實生活中見過的小女孩不一樣，她穿著蓬鬆的藍色洋裝，配著藍色鞋子，頭髮上甚至還有一個藍色蝴蝶結。她的頭髮很長，是橘色的，像老虎的毛。她的膝蓋上沒有泥巴，連襪子也沒有泥土。她看起來一點也不像住在我們這幾條街的人。

這幾條街的特點是，大家都窮。有人沒那麼窮，你一定分辨得出那些人是誰，因為他們會說東西很「普通」。貝蒂沒那麼窮，她媽媽覺得很「普通」的有：粉紅色衣服、金絲布、半統襪、不說「不好意思」而說「啥」、水果罐頭、短褲、沙拉醬、進屋不脫鞋、鬱金香、不說「廁所」而說「洗手間」、簽字筆、擠出來中間有一條不同顏色的牙膏、吵鬧的音樂、漫畫和糖衣。而且，貝蒂家的走廊桌子上，有一個很大的玻璃罐，她媽媽爸爸把硬幣丟到裡面，口袋才不會被硬幣壓得沉沉的。這也是可以分辨某人沒有那麼窮的方法──他們覺得硬幣不是真正的錢，他們認為硬幣跟石頭或瓶蓋一樣。有一次我問貝蒂，罐子滿到裝不下時，他們怎麼處理這些硬幣。

「我媽媽應該會拿去教堂投到捐贈箱。」她說：「不過罐子已經很久沒有滿過了，自從妳開始到我家後就沒有了。」

「我想我們現在應該聊聊別的。」我說。所以，我知道貝蒂比我有錢，我也知道我比巷子裡的小孩有錢，不過基本上我們還是很窮。這小女孩看起來這麼不一樣的原因是，她看起來一點也不窮，這也是我目不轉睛看著她的原因。

「嗨。」唐娜說。她把手放在小女孩的肩膀上，就像那些媽媽們想炫耀自己的孩子一樣。「這是露絲，我在照顧她。」

「她為什麼穿這種衣服？」我問。

「她媽媽把她打扮得很漂亮，她給我看過她衣櫃裡所有的衣服，都是這樣的衣服。」

「她家很有錢嗎？」

「還好，他們住在公寓，公寓很小，他們準備搬進一棟屋子。」

「那麼她怎麼看起來這樣？」

「她媽媽把錢都花在她身上了，手裡每一分錢，她只把錢花在露絲身上。」

「看起來像洋娃娃的衣服。」

「嗯，我的裙子也很漂亮，不是嗎？新的哦，我奶奶給我做的。」她拉起裙子，裙子用一種像窗簾的料子做的，邊上有一些小流蘇。「我覺得這件裙子和露絲的一樣漂亮，妳不覺得嗎？」

「不覺得。」我說：「妳看起來像燈座，她家公寓在哪裡？」

「在大街附近，雖然很遠，不過她媽媽還是讓我帶她來這裡，她說我像個可有可無的女孩。」

「什麼意思？」

「長大，而且很乖，我看起來真的像燈座嗎？」

「對。」

露絲覺得無聊了，掙脫開唐娜的手指，唐娜向前傾著身子，她們的臉幾乎相碰，唐娜說話的聲音像糖漿一樣甜。「露絲，妳想和唐娜一起去兒童遊戲場嗎？妳想讓唐娜推妳盪鞦韆嗎？」

露絲往後退開，皺起了鼻子，好像唐娜的口氣很難聞。這讓我又更喜歡她一些。我們進了兒童遊戲場，她跑到鞦韆左邊唯一的嬰兒鞦韆椅，想要自己爬上去，但鞦韆太高，她不斷地滑下來。頭三次，唐娜過去想抱她上去，她推開唐娜，所以唐娜走過來和我一起站在旋轉椅旁。第五次，露絲爬上去又摔下來後，大聲叫我們去抱她。我們兩個合力才把她抱進了椅子。我想推她，她發出尖叫，還打我的手，所以我就打了回去。這一下打得很用力——她柔軟的手臂留下了一個粉紅色印子——但她竟然沒有哭。她看上去有點不高興，還有點害怕。唐娜想推她，她叫得更大聲了，所以我們走開，坐到旋轉椅上，留她自己在那邊亂盪。

「她家裡玩具有好多哦。」唐娜說。

「多少？」我問。

「妳一輩子也沒見過的多，她要什麼，她媽媽都買給她。」

「為什麼？」

「沒為什麼，不過我媽媽說，小孩子要什麼有什麼，這對小孩子不好。」

我不覺得我要什麼有什麼對我會有什麼不好。我看著露絲在鞦韆上亂晃手腳，裙子都縐了。我不覺得露絲很乖，我要有這麼一件漂亮的衣服，我會整天坐著不動，不讓它變縐或變髒。我還不大認識露絲，也沒有見過她家公寓、她的玩具或她的媽媽，不過就算沒見過，也知道她不配擁有那些。她什麼都不配擁有。

露絲玩膩了鞦韆，唐娜說要帶她回家，因為我不是一個可有可無的女孩，露絲媽媽只想讓她和可有可無的女孩一起玩。我罵露絲笨蛋，說唐娜像燈座，不過唐娜只是拉著露絲的手說：「走吧，露絲，我們回家去找妳媽媽。」我說我也一起去，因為我想去看一看露絲所有的玩具，可是我們走到路的盡頭時，我看見兩個警察朝著教堂走去。比起看玩具，我更想跟警察說話，所以就跑上去追他們。他們在前面離我很遠，我還沒追到，他們就上車走了。我踢了一下路邊石，覺得腳趾甲被我踢裂了。我無所謂，真希望露絲還在，我想用力把她推倒在路邊石，我想看看她的藍裙子被她的腦漿濺得到處都是後會變成什麼顏色。

茉莉亞

「猜猜有什麼事。」莫莉大聲說。我關上水龍頭，回到廚房。她說：「下星期全校要開集會。」她的聲音含糊不清。

「嘴巴有東西的時候不要說話。」我說。

她彎下腰，張開嘴，輕輕將一團嚼過的馬鈴薯吐到吸油紙上。她說：「下星期全校要開集會。」

「妳為什麼吐出來？」我問。

「妳叫我吐的。」她說。

四點半了，我把她的讀本從書包拿出來，坐在她對面的桌子上。

「來，看書。」我說。

她跪在椅子上，伸了個懶腰，POLO衫下露出一截肚皮。「我想我要當一隻貓。」她說。

「什麼？」我說。

「我要當一隻貓，所以我只用『喵』來說話，做這樣的動作。」她把她的手縮起來，舔了舔手背，然後用手摩擦耳朵後面。「我和亞碧嘉爾一起玩這個遊戲，好好玩。」

「妳以後可以當一隻貓。」我說：「現在妳要讀妳的書。」

「貓不認識字。」她說。

「我認為這隻貓認識字。」我說。

「喵。」她說。

十五分鐘後，我答應她，只要她不再喵喵叫，我就不再逼她讀書。她小跑進了浴室，有點像是打了勝仗。她站在墊子上，等著我給她脫衣服。

我剝下她的背心，她問：「妳知道我在集會上擔任什麼？」

「什麼？」

「第四號旁白。」她說。她現在光溜溜，肚子像攪拌盆突出來，上方是一條條的肋骨。她的膝蓋東一塊西一塊的瘀傷，皮膚表面泛著一種珍珠紫棕色的光澤。我把她抱進浴缸，將打了石膏的那隻手放在凳子上。

「第四號旁白。」她說。

「哇。」我說。

「是集會表演最重要的角色。」她說。

「有幾個旁白？」我問。

「四個。」她說：「金老師說，第四號旁白最重要。」

根據莫莉的轉述，金老師大部分工作時間都在稱讚莫莉是班上最優秀的。我不知道當最後一個旁白是否為榮譽，琳達連續三年都是第五號旁白（總共有五個），因為她不識字，每次必須在大家面前說話時就哭。第一年她哭的時候，我在舞臺上剛好站在她旁邊，我記得她的臺詞，也記得我的臺詞，因為我記得每個人的臺詞。我發現她說不出臺詞時，就站起來替她說了。我很驚訝，我的腦子還有空間容納這段記憶——我覺得我的頭骨兩側充滿莎夏的迴音，還有莫莉的新媽媽的幻覺——但記憶順利溜進了縫隙。琳達蒼白的臉，我拯救她之前的沉默，她的手——摸起來很冰冷，都是汗——抓著我的手腕。

我讓莫莉頭往後仰，用塑膠杯舀水澆她的頭髮，水把頭髮變成一條條細細的黑蛇，熱氣讓她的皮膚變得滑溜濕軟。有時，我覺得莫莉在浴缸裡時我與她最親近，因為她在水中又回到我記憶中的生物：赤裸裸的組織構成的東西，像一個女孩形狀的擦傷。她從我體內撕下來時就是這樣，痛苦的浪潮沖刷著我，讓我想抓著誰的領口說：「這不可能是真的，這一定是個玩笑，你不能真的指望我可以應付得來。」因為沒有什麼自然的東西可以給人如此的痛苦。她尖叫著來了，彷彿是我傷害了她，我想說：「不公平，妳這樣做不公平，妳才是那個傷害我的人。」

疼痛到達頂峰後消失了，一個護士把她像祭品一樣舉高。

「跟媽媽抱抱，皮膚貼皮膚！」她說。

「我不想讓它碰我的皮膚。」我想：「它傷害了我。」

「該抱抱了！」她說。

「我不想抱它。」我想。「它好吵。」

「是一個可愛又健康的女孩！」她說。

「一個女孩。」我想：「一個像我一樣的女孩。」

然後，她來了，熱呼呼的，黏糊糊的，靠在我的胸口。她的臉看起來是皮膚褶皺組成，我突然想到，也許這就是對我的懲罰。我的懲罰不是被關在門後的那些年，也不是終生的緩刑。我的懲罰，是生下一個沒有臉的嬰兒，只有層層疊疊的皮膚。我猛然抽了一口氣，護士把一個腎形碗塞到我的下巴下，我往裡面吐了。莫莉停止了尖聲哭泣，九個月來每晚聽到的乾嘔聲哄住了她。她身上仍然覆著細細一層我的內部組織，讓我突然覺得她像一個器官，我對她的感覺，就像有人把我的心臟挖出來，放在我身上的感覺一樣。

「媽媽，妳做得很好！」護士說。

「那不是我的名字。」我心想。

「看樣子她餓了！」她說。

「那要是我餓了呢？」我心想。

她托著莫莉的頭，讓她緊緊夾住我的乳頭。

「瞧！妳是好手！」她說。但我聽到的不是這個，我聽到的是我習慣聽到的：「妳是兇手。」「八歲就弄死了一個孩子？這不正常，這是反常。」我看著護士，納悶她怎麼知道我是誰。她摸了摸莫莉的後腦勺，點了點頭。「餵奶好手。」她說。這次我聽得很清楚，我抓住了它，就像抓住了「妳做得很好」一樣，像囤積食物的齧齒動物，把讚美存在我的臉頰上。護士把她推到我身上時，我的袍子掉了，所以肚臍眼以上都裸露在外。在一個我不認識的大嗓門女人面前這樣赤裸身體，我突然覺得很可怕。我想哭。我看著躺在身上的莫莉，她讓我沒那麼赤裸，我覺得她是故意這樣做的。她吸奶，我覺得不是為她自己，而是為了我，這樣我就可以把她的身體當成胸前的毯子。當她停止吸吮時，護士伸手過來，一根手指從她的嘴唇中間勾進去，讓我的乳頭離開她的牙齦。

「我把她放在這裡，讓妳好好休息。」她說著把她抱進床邊的塑膠箱。沒了她的重量，我覺得少了繫繩，像要飄到天花板上去。她被放進箱子後，開始嚶嚶哭了起來。「想回到媽媽身邊，是不是，嗯，小姐？」護士說。她把她還給我，看著我托住她的後腦勺。我想我可能做得不對。「她有名字嗎？」她問。

「莫莉。」我低聲說。這是我唯一選擇的名字，這使我懷疑我是否不知怎地感覺到了她在我體內的女孩氣質。我這輩子沒認識叫莫莉的人；這個名字是新鮮的，沒有汙染。我喜歡這些字母在我嘴裡的柔軟，說出來的感覺就像在嚼絲綢。

「好極了。」護士說著就匆匆走開了。

「那麼，妳喜歡我嗎？」我低聲對莫莉說，她睡著了，但轉著頭，有點像點頭。

我在五點十五分把莫莉從浴缸裡抱出來，用藍色大毛巾把她擦乾。她通常每天不許看超過一個小時的電視，因為太多電視會讓她的大腦變成糨糊，但她一穿上睡衣，我就打開了電視，也知道在七點兒童節目結束之前不會關掉。我坐在廚房的桌子旁，把吃剩的薯條一個接一個地放進嘴裡。

在《咯咯幻想村》開始和結束之間的某個時刻，我突然意識到，我明天早上不去見莎夏了。我不用作決定，在進入我腦子時，這個決定已經成形了。我不會在十點鐘出現在兒童福利服務中心大樓，因為走進那棟大樓，等於把莫莉交出去，而在把她交給別人之前，我會先走入大海。一想到要跟莎夏會面，我的胸口就像鉗著似的，如果不鉗著，我的肺就有空間脹大。莫莉和我被「不能」、「必須」、「時鐘指針震顫的弧形路線」控制，因為我就是這樣駕駛著我們快要散了的馬車。車輪現在脫落了，我們偏離了軌道，就要從半空中掉下來。免不了要墜毀——他們會找到我們，他們會帶走她，但在我們墜地之前，我們是自由的。不知道禿鷲來敲門前我們還有多久時間，我不想讓莫莉對我的最後記憶是，一群憤怒的暴徒把我撂倒在地，我的臉色慘白。因此，我們不留下，我們要逃。有些事我發誓永遠不會做，有些地方我發誓永遠不會去，因為那些事、那些地方不許滲入莫莉的泡泡中。那已經不重要了，我就要失去她，什麼都不重要了。

七點鐘，我關掉電視，開始給她梳頭。

「我想我們明天可能出門走走。」我一面說，一面用手指幫她劃出分線。

「去哪裡？」她問。

「就是去走走。」我說。

「我知道的地方嗎？」她問。

「不知道。」我說。莫莉只知道海邊，她年紀太小，不記得第一個新生活，不記得露西／奈森／五金商店的生活。在那個生活中，我住在一間一樓公寓，公寓裡有三個正正方方的房間，靠著吃有金屬味的罐頭食品過日子。發現自己懷孕後，我就沒有上班了，如同不去赴約的那個決定，那不是我能作的決定，而是我要接受的事實。奈森不能知道我懷孕了，我去上班，他一定會發現我懷孕了。我不能去上班。珍幫我申請了福利，在接下來的八個月裡，我白天睡覺，晚上嘔吐。

當莫莉還是一包小小軟軟的東西時，裹在毯子，靠在我的肩上，他們就追蹤到了我們。他們帶著照相機聚集在外面，咔嚓咔嚓，照相機的聲音像一支蟋蟀大軍。我們只好披著床單，跑過院子小徑，她的頭狠狠地撞上我的下巴，害得我的牙齒用力咬了舌頭一下。上警車時，我已經滿嘴的鮮血，嚐到鹽和油脂的味道。我把血吐到我的手上，莫莉抬頭盯著我。我慶幸她不會記得這一幕，不會記得打扮成鬼跑上車，也不會記得看到我把血吐在手上。

在露西後，我是茱莉亞。他們向我保證，沒有人會發現茱莉亞曾經是克莉絲。但他們也向我保證過，沒有人會發現露西曾經是克莉絲。承諾只是一個詞，一個名字也只是一個名字，我不是克莉絲，內心不是，永遠不再是，但禿鷹們不關心這個。珍為我找到阿倫的店樓上的公寓，還附帶一份炸魚和拖地的工作。

「現在還不用工作。」她說：「等妳準備好了再說，也許要等她開始上學，在那之前，妳的房租由福利金支付，一旦妳開始工作，他們會調降租金，他們人很好。」

沒人問我要不要炸魚、拖地。當你過去是克莉絲，你沒得選擇。珍認為這是完美的安排，因為阿倫和G太太是那種選擇不去看他們認為你不想讓他們看到的東西的人，為了相信他們一直相信的東西，他們會盡可能地歪曲事實，他們相信人性本善。

珍開車送我們到新城鎮，幫助我們把箱子搬上公寓。不用多長的時間，我們的東西並不多。G太太在廚房桌子留下了一塊用保鮮膜包著的蛋糕，蛋糕上有黑色的種子，旁邊是一張紙條：「歡迎妳，茱莉亞。」車子空了以後，我們站在店外的人行道上，莫莉哭個不停，我用背巾把她綁在我胸前。我喜歡這樣背著她，把我的碎片拼在一起。

「好。」珍說：「我要說再見了。」

原來，當禿鷹查出我們的下落時，他們帶走的不只是我的公寓、我的名字、我在晚上開始拼湊起來的睡眠時間，他們帶走了珍。我現在由一個隸屬於新城鎮警局的觀護人負責，我才開始喜歡珍。

她走上前，隔著背巾，把手放在莫莉的背上。「再見，莫莉。」她說。她把手移到我的手肘，緊緊捏了一下。「再見，露西。」

我站在人行道上，看著她上了自己的車。我看著她開到大街上，消失在轉角。「再見了，露西。」我說。

❙

「我們要出門多久？」莫莉問。

「不確定，幾天吧。」

「我們星期五會回來嗎？那天要開集會，我一定要回來參加。」

「嗯。」

我讓眼睛閉上。我覺得頭骨裡的大腦很嬌嫩，像一顆碰傷的桃子，果汁從皮膚的裂縫中滲出。莫莉跟著我來到她的臥室，我把羽絨被掀開，她爬上了床。

「我可以從我們去的地方找個東西在說故事時間拿給大家看嗎？」她問。

「晚安了。」說完，我在她床旁的床墊上坐下。

當她還是一個嬰兒時，我每天晚上都坐在她的嬰兒床邊，直到她睡著為止。有時她隔著欄杆瞪我吼我，那股強烈的憤怒弄得我緊張不安，但我從圖書館偷來的書上說，不該她一哭我就抱她。我閉上眼睛，不看她擰成皺巴巴一團的粉紅色小臉，低聲說：「請不要難過，請不要難過，請不要難過。」

到了她三個月大，她夜裡再也不哭了，無聲比哇哇哭更讓我害怕。

我算著時間，直到可以抱她的時候，才抱到胸前餵奶。我坐在地板上，肩胛骨壓著身後的牆。我只能為了讓她喝奶而抱她，不許為了我自己、為了她在懷裡的溫暖重量使我舒服而抱她——這是我在她出生時定下的規矩：我願意把一切都給她，不要求任何回報。

讀到書中斷奶的那一章時，一陣棉絮般的恐懼讓我的喉嚨啞了。上面有嬰兒用牙床咀嚼塑膠湯匙的歡樂照片，還有「該停止餵母奶了！」標題的段落，讀到這些內容，我覺得我還不如把莫莉裝在紙箱，放到大門，揮手顫聲說：「該走了，莫莉！離開我的時候到了！」直接用我的身體餵她，知道即使我們沒有錢，沒有家，只有彼此，她仍然不會挨餓——這讓我的胸腔有著一股溫暖的力量。後來我買了蔬菜，用叉子搗碎後過篩，莫莉把蔬菜泥揉進頭髮，塞進鼻孔。她厭惡地看著那瓶配方奶，我把奶瓶放到她嘴邊時，她蜷縮起來，用小手抓抓我的頭頂。我把她放在小床上，溜出房間，關上門，坐在地板上，雙臂在腫脹的胸前交叉。

「她不會哭太久的。」我想。

「她很快就會睡著的。」我想。

「她不可能那麼餓。」我想。

「書上說這是正常的。」我想。

我看著牆上的鐘，我聽著莫莉哭。我的衣服有兩圈濕印子，我發出腐爛的甜味，像是酸臭的甜瓜。開門前，我脫掉了套頭衫，走到床邊時，又脫掉T恤，然後解開胸罩，讓它掉在地上。我把她抱起來。她尖尖的眼睫毛變成一個個黑色的小三角形，她大口喝著奶，像海星的小胖手緊抓著我的胸脯。我解開她的嬰兒連身服，讓她光著身子，我們的皮膚於是貼在一起。汗水讓我們之間變得很滑，她喝奶喝到睡著了（不可取），我把她放在我旁邊的床墊上（不可思議），自己蜷縮成一個括號形狀，像一輪新月圍繞著她（不可原諒）。

我一直哺乳到她兩歲大。史蒂文去世時才兩歲，不知道他的媽媽那時是否還在哺乳，沒有了他，她是否腫脹、滴奶、疼痛。看到莫莉用學習水瓶喝水，我很傷心，感覺自己從裡到外乾涸了，那也好，那是我應得的痛。

她能夠睡過夜後，我還是習慣坐在她的床邊。在哈弗利，睡覺的時候，他們會把我的房門關上並鎖上，但仍舊有一個管理員坐在房間外面，每隔十分鐘就打開百葉窗偷看我。如果我需要上廁所，就去敲門，他們打開門，跟著我去廁所，站在角落裡等我小便。我們回到我的房間後，他們又把我鎖了起來，在我的本子上記錄我去了廁所。我睡覺翻身，他們在我的本子上記錄我睡覺翻身。我打鼾了，他們在我的本子上記錄我打鼾了。莫莉沒有本子記錄，但她夜裡有我在她的身邊，我躺在從我的床用力拉下的床墊上。這是照顧孩子的方式，這是哈弗利教我的。

那天晚上，我一直等到她睡著了，才上床躺在她的後面。我們沒有碰觸，但她就像一個小小的暖爐，她的溫暖讓我覺得我們融合在一起。我用手摸了摸肚子，我想念曾經因她而有的曲線和堅硬——那種無可比擬的親密，那種知道沒有人能把她帶走的感覺。她搬進來時，我的身體就像一間小巷屋子——潮濕、骯髒、邊緣在腐爛——但她仍然想住在那裡。她堅定地堅持著，拒絕因為馬桶裡一大團鮮紅而撤離。我不明白她為什麼想要我——

但我也不明白，為什麼我仍然想要媽媽。

離開哈弗利後，我如飢似渴地思念著媽媽。我覺得我有一部分像動物——柔軟，溫暖，由肉和毛皮組成。每一次我遭到抨擊，都會不自覺竄到她身邊，就像一隻退縮到洞穴裡的獾。每次離開時，我都覺得身上積了一層厚厚的汙垢，不得不站在淋浴間，用熱水使勁擦洗我的皮膚，直到覺得痛為止。我告訴自己，我再也不會去找她了。幾個月過去了，又一波的抨擊，我再次竄逃回去。這份需求始終存在，像一顆醃檸檬，黃色果肉完好保存在外皮下。我開始覺得我不需要她，不是真心需要，我要的不是這樣的她。我爬回去，是因為我希望有一天能發現她變得不是她。

我最後一次見到她，是在莫莉出生的前三週，我被孕吐折磨得灰頭土臉，累到了骨子底。她打開門，用眼睛上下細細打量著我。

「他媽的。」她說：「妳變胖了。」

「我懷孕了。」我說：「妳不是不知道的。」

「原來有人會胖成這樣。」她說：「我懷妳時完全沒胖。」

她喜歡假裝她根本沒有懷我，聲稱我是在她床頭櫃裡長大的。我待了兩個小時，在那兩個小時，我們彼此推推拉拉。我起身要走時，她塞了一張紙到我手裡。這已經成為一種儀式。

「妳又要——？」我說。

「嗯。」她說：「這個地方不適合我，鄰居都是爛人，地方議會給我找了個更好的地方，新公寓，整排的公寓大樓。」

「好。」說著我打開摺起來的紙條，看了一下地址。我認得那個郵遞區號：她要回去那裡。

「妳為什麼要回去？」我問。

她的眼神左右游移，好像希望能在周圍某個角落裡找到答案。她聳聳肩，「那是家，不是嗎？」她說。

莫莉出生後，我沒有停止對她的渴望；如果真要說有什麼不同的話，那就是渴望更深了。在九個月期間，莫莉是我的第二顆心臟，但護士把她取出來後，我沒有料到我的身體被奪走了鐘擺。我心想：「莫莉是二十年前的我，我是二十年前的媽媽。」我覺得比以前更靠近她，比我們在同一間房子呼吸同樣空氣時還要靠近她。當莫莉哭的時候，我真想帶著我的頭痛、乳房腫痛和襁褓中的嬰兒出現在媽媽的門口。「這就是妳的感覺嗎？」我想問：「妳有沒有覺得這麼瘋狂？這麼疲累？妳是否覺得別人有一本妳沒拿到的秘笈？這就是妳為什麼會是那樣的原因嗎？她會變得像我一樣嗎？」

在我旁邊的床上，莫莉抽了抽鼻子，睡著了。我從枕頭上拿起她的一綹頭髮，繞著我的嘴。感覺像羽毛。

「這是我做的。」我想：「我做了這些頭髮，這些皮膚，這些蜘蛛網似的血管裡的血液，都是我做的，都來自我。」我想聽她親口說——聽她親口告訴我，「對，看看妳，看看她，妳做到了，妳做到了，克莉絲，妳做了件好事。」這些話只能是她那鋼絲線般嘶啞的聲音說的。當我閉上眼睛時，我看到她的臉烙印在我的眼皮上。

媽媽。

克莉絲

跟警察說過話後的第二天，我從學校回來，發現廚房桌子上有一個罐頭。藍色的，上面有金色漩渦圖案。我拉開罐子，看到好幾堆整齊排列的巧克力。我把罐子拿到客廳，坐到沙發上吃。我得全部吃光，因為這是媽媽買給我的，媽媽買東西給我的時候，我得全部吃光，如果沒有吃光，她會哭著說：「我特地給妳買的，克莉絲汀，怎麼了？妳不喜歡嗎？」

如果媽媽做菜給我吃，我更是得統統吃光，如果我不吃光，她會認為我特別不喜歡。她很少自己煮，上次做菜是我七歲那年的耶誕節，賣肉的戈德溫先生給了她一隻火雞，我不知道他為什麼要送她。耶誕節前，火雞在廚房放了好幾天，又大又醜，雞皮上都是疙瘩。到了耶誕節那天，媽媽把火雞放到燉鍋，加了好多的水，水煮開後，繼續讓它滾。整間屋子都是肉的味道，廚房的窗戶蒙上水氣，所有湯勺和所有表面都有一層滑溜溜的油脂。我坐在走廊地板，用主日學校耶誕晚會送的禮物圍巾摀著嘴巴鼻子。我在主日學校的耶誕晚會玩得很不開心，晚會在主日學校耶穌誕生劇後舉辦，那齣劇也很無聊，因為白癡的塞繆爾斯太太沒有讓我演我要的角色。我好想演嬰兒耶穌，但是她說要用布娃娃代替，所以我很想演希律王，她說男孩子才能演，所以我很想演牧羊人，但她說必須給有帶茶巾戴在頭上的人演。上帝的天使必須長得很漂亮，瑪利亞必須讓她的媽媽塞給塞繆爾斯太太一瓶好酒的人演。我，只能演山羊。這根本不是我期待的快樂時光。有人要說臺詞時，我就大聲地咩咩叫，讓她知道我一點也不開心。我才不在乎毀了這齣爛戲。爸甚至都沒來看。

煮火雞時，我做紙鏈子，媽媽喝威士忌，喝酒讓她心情很愉快。她非常高興，去樓上房間拿來了收音機。她轉開收音機，收音機立刻發出模糊不清的沙沙聲，我只好捂住耳朵，因為模糊不清的聲音讓我覺得有人被困在收音機中，我很不喜歡這個想法。不過她轉了轉旋鈕，然後拉著我的手腕，讓我在廚房中旋轉，還唱著「我看到三艘船，我看到三艘船，我看到三艘船」，因為她不知道其他的歌詞。我覺得好棒，我不在乎爸不在，也不在乎有沒有很棒的禮物。收音機開始播放〈哦，伯利恒小城〉，我抱著媽媽的腰，把臉貼到她的肚子上。她身上濺到了很多煮火雞的水，所以她全身都是濕的，有一股雞骨的味道，但我不在乎。她沒有推開我，她讓我抱著她，還把手放在我的背上下搓動。這可能是她這輩子心情最快樂的時候，可能比瑪利亞在嬰兒耶穌出生時的心情還要快樂。天黑時，媽媽關了爐子。

她叫我到桌前，把一個碗和一個耶誕拉炮放到我的面前，說：「夠豐盛吧！耶誕節吃火雞。」她坐在對面，她根本不吃火雞，只喝瓶子裡剩下的威士忌。碗裡的東西看起來並不豐盛，灰灰的，邊緣都是泡沫浮渣。我吹了很久很久，然後反覆用湯匙舀起來又倒回碗裡。

媽媽說：「別玩了，快吃。」

「妳可以和我一起拉拉炮嗎？」

「吃妳的東西吧。」她說。

我第一口吃下的東西，不像骨頭，也不像肉，像一團軟骨，咬下去嘎吱作響，有蠟、皮膚和馬桶的味道。我吐回碗裡，我沒有看媽媽，我看著一圈圈在灰色湯汁表面聚集的油，一圈圈的油像尖叫的嘴巴不斷地擴大又縮小，擴大又縮小。

「媽媽，我覺得火雞怪怪的。」我說：「我覺得在袋子裡放太久了，我認為它已經壞了，味道不對。」

我不用看她，就知道她已經沒了快樂的心情。我感覺到了，從快樂切換到難過，就像打開一扇窗讓冷風灌進來。

「克莉絲汀，我煮了一整天。」她說：「妳給我坐好吃。」

「可我覺得它壞了，媽媽。」我說：「我覺得味道怪怪的。」

「妳給我坐好，妳給我吃。」她說。

「妳能和我一起拉開拉炮嗎？」我又問。

她把椅子從桌子往後推，椅子發出刺耳的聲音。「克莉絲汀，妳可不可以不要要這個要那個，要個不停嗎？」她大聲說。「去他媽的耶誕節，我想讓大家開心一點，給妳煮了火雞，買了拉炮，甚至把電加滿，這樣等一下我們可以開電視，我還以為我們可以一起看個什麼好看的節目。妳為什麼怎麼都不滿意？妳為什麼就不能乖一點？」

她走出廚房，穿過走廊，踩到了我的紙鏈子，紙鏈扁了。我感覺她踩到的是我的頭，好像她把腳放在我的臉頰上，用力往下踩，踩到骨頭碎裂為止。我用兩隻手拉拉炮，右手贏了，拉出一頂藍色紙帽子，一組迷你卡片。笑話字條飄到桌底。媽媽關上房間門，我拿著碗，走出廚房，打開前門，走過院子的小徑，把碗放在柵欄門外。希望有一隻狗會來吃掉這碗可怕的灰色湯。我靠著柵欄門，在小徑上站了很久很久。我看見貝蒂家的耶誕樹，耶誕彩燈隔著客廳網狀窗簾一閃一閃。然後，我進屋子看電視，看到沒電為止。

媽媽給我吃的東西，通常比壞掉的火雞好吃得多，因為她通常不會自己煮，通常是用買的，所以通常全部吃完並不難。吃了一整罐巧克力後，我把空罐留在廚房桌子上，回沙發躺著。之後，有一個星期沒有吃的。我想辦法在別人家逗留久一點，留到他們請我吃晚餐，不然就去翻廚房櫃子，翻出什麼吃什麼。沙丁魚罐頭，沙丁魚的魚骨像指甲，經常刮到喉嚨。大紅桶裡有奶粉，我拿湯匙直接挖到嘴裡吃。有一天下課時，我拿走唐娜的餅乾，結果被命令去找麥克斯先生，但我無所謂，因為我吃都吃了，他也不能逼我把餅乾還回去。

我開始認為媽媽一定是搬走了，因為我好多天好多天沒有見到她，連星期日去教堂也沒見到。我在屋子每個房間徘徊，手指沿著牆壁滑動，猜想自己算不算得上是孤兒。我只在書中讀過關於孤兒的事，不確定他們是像上帝一樣真實，還是像女巫一樣是假想出來的。

到了星期六，我適應了「我是一個孤兒」的想法——一個如假包換活生生的孤兒——結果下樓就發現媽媽在廚房的桌子旁。

「巧克力喜歡嗎？」她問。

「喜歡。」我說。

「都吃光了？」她問。

「吃光了。」我說。

「很棒，我特地給妳買的。」她說。

「謝謝媽媽。」我說。

我真的不知道該怎麼做，我把腳塞到鞋裡，把鞋帶緊緊地打成了結，緊到腳都要擠出血來了。

「我現在要出去了。」我說。

「好哇。」媽媽說：「去吧，離開我吧。我給妳買了巧克力，妳就離開我，我用自己的錢給妳買了巧克力，妳就離開我，留我一個人。」

「妳希望我留下來嗎？」我問。

「滾開，克莉絲。」她說：「我希望妳滾，永遠不要讓人找到，我要妳滾。」

「好吧。」我說。我走了，留著前門沒關。我寧願當孤兒。

我去琳達家敲門找她出來。我們走去山上，只走別人家前院的牆頭。我走牆頭很厲害，威廉的手錶被偷以前幫我計時過：從詹克斯先生家一路走到鬼屋，只要四分三十三秒。我想要他再幫我計時，這樣我就能越走越快，他說如果我幫他找出偷他手錶的人，他就幫我計時。真可惜，偷他手錶的人是我，所以我只好說我其實不想再計時了，但是四分三十三秒還是比這幾條街的孩子都快。

我們走到史蒂文的家，我看到前面房間的窗簾拉上，街上唯一一間拉著窗簾的房子，隱密的房間裡面究竟有什麼，這比拉開窗簾時更加讓人興奮一百倍。史蒂文的三輪車在前院，車座上的黃色油漆剝落了。我從牆頭跳下來。

「我們去敲門。」我說。

「不可以。」琳達說：「我媽媽說不要打擾她。」

「為什麼？」

「不知道，不過唐娜媽媽要送花給她時，來問我媽媽想不想去，我媽媽說不去，她覺得這麼多的媽媽一直送東西去給她是不對的。」

她用羊毛衫的袖子擦了擦腿上的擦傷，以免血流進白襪子。

「我媽媽說很痛苦。」她說：「她說：『那太太現在的經歷很痛苦，那種事妳都不會希望妳最恨的敵人遇上。』她是這麼說的。」

我想史蒂文媽媽大概希望死的是別人家的孩子，尤其是因為原本也可能是別人家的孩子，未必非要史蒂文不可。她大概希望是世界上其他孩子，甚至是她最好朋友的孩子。通常，當人說他不會希望他最恨的敵人遇到什麼事，這代表他可能就是希望最恨的敵人遇到什麼事，事實上，你會發現看著他們遇到那些事充滿了樂趣。我對唐娜就抱著這樣的希望。

琳達還在說話，說來說去都是那幾句話，不幸的是，那是她的老毛病。「她說，因為他是家裡的心肝寶貝，所以更糟糕。」她說：「我問她這是什麼意思，她說他是全家最愛的人。我說我們已經知道了。妳和我都知道，不是嗎？我們知道吧，克莉絲？我們都知道他們把他捧在手裡，不是嗎？我們常常那樣說，不是嗎？」

「琳達。」我說：「不要再說話了，妳一直說話，我耳朵都痛了。」

「哦，對不起。」她說。

我走上史蒂文家院子的小路，用力敲了三下門，等了很久，都沒有人回答。我猜史蒂文媽媽一定太傷心了，也倒在地上死了。我想她一定不會來開門，想放棄了，但我如果放棄的話，就被琳達說對了，我不能忍受琳達是對的。所以我又敲門，敲到有人開門為止。

史蒂文媽媽的樣子，比她到兒童遊戲場時要憔悴許多，臉像是炸魚那層灰色魚皮的顏色，臉頰的肉全部垮下來，在粉白色眼睛下鬆垮垮地晃著。

「什麼事？」她用一種聽起來也是灰灰的聲音問。我真不知道該說什麼，我沒有想到她的臉色會這麼難看。我根本想不起一開始想敲門的理由。

「妳好。」我說。

「什麼事？」她又問。

「警察常常來妳家。」我說：「為什麼？」

「走。」她說：「不該妳管的事不要管。」

我正要告訴她，史蒂文被弄死，警察尋找兇手，這是我確實該管的事，因為弄死人的其實就是我。不過我把話吞了回去，猜想這可能不是她那時想聽的。她準備關上門，但我又把門推開了。

「他還是死的嗎？」我問。這不只是為了拖時間——我是真的想知道答案。史蒂文死了好多天，我已經數不清了，我想他一定很快就會回來。他年紀很小，肯定一定會比大人還快復活。史蒂文媽媽的臉像氣球爆裂癟了下去，像是骨頭都不見了，又或者像是化成了水。

「克莉絲．班克斯，妳知道妳是什麼嗎？」她說。

「什麼？」我問。

「妳是壞胚子。」她說。

壞胚子，我喜歡。

「他們查出是誰弄死他了嗎？」我問。

「走開。」她又說。我想起了史蒂文像小鳥的屍體，被那個大個子抱出了藍屋子。他很平靜，動也不動，好像睡著了，躺在一雙肌肉發達、完全可以把他壓扁的手臂中。在史蒂文媽媽的後方，客廳的門開了，他爸爸走出來，我從站著的地方就聞得到他的身體，一種很強烈的體味，皮膚、汗水和汙濁空氣交雜的味道。他停在走廊，眼神越過史蒂文媽媽的肩膀看著我。

「蘇珊在家嗎？」我問。

「蘇珊？」史蒂文媽媽說，好像不知道那是誰。

「她在家嗎？」我問。

史蒂文爸爸一動不動，甚至也沒有吸氣，就喊道：「蘇珊！」好大一聲，我嚇得跳了起來。沒有人回應。

「她出去了。」他說。

「你知道她去哪裡嗎？」我問。

「某個地方吧。」史蒂文媽媽說。

「每個人都在某個地方。」我說。史蒂文爸爸穿過走廊，走到另一頭的廚房。他進了廚房，把門關上，但還是有一股令人作嘔的氣味飄出來。史蒂文媽媽看起來又想關起前門，所以我就說：「是一個男人弄死他的，對嗎？」

「什麼？」她說。

「是一個男人弄死史蒂文的，我看到了那個男人。」就這麼輕鬆脫口而出，只是把我在學校對警察講的故事換個方法說。

「妳看見了什麼男人？」

我感覺到她爬上了我的掌心，所以又聳聳肩說：「哦，沒什麼，不重要。」

「妳看見了什麼男人？」

「那一天，我看見一個男人從小巷走出來，就是史蒂文死了的那天。」

「那一天？星期六？妳確定？」

我又聳聳肩。從她來開門之後，我一直覺得有種冷冷的感覺，覺得有點像死了，不過她的臉從鬼變成人的時候，我覺得自己也又活過來了。「滿確定的。」我說。

「妳跟警察說了嗎？他們不是去了你們學校？妳告訴他們了嗎？」

「可能吧，實在記不得了。」

她向前走了一步，站得離我很近，我不得不別過臉去。「妳一定要告訴他們。」她說：「妳必須告訴他們妳看到的一切，尤其是妳那天看到的一切，妳聽到了嗎，克莉絲？」

「我以為我不該多管。」我說。在走廊底，史蒂文爸爸從廚房走了出來，那股氣味也跟在他後面出來，濃烈得我頭都暈了。我想像廚房有黑壓壓的蒼蠅在嗡嗡作響，我想像牠們繞著堆在桌上的鮮花嗡嗡地飛來飛去，繞著果盤中乾癟的蘋果嗡嗡地飛來飛去，不過最特別的是，牠們繞著那些媽媽們送來的燉肉和火腿嗡嗡地飛來飛去，在耀眼的陽光下，那些食物慢慢流出了液體。

我跑過院子小徑，出了柵欄門，到了街上。琳達跟著我跑。史蒂文媽媽喊著我們的名字，不過我們繼續跑。後來我回頭一看，她沒有跟上來，只是停在人行道上。我們沒有放慢腳步，一路跑到山頂。琳達氣喘吁吁，我沿著前院牆壁拖著指關節，用力壓著，讓皮膚滲出一點一點的血。我把拳頭拿到我的嘴邊，嚐到鐵和灰塵的味道。我們走到倒立牆，背靠著牆坐了下來。

「妳真的看到了一個男人？」琳達恢復呼吸後問。

「也許。」我說。

「妳要告訴警察嗎？」她問。

「也許吧。」我說。我只好翻身倒立，這樣她就不會再問了。她也做了倒立，因為我做什麼她就做什麼。倒立時，我想著史蒂文媽媽，和他那一副死氣沉沉的爸爸，坐在一間前院有黃色三輪車的屋子。我心想，改天我可以回去問她能不能把三輪車給我，因為她已經不需要了。車子很小，不過我也很小，不管是誰死了，白白浪費一輛那麼好的三輪車沒道理。倒立到臉脹紅的時候，我們改玩演電視劇。和琳達玩演電視劇，她會一直問我接下來要說什麼，而且她講話一點都不像電視上的人。在演戲方面，幾乎與我一樣厲害的是唐娜，非常討厭，因為像馬鈴薯的人絕對不會上電視。

「如果妳可以當一個有名的人，誰都可以，妳要當誰？」我問琳達。

「可能妳吧。」她說。

「我又不有名。」我說。

「不過妳幾乎什麼都是最厲害的。」我說。

「沒錯。」我說：「我知道，說不定我哪天出名了。」她說。

在外頭玩到不知道還有什麼好玩的，我們就回琳達她家。她媽媽大聲嚷嚷不讓我在那裡吃晚餐，結果還是給了我們湯、麵包及人造奶油。湯還很燙時，我就喝了，燙到了嘴，嘴巴裡面變得跟砂紙一樣。我沒怎麼說話，史蒂文媽媽那張灰臉還在我的眼前，就算甩頭，那張臉也不會消失。

我在琳達家待到她媽媽帶她上樓洗澡，然後又待了一會兒，自己一個人坐在客廳。我看著壁爐架上的照片，有耶誕節和節日時拍的，還有琳達的第一次聖餐。我聽到琳達媽媽在樓上壓著聲音對琳達爸爸抱怨，我聽到了「還賴著」、「去叫她走」、「來多久了」、「如果你難得能有一次離開你心愛的工作棚子，你就會知道」。琳達爸爸下樓，進了客廳說：「嗨，克莉絲，要我陪妳走回家嗎？」我不想讓他送我，只好說我可以自己走，不過我其實很想留下來。

屋子前門鎖著，我不意外，媽媽吼過我之後，一定會把門鎖上。我只好繞到後面，從廚房窗戶爬進去，窗戶壞掉了，沒辦法關好。爬進去得擠一下，我在擠的時候心想，這可能是媽媽不給我吃太多的原因，她知道如果我太胖，在需要的時候沒辦法從廚房窗戶鑽進來。我站到水槽中時，心想，這只是她照顧我的方式，真的，這恰好證明她非常關心我。

I

星期一，還沒到上學時間，我就出門了，這個時候，街上都是牛奶瓶叮叮噹噹的聲音。送牛奶的看到我，稍微打了招呼，不過沒有在我們家門口放任何瓶子，因為我們沒訂。沃爾特太太是訂戶，就住在隔壁。她用鳥籠養小鳥，人因為年紀大了，越變越矮，倒縮到幾乎跟我差不多高。送牛奶的在她門階上放了兩瓶牛奶，回到他的小車上，然後走了。我等到他走到街角才拿起一瓶。有一回，我在後院叫得太大聲，沃爾特太太罵我，反正她也老了，不用喝那麼多牛奶。我一邊走，一邊咕嚕咕嚕地大口喝著，奶皮卡在喉嚨上。我走到倒立牆，結果看到蘇珊背靠著磚頭坐在地上，頭髮都打結了。我坐下來，她用她那沒有顏色的眼睛看著我。

「妳頭髮怎麼變得這麼亂？」我問。我用牛奶瓶壓膝蓋，她看看垂在肩上像老鼠尾巴的馬尾。

「就亂了。」她說。

「都打結了。」我說。

「嗯。」她說。

「妳媽媽的梳子丟了嗎？」我問。

「不知道。」她說。她把《秘密花園》攤開放在膝蓋上，低頭看著那一頁，不過我覺得她並沒有認真在讀。最近每次見到蘇珊，她都帶著《秘密花園》，而且幾乎都翻到同一頁。史蒂文死以前，她每星期帶不同的書。

「妳為什麼不在家？」我問。

「那妳又為什麼不在家？」她說。我讓瓶子在膝蓋上移動，想找出玻璃最冰涼的地方。蘇珊又看著她的書，不過一頁也沒翻。她穿著開襟羊毛衫，袖子垂到手背上，而且被咬得不成樣。就在我看著她的時候，她又拿起幾條毛線放到嘴裡咀嚼，我不敢說她知道自己在做什麼。

「妳媽媽前幾天到兒童遊戲場。」我說。

「我知道。」她說。

「妳怎麼知道？」我問。

「薇琪媽媽帶她回家，跟我爸爸說發生了什麼事。」

「她老是哭嗎？」

蘇珊點頭的方式很奇怪，像機器人一樣前後擺動她的頭。她又把袖子往嘴裡塞。

「除了哭，她還做過別的事嗎？」

「睡覺。」

「史蒂文活著的時候，除了照顧他，她還做別的什麼嗎？還是當他媽媽是她唯一的工作？」

「蘇珊和史蒂文。」她說。她的聲音有些尖銳，好像棉花球中間夾著刀片。我不懂她的意思。

「什麼？」

「蘇珊和史蒂文，她是我們兩個人的媽媽，她的工作是照顧我們兩個人。」
「隨便。」
「算了，反正她已經不照顧我了。」
「想不想喝牛奶？」我問。她拿起瓶子，咕嘟咕嘟，大口喝完了剩餘的牛奶。喝光後，她用手背抹了抹嘴，把瓶子滾進排水溝。我沒告訴她，如果把瓶子拿去邦蒂太太的店可以換糖。我告訴過唐娜，我後悔了。
「警察還是常常去妳家嗎？」我問。
「嗯。」
「他們去做什麼？」
「問我爸爸媽媽問題。」
「怎樣的問題？」
「跟史蒂文有關的。」
「他們不問妳問題嗎？」
「不問。」
「那妳怎麼知道他們問什麼？」
「在客廳門外聽。」
「他們知道是誰弄死了他嗎？」
「不知道。」
這一次，回想是溫暖的，我的肚子燃起一團小火。「妳認為他們會找出來嗎？」

「不知道。」

「我想他們不會的。」

她只是聳了聳肩。她怯懦膽小，一點也不好玩。我用指甲刮了幾下手臂內側，刮出白白的粉塵，就想起學校保健中心角落架上那罐軟膏。我的濕疹在學校流血時，懷特老師會叫我去保健中心，布拉德利太太就在我手臂上塗了一層厚厚的藥膏，厚得都可以在上頭寫上自己的名字。有時，我趁懷特老師不注意，在桌子底下把自己抓破皮，這樣就可以去坐在保健中心，讓手臂塗滿乳白色的軟膏。蘇珊假裝在看《秘密花園》，我在皮膚上拖著指甲，發出像磨砂紙的聲音，沙——沙——我想像著跳進一整浴缸的軟膏，水泡的皺皮頓時一陣清涼。

「幾點了？」我問。

「不知道。」蘇珊沒看錶就說。

「給我看。」說著我把她的手腕拉過來。

「壞了，錶停了。」她說。

「妳應該讓妳媽媽帶妳去伍氏商行，他們會給手錶換電池，她應該也可以買一把新梳子。」我說。

她又做出那個機器人的點頭動作——頭前前後後移動著——點著點著，她哭了起來。她沒有發出任何聲音，眼淚就從眼珠子裡流下來，她任由眼淚滾落臉頰，從下巴滴下來。我沒見過有人那樣哭的，我看了又看，這種哭法真奇怪。

「很無聊的書，是不是？」我指著《秘密花園》說。她吸了吸鼻子，用袖子抹了抹臉。

「妳讀過嗎？」她問。

「如果我們早點寫完練習題，懷特老師會讀給我們聽，我討厭這本書，真的很無聊。」我說。

「我喜歡。」她說：「裡面有一個漂亮的花園。」

「裡面也有很多可憐的人，如果妳讀這樣的書，會永遠覺得很難過。妳應該去讀笑話集，讀了會哈哈笑的。」

「我不可以。」她說。

「妳可以。」我說：「妳想看什麼就看什麼，只要不是低俗的，笑話集也不低俗，學校圖書館裡就有一本。」

「我是說我不可以笑。」她說。

「為什麼？」我問。

「因為我弟弟死了。」她說。

「哦。」我說。我看著她用袖子擦掉臉頰上的眼淚，還有嘴唇上的鼻涕。「知道嗎？妳老是提到自己有一個死掉的弟弟。」

和蘇珊在一起，樂趣就像和一顆發霉的花椰菜在一起，不如趁著還沒無聊到死趕緊去別的地方吧。我想我可以去唐娜家，假裝剛好在外頭街上摔倒了，她媽媽可能會給我一塊膏藥、幾口早餐。唐娜絕對是我頭號敵人，不過她家總是有很多的食物、很多的電。我乾脆把膝蓋上結痂的粗皮摳下來，那樣會流出許多血，要是我渾身都是血，她媽媽不會叫我走的。一到他們家門口就摳吧。

「那麼掰掰了。」我說。

「掰。」蘇珊說。

到了唐娜家，她的媽媽讓我和唐娜還有她的哥哥弟弟坐在沙發上看卡通。她給我一塊濕布壓在膝蓋上，還有一碗香甜玉米片讓我吃。牛奶表面結了厚厚的奶皮，玉米片在牛奶中游啊游，我一面吃，一面覺得肚子在嘟嘟囔囔：「求求妳，求求妳，不要再喝牛奶了。」我當作沒聽到，吃到碗空了為止，我嚼一嚼吞下去，牙齒在冰冷的勺子上磕得噹噹響。

茱莉亞

火車站的咖啡館叫「嘟嘟」，看得出來，改名為「嘟嘟」以前，它叫「咻咻」——有的地方重刷的油漆沒有蓋過去。如果是我，不知道會不會大費周章把一個可笑的店名改成另一個可笑的店名。我到櫃臺，給莫莉買了熱巧克力和三包卡士達奶油夾心餅乾，注意到上方掛著「生日快樂」彩旗，就問收銀臺的老太太今天是誰的生日。這一問，我自己也吃了一驚，我不記得上次和陌生人說話是什麼時候了。老太太被問到這個問題時顯得很意外。

「沒有人生日。」她說。

「那為什麼掛著那個？」我問。

「哦，從去年夏天起就掛著。」她說：「是咖啡館的生日，我們開了十年了，一直沒時間拆下來，反正每天都有人過生日，不是嗎？」

我把手伸到袋子裡數錢，我不想讓她看到我的錢包，裡面裝了我所有的財產。她找了零，對坐在窗邊桌的莫莉比了個手勢。

「妳的小傢伙是去打仗啊？」她說：「怎麼會這樣呢？」

我轉頭一看，見到莫莉扭著身體脫下外套，把石膏擱在桌上，摸著上頭的塗鴉。我拿起餅乾和塑膠杯。

「就是發生了。」我說。

莫莉喝熱巧克力，吃了兩塊半餅乾，我留意街上有沒有警察，也吃了半塊。我們看了一下咖啡館角落裡的二手書架。我懷念這樣的書，茶色書頁像花瓣質地那樣柔軟。莫莉還小時，我每星期六給她一英鎊，讓她到慈善商店買東西。她察看小飾品和棋盤遊戲時，我從書架拿下平裝書，放到鼻子前，吸著杏仁和灰塵的味道。有一週，我在某本書的封面上看到了史蒂文的臉──塌鼻子的光滑臉蛋笑咪咪。《我的弟弟史蒂文：被魔鬼帶走的天使》。蘇珊寫的。就是這本書，將黑暗中逐漸鬆綁的我推到聚光燈下，引起了騷擾，結局是我和莫莉裹著床單跑上警車。這本書結束了我當露西的人生，我猜這或許就是蘇珊的希望──奪走我的一部分，如同我奪走她的一部分。自此以後，我們不再去逛慈善商店，因為想到可能再次偶然翻到這本書就覺得太可怕了。我懷念那裡的溫暖，潮濕地毯的氣味，莫莉懷念她視若珍寶的破爛小飾品。她問我為什麼不能再去了，我想說：「別問我，去問克莉絲，是她侵入妳的生活，奪走妳的東西。有名的是她，全是她的錯。」我告訴她那是因為我們太忙了。

我正在看一本素食食譜時，另一個母親帶著另外兩個孩子進了咖啡館。小男孩和小女孩找了桌子坐下，扭著身子脫下羽絨外套，那個女人則去給他們買飲料和培根捲。她比我年長，是真正的成年人，她讓孩子開始靜下來吃早餐後，就從手提包拿出一本精裝書，翻到做了記號的那一頁。我一邊看著他們，一邊假裝沒有注意他們。

「唔，講到哪裡了……啊，對了，我們剛讀過龍的那一章，是不是？你們還記得嗎？」

女孩點了點頭，把椅子挪了挪，靠到女人的身邊，不時指著一幅圖，女人就斜著書讓小男孩也看看。我發現莫莉在書架邊緣歪著頭，也想看到那些圖片。

看看她，念書給她的孩子聽。看看她的女兒靠在她身上的樣子。妳沒有能讓莫莉開心的東西，妳的身體對莫莉來說不是枕頭，妳有太多的尖角，太多的硬邊。扣一分，扣兩分，扣三分。

「莫莉。」我喊道，聲音比我想的大聲。女孩轉頭看了看我們，又依偎在另一個母親的懷裡。「妳想挑本書嗎？」

「從這裡？」

「對，挑一本有插圖的，有好幾章節的。挑本長一點的。」

「為什麼？」

「我想讀給妳聽。」

她又仔細地看了看另一個母親和她的孩子們，然後向我走來，放低了聲音。「為什麼要學人家？」她問。我的臉頰熱了起來。

「穿上外套。」我說：「火車要跑掉了。」

火車上的第一個小時，莫莉生悶氣，我努力保持理智。我一一列出在周圍看到的東西，去廁所用冷水沖洗手腕，專注於呼吸，以至於我覺得我根本就不是一個人，只是一個長了腿的鐵肺。

十點鐘，火車坐了一個半小時了，我的腦子響起一陣不安的滴滴答答聲。我和莫莉在一起的時間，不會再如一捲緞帶延伸至遠方——它有一個無情的終點，地面將唰地迎接我們脫了輪的車廂。幾英里外，莎夏走進兒童福利服務中心的接待處，她四處張望，她等待著我。半個小時後，她可能明白我是不會出現了，一個小時後，她可能報警。我耳裡的搏動像是倒數計時。

莫莉在窗上吹出一團雲，在雲裡畫了一張傷心的臉。「妳說我不能拿一本書時，我就是這種感覺。對了，順便說一下，一開始妳明明說我可以拿一本。」

「謝謝妳告訴我。」我說。

「我們要去哪裡？」她問。

「我以前住的地方。」我說。

她歪著頭。「那個學校？」

「不是。」我說：「不是去那裡，那個地方已經不存在，沒了。」

我在一陣亂鞭中失去了哈弗利。第一鞭在我十八歲那年耶誕節揮來，我躺在休閒室的耶誕樹下，瞇著眼睛，直到燈光變成了彩虹。電視正在播放《綠野仙蹤》，播畢後，我坐了起來，看見海華斯先生站在門口，他招手叫我過去，彩色燈光仍然在我眼前起舞。他帶我到會議室，我坐在橢圓大桌前，聽大人解釋將在我身上發生的事。「我們都相信這個決定是正確的——我是說讓妳出去。」院長說：「我們完全相信這是正確的，但是我們不能保證其他人有同樣的感受，有的人認為犯了罪的兒童應該和成年人關押同樣長的時間，放妳出去，這些人不會高興。如果不改變妳的身分，會有很多人把找出妳的住處當成自己的任務，那麼……」

「我們就是讓妳去送死了，親愛的。」舍監說。

「所以我必須假裝我不是我？」我說。

「妳會有一個新的身分。」院長說：「我們會替妳準備申請福利和求職需要的所有文件，統統都會準備好。我們會幫妳找住的地方，給妳安排一個可以定期聯絡的觀護人。然後——沒錯，妳的確將以一個全新的身分生活，一個新的開始。」

「但是別人說這個新名字，我不知道他們是在跟我說話。」我說：「我不會回頭，我會認為他們在叫別人。」

「這種事需要一點時間來適應。」他說：「不過我認為妳可能會驚訝原來妳一下就會開始覺得正常。」

「我什麼時候離開？」我問。

「星期三。」海華斯先生說。

「如果我想在這裡過耶誕節呢？」我問。

「星期三。」他說。

「如果我想繼續當克莉絲呢？」我問。沒有人回答，他們開始收攏文件站起來，我繼續蜷縮在椅子上，感覺自己像一個人形的秘密。

莫莉出生時，我的身體和她在一起——餵奶，換尿布，放下，抱起——我的心卻徘徊在哈弗利的各個房間。想著哈弗利，莫莉搬出來後在我肚子留下的空間就會溫暖起來。我把它當成逃生艙門的鑰匙，告訴自己，如果情況變得糟糕，真的很糟糕，我們可以在門口出現，要求管理員收容我們。「我可以工作。」我想像著自己說：「我什麼都可以做，做飯，打掃。莫莉可以讀這裡的學校，你們可以照顧她，但我仍然可以看到她。」我想這對我們兩個人來說是最好的，管理員會以她應該被照顧的方式照顧她，而我仍然可以在晚上坐在她的床邊。「我們只要一個房間就好。」我想像著自己說：「我們已經習慣睡同一個房間。」

莫莉幾個月大時，我去警察局找珍，坐在她的辦公室，聽著她說：「監護中心要關了，妳住過的那間，哈弗利。」這句話像一拳打在我的肚子上，砰，我的肺扁了，呼，我的肺又充滿了氣。

「我覺得很遺憾。」她說：「對妳來說，那是個好地方，不是嗎？妳在那裡感到安全。」

「也沒有那麼好。」我說。

冷靜，克莉絲。妳看到什麼？桌子、地毯、櫃子、警察檔案。

「我以為妳當初不想離開。」珍說。

「他們不想我離開。」我說：「他們給我做了一個蛋糕，粉紅色糖衣上頭寫著『再見，克莉絲』，我切蛋糕時，大家開始唱歌，『因為她是個快樂的好夥伴』，大家都歡呼起來。車子要開走時，妳還可以聽到他們從裡面一路走出來，他們都還在歡呼，喊著再見，有人還哭了呢。」

「很感人的送別。」她說。

「我沒有撒謊。」我說。

「我沒有說妳在撒謊。」她說：「聽起來妳在那裡很好，知道要走了，一定很難受。」

「我真的不在乎。」我說：「我現在可以走了嗎？我還得去買東西。」

當她讓我走時，我推著莫莉進電梯，穿過門廳，走到人行道。莫莉開始弓起背，小拳頭摩擦著臉蛋。我努力不去回想還是嬰兒的史蒂文，他在兒童遊戲場的嬰兒車裡蠕動，那些浮光掠影我通常鎖了起來，但現在那扇門是開著的。史蒂文在街上搖搖晃晃走著，蘇珊在窗戶後面的臉很蒼白，哈弗利走廊上的氣味——生麵糰，拋光劑，潮濕的冬天外套——每當我們從外面回來時，我都會感激地把這些味道吸入肺部。

離開哈弗利的那一天，午餐吃的是香腸和馬鈴薯，後來廚師拿出了一條已經切成厚片的瑞士捲，就是路邊小店買得到的那種：海綿蛋糕有苦澀的可可味道，外面還有糖粒。她把瑞士捲放在桌子中間，說：「好了，各位，這是克莉絲的蛋糕，所以她第一個選她要的，明白了嗎？」每個人都發出呻吟，用老鷹般的眼神看著我，我把一片移到我的盤子上。我沒有檢查是不是拿到最大的一塊。蛋糕吃起來像皮革。

晚餐後，我拎著行李走到車道，海華斯先生把行李箱搬上了車。他一隻大手搭在我肩上。「再見了，孩子。」他說。其他人在院子打雪仗，沒有停下來說再見。

火車站外的空氣與海邊的空氣不同——密度更高，也更髒，而且非常潮濕，所以雷聲響起前的那一刻空氣都靜止了。一切都是灰色的，我們習慣了海浪的灰，海上雲層的灰，海邊石子的灰，但我們的灰有一百種顏色和形狀，隨著每一陣的風吹變化。火車站外頭的灰，是失去生命與從未有過生命的東西的顏色。

中午了，莎夏應該已經明白我不是遲到而已，她會打電話到店裡，得知我沒去上班，她會打電話到學校，得知莫莉沒有坐在地毯上，聽金老師誇她是班上最棒的。警察一定在找我們了。我的下巴後面開始發癢，癢意擴散到牙齒、牙齦和嘴唇。我的舌頭突然變得又滑又腫，好像一條鼻涕蟲或一片生魚肉。我在路邊停車繳費機旁俯身嘔吐起來，吐得眼淚直流。當我直起身子時，看到針尖般的光線在弧線上跳舞，我覺得自己又輕又脆弱，好像在火車上變老了，骨頭裡面消耗成蜂窩狀。莫莉背靠著牆站著，看著。

「妳生病了嗎？」她問。

「沒有。」我說。

「妳坐火車暈車嗎？」她問。

「沒有。」我說。

「我也沒有。」她說：「我好餓。」

大街有一間咖啡館，塑膠桌黏答答，坐滿孤獨老人家的那種咖啡館。我帶莫莉走進去，點了一份全套英式早餐。端上來的食物滿滿一盤，香腸四周是油，黏糊糊的蛋黃上面也是油。她帶著決心，安靜地對付盤中的食物。她一吃完，我就付了錢給櫃臺後面的男孩，把她塞進外套裡。我知道我應該充分利用這個時機──她很滿足、我們也在一起的時刻──但我又希望這一切結束。

我們坐上公車，公車蜿蜒駛向那幾條街，各站的名稱在我的腦海中輕快地迴盪著。有一年夏天，唐娜和琳達背下了公車路線，用〈玫瑰花圈〉的曲調唱了出來──摩利公園和摩利商場，康威路和漢普敦街，克勞德爾街、科普利院和賽頓公園。教堂映入眼簾時，我的嘴裡都是稀薄的唾液，嘗起來有硬幣味道。我按了柱子上的下車鈴，推著莫莉走出摺疊門，往天使雕像的底座吐口水。

「不能往那裡吐口水。」她說：「那是天使，那是教堂，那是神的地方，妳不能在神的地方吐口水。」

「我不信神。」我說。

「金老師信。」她說。

「我不是金老師。」我說。

「我知道。」她嘆了口氣，走過我的身邊，踏上穿過墓園的小路，一屁股坐到小路盡頭的長椅上。我慢慢跟著。我分不清身體裡的冷是冰冷，還是沸騰的冷，是會讓手指脫落的冷，還是直到見到水泡冒出才意識到是熱的冷。我只知道，那是一種很疼的冷。走到長椅時，腿上傳來陣陣疼痛，感覺離地面很遠，像是踩著高蹺，腳並沒有真正接觸到小路。草地上長著一簇簇的小雛菊，我坐下來，摘了兩朵，串在一塊，拿給莫莉看。她別開目光。我把花丟在地上，用腳趾頭踩爛。

「妳知道誰住在這裡嗎？」我說：「不是住在教堂，我是說住在這個地方，在附近。」

「誰？」

「我的媽媽，妳的外婆。」

「妳以前沒跟我說過。」

「妳想見一見她嗎？」

她彎腰摘了兩朵雛菊想串起來，結果花莖撕開太多了。她發現無法補救後，就開始把花撕碎。我看著她把花瓣從黃花心上扯下來，撒在她的膝上。

「她住在妳以前住的地方嗎？」她問。

「不是。」我說：「已經搬家了。」

我進了哈弗利之後，媽媽被迫搬家。我被捕後，大家開始在牆上噴漆，拿腐爛的食物砸窗戶，審判期間，情況更糟了。一天晚上，有人往信箱投了一枚汽油彈。她來看我時，眼睛一眨一眨，她說，瞧妳幹了什麼好事。我不知道後來有沒有人買下屋子，很難想像會有人願意買。報紙說那裡是「撒旦地獄」，房仲業者可能不會那樣形容，不過他們改變不了人們所知道的。惡名讓它籠罩在黏稠的汙穢中。

媽媽最後一次來哈弗利時，帶了一疊白紙條，她把第一張遞給我。

「我的地址。」她說：「還有我的電話號碼，以防萬一，妳應該知道。」

我把紙對半摺起，塞進口袋。「我想我用不上。」我說。

「我想也是。」她說：「我也不是真的想給妳，不過這裡的人說我應該讓妳知道。」

八年來，我們一直在玩同一個遊戲：看看我們能夠推開到多遠的距離，同時仍用指甲緊緊抓著。

「那就出來吧。」她說。「出來到真實世界中生活，跟我們其他人一樣。」

「嗯。」我說。

「好了，妳他媽的打起精神來。」她說：「這是妳想要的，這是自由。」

「嗯。」我說。

新生活的頭一個晚上，我躺在床上，雙手夾在兩腿中間，聽著那些不存在的聲音。

外頭地板上沒有腳步聲，沒有上鎖開鎖時的鑰匙聲，沒人喊叫，沒人哭泣，沒有管理員保護我的安全。我習慣了充滿叮噹聲、尖叫聲和啜泣聲的夜，所以我明白這間公寓何以像是吵得教我難以入眠，聲音震耳欲聾：廚房裡冰箱的嗡嗡聲，外頭街道上汽車的呼呼聲。我感覺像在一個房子住了十年，突然之間，有人把牆壁統統拆了，冷空氣和危險在我的身邊呼嘯。我睜大眼睛，在腦中一遍又一遍念著媽媽的地址和電話號碼，好像唱著搖籃曲，好像那是將現在的我和曾經的我連起來的一條線。這些話模糊了，沒了意義，新的話在它們的位置上出現了。為什麼每樣東西都這麼大？為什麼所有東西都這麼吵？我現在該怎麼辦才好？我試著數數、深呼吸、列出周圍所看到的每一樣東西。最後，我走進浴室，抱頭坐在馬桶上。感覺好多了。浴室門是有鎖的。在哈弗利，誰都認識我，沒有什麼好隱瞞。我想起那個有高高圍牆的籠子，我在裡面走著，不用彎腰，站著也不駝背；一想到那個籠子，我的內心就抽筋了，因為自由不等於感覺自由。

莫莉把雛菊的花心扔到草地，拂掉手上的花瓣。「外婆家有電視嗎？」她問。

「我想有吧。」我說。

克莉絲

史蒂文死了好久，我都數不清有多少天了，但街上警察沒有越來越少，反而還越來越多。現在我會跑去坐在教堂禮堂的平屋頂上，你可以從禮堂後面的防火梯爬上去。警察總是把車子停在教堂禮堂外面，然後回到車上聊天，從熱水壺倒茶來喝。我坐在屋頂上，看得到他們，聽得到他們的聲音，但他們看不到我，也聽不到我的聲音。這其實就是我一直以來的感覺：像一個幽靈。

有天下午我坐在屋頂上，看見爸爸肩上掛著一個灰色大袋子，從街角走過來。媽媽告訴我不要叫他爸爸，如果有人問起他，要說他是吉姆舅舅，是媽媽的哥哥，有時住在我們家。

「但他又不是我的舅舅。」我說。

「他不是，不過如果人家以為妳沒有爸爸，那麼我因為獨自照顧妳可以領錢。」她說。

「但是妳又沒照顧我。」我說。

「滾一邊去，克莉絲。」她說。

我看到他沿街走來，爬下防火梯，跑到人行道上，喊著：「爸！」他轉過來，有一秒鐘的時間好像很疑惑，幾乎像是不認識我一樣，不過他隨後想起了我，想起了他多麼愛我，就笑了。如果可以的話，他會笑得更開心，有時候笑得太厲害臉頰會痛，所以他只是微微一笑，這樣才不會痛。如果不是怕臉頰痛，他會笑到臉頰裂開來，因為他對我的愛多到要爆炸。他伸出手臂，看起來和媽媽朝我伸出手臂的樣子很不一樣，如果旁邊有人在看，她必須讓人覺得她喜歡我，有時就會朝我伸出手臂，她挺直身體，雙手像尖尖的剪刀一樣伸在前面，好像伸手是要去碰火一樣。爸爸的手臂又柔軟又強壯，他伸到我的腋窩下，輕輕將我抱起來，讓我感覺自己是羽毛做的。我把臉貼在他的脖子上，那裡的皮膚又冷又濕，我真想一口咬下去。

他把我放下來，撥開我臉上的頭髮，托著我的下巴。他好高好高，他的頭在半空中。「妳跑到這麼遠的地方做什麼？」他問，因為教堂禮堂已經在住宅區邊緣了。我雙手抱住他的腰，這樣就不用回答了。他解開了我的手，我們十指緊扣，並肩一起往下走。

「你又活過來了？」我問。這是爸爸很特別的地方：他會死掉，然後又活過來了。第一次發生這種事時，我在英厄姆老師的班上。爸爸和我們一起生活一段時間，做一些爸爸會做的普通事，像是來接我放學。每天放學後，他不像媽媽們在操場上等，也不是天天都來接，不過有時英厄姆老師允許我們離開教室時，他從欄杆旁邊走過，我見到他就大叫：「爸！爸！」他看到我會假裝很吃驚，但那只是他在開玩笑，他真的是來接我的。就算他沒來接我放學，晚上我也一定會看到他。幾乎天天晚上都會看到。他走進門來，一屁股坐到沙發上，我靠在他身上，他身上有汗水和其他東西的味道，一種甜甜的、像麵包的味道。有電，我們就看電視，沒有電，我們就坐在一起。爸爸在的時候，我才不想看電視。如果他睡著了，我就抬起他的手臂讓他摟著我。要不是他太累了，他會自己摟住我的，我只是在幫他。

有一天我放學回來，發現他不在。我坐在窗臺看著下面的人行道，每看到一個男人站在街道的最高處，胸口就跳一下，不過都不是爸爸。天黑了，我的眼皮變得沉重，他沒有回來。街燈亮了，一汪汪的黃光照亮地面，他沒有回來。我的頭往前點，直到快摔到地上，人才猛然驚醒過來。他沒有回來。

最後，我下了窗臺，鑽進被窩。聽到前門發出砰的一聲時，我已經快睡著了，但我很快醒來，走到房間外面的樓梯口。我知道是爸爸。樓下傳來爸爸沉重的腳步聲，我正想下樓跳進他的懷裡，他卻和媽媽開始大吵起來。我趴在地上，臉貼在髒兮兮的木條地板上，隔著欄杆望著。爸爸揪著媽媽的上衣，把她拉到走廊，像扔一袋馬鈴薯把她往牆上扔，然後衝出了屋子。媽媽靜靜地躺著，看著他已經不在的地方，我也靜靜地趴著，看著她在的地方。我看的時候，她始終沒有動。最後，我踮著腳尖下樓。我站在她的面前，看著她的眼淚在地上淌成一灘。

「妳死了嗎？」我小聲問。她沒有回答，只是抽了抽鼻子。「如果妳死了，妳就聞不到味道，所以妳一定沒死。」說著我回到樓上。我躺在床上，以為很快會聽到她走動的聲音，不過屋子還是靜悄悄的。我試著睡覺。我閉上眼睛，想著「我快睡著了」，想著我保留到睡覺前的幻想。我幻想我贏了《新人輩出》的才藝競賽，我幻想女王來參觀三年級的教學，告訴英厄姆老師我是班上最好的孩子，所以她最好別再常常罵我了。我幻想媽媽爸爸一起來接我放學，就像貝蒂的媽媽爸爸總是一起來接她那樣，爸爸媽媽也像她爸爸媽媽牽著她的手那樣，牽著我的手走在街上。我幻想中了樂透全部號碼，變得非常非常有錢，可以把鈔票堆成高塔，從地板一直堆到天花板。

我把所有「我快睡著了」的念頭想了一遍，卻還是沒睡著，於是又豎起耳朵聽媽媽的聲音。她還是沒有任何聲響。我回到樓下，從櫃裡拿出一條毯子，她閉著眼睛，我把毯子蓋在她的身上，她也沒有動，所以她可能死了。不過我不認為她死了，她不是那種會死的人。

到了早上，我去察看沙發，但爸不在那裡。媽媽在廚房拖著腳走來走去，她低著頭，我看不到她全部的臉。桌上有一杯黃褐色東西，像是蘋果汁。我這輩子只喝過一次蘋果汁，那是在貝蒂的生日聚會上，我還記得那個味道——很甜，像融化的糖果——所以我走過去想拿起來喝。媽媽動作好快好快，我沒有注意到她，她就搶走了杯子。

「不要碰。」她說。我看清楚她的臉，她半張臉變成紫藍色，腫得像爛李子裂開的皮。我伸手想去摸，不過她把我的手拍開了。「上學去。」她說。

「爸呢？」我問。

「不在。」她說。

「他什麼時候回來？」我問。

「不會回來了。」她說。

「那什麼時候會回來？」

「永遠都不會回來了。」

我感覺一股熱氣從脖子冒出來，爬上了耳朵。我摸了摸臉，但不覺得熱，摸起來反而像是冰冷的黏土，冷得我渾身發麻，冷得我不得不坐在地板上。

「他死了嗎？」我問。媽媽從喉嚨後面發出一聲鼻音，一口氣喝光所有的蘋果汁。

「對。」她說：「他死了。」

那一整天，我耳裡迴響著同一句話：爸死了，爸死了，爸死了。我沒有哭，因為我從來都不哭的，但我在學校裡比平常還要壞。

「妳今天哪根筋不對，克莉絲．班克斯？」英厄姆老師說。

「我沒有哪根筋不對，我每根筋都對。」我說。

「別胡扯了。」她說。

「我沒有胡扯。」我說。

「不要吵，克莉絲。」她說。

「不要吵我，英厄姆老師。」我說。

她走到辦公桌前，拿了一片頭痛藥吃下。

放學後，我和史黛西、香儂一起出去玩。香儂說不想玩《他們眼中的明星》，我就踢她的肚子，史黛西說要告訴她們的媽媽，所以我也踢了她。用力地踢。她摔倒了，她們在地上哭成一團，我走了，我才不在乎她們會不會去告我的狀。

別人惹你生氣時，你必須傷害他們，給他們一個教訓。爸爸死了，沒有人教訓媽媽，這個問題實在非常嚴重。

爸死了好幾個星期，但後來有一天我從學校回來，他在廚房裡喝著啤酒。我進門時他揮了揮手。

「妳都好嗎，小絲？」他說。

「爸？」我說。

「妳好不好？」

「你回來了。」

「是啊。」

「你死了，然後回來了。」

他笑了，喝了一大口啤酒。「是啊。」他說：「沒錯。」

「怎麼會？」我問。

他把手伸進口袋裡，拿出一顆鵝卵石大小的彈珠。「給妳——這個給妳。」他說。他把彈珠放在我手裡。一束光從廚房窗戶射進來，當光照在彈珠上時，我在彈珠裡面看到世界上所有的顏色，粉紅色、藍色、黃色、綠色，一道又一道的光，還有明亮閃爍的白光，所有的顏色都把它們的臉貼在彈珠表面上。我手指一根接著一根收攏，握得緊緊的，感覺骨頭都變彎了。這是我收過最棒的東西。

那次以後，爸又死了很多次，不過我沒有那麼介意了，因為我有彈珠，彈珠提醒我那不是永遠。我把彈珠緊緊捏在拳頭裡，或在兩個手掌間滾來滾去，或是把它放在嘴裡，用它頂出臉頰皮膚。我從來不讓別人玩它，甚至連碰都不可以。爸最後總是又活過來了，而且他一活過來，總是先來找我，然後再做其他事。他就是這麼愛我。有時他找到我，會上下打量我好幾遍，摩搓著下巴，發出媽媽使用指甲銼時的聲音，窸——窸——唰——窣。他看了看屋子——看見廚房櫃子空著，看見客廳窗簾被扯掉了——然後繼續摸著下巴，摸啊摸啊摸啊。

「小絲，妳知道嗎？我必須處理好我的問題。」他說：「我得先讓自己振作起來，然後我要帶妳離開這裡，我們去一個新的地方，就我們兩個，我必須處理好我的問題。」

「我們去哪裡？」我問。

「妳想去哪裡就去哪裡。」他說。

「靠海的地方？」

「妳想去我們就去。」

「我們的房子會是什麼樣子呢？」

我總是想讓他多說說他把我從這裡帶走會是什麼情形，可是他都不願意多說，只是說：「嗯，嗯，等我振作起來，只要我處理好我的問題，小絲。」然後就上酒館去了。通常他上酒館後，媽媽會下樓，頭髮梳得整齊，臉上還化著妝。「爸爸在啊？」她問。「我好像聽到了妳爸爸的聲音。」

「剛剛在。」我說：「現在去酒館了。」

總之，這就是我知道死亡不是永遠的原因。不一定是永遠的。那些說死就是死了的人，不是撒謊，就是很笨，因為我就認識兩個人，他們肯定——非常肯定——死了又活過來，一個是爸，另一個是耶穌。

我和爸走在街上時，沒有幾個小孩在外頭玩耍。真希望有更多人，因為我想讓大家看到我們在一起。他停下來，進了雜貨店，給我買了一紙袋的綜合軟糖，所以至少邦蒂太太看到我們在一起。他付錢時，我抱著他的手臂，直勾勾地看著她的眼睛，她的嘴擰出一小條難看的皺紋。她把找的零錢丟到爸爸手裡，沒有碰他，然後說：「找四十便士，先生。」那語氣告訴我，她根本不認為他是什麼先生，她認為他只是一個普通人。

牛頭酒館彌漫著煙味和啤酒味，所有東西都黏黏糊糊的，健壯的男人坐在角落，用厚實的聲音交談。爸爸把我抱到凳子上，給我買了冰淇淋蘇打。

他喝了半杯的啤酒，別過頭去打了個嗝，接著問：「那麼，妳最近做了什麼？」

「做了很多事，寫了好多練習題。」我說：「我們去退瓶子，邦蒂太太少給我們的糖，唐娜打我。還有，有一個小男孩死了。」

「什麼？」爸爸說。

「媽媽說我得喊你吉姆舅舅。」我接著這麼說，因為我今天不做弄死史蒂文的那個人，我今天實在沒有心情當兇手。爸爸哼了一聲，一口氣乾了剩下的啤酒。不知道他還會喝多少，我希望他不會喝到最後開始大吼大叫。他上次活著的情景，我還有一些零星的記憶，所有零星的記憶都有啤酒的味道、吼叫的聲音。我正想著還能告訴他什麼刺激的事時，他的一個朋友走來，拍拍他的肩膀，他就轉身背對著我和那人說話。他們聊了很久，爸又喝了很多的啤酒。我在凳子前的高檯上把軟糖排成一排。

很久很久以後，爸爸搖搖晃晃離開了他的朋友們，經過桌子，出了門，我跳下來跟著他。他簡直像是忘記了我在那裡，不過他顯然沒有忘記，我就是他又活過來的目的。我追上他，他抓住我的手臂，我們一路走，他一路跌跌撞撞拉扯我的手臂，扯到我都以為手臂要脫臼了。我無所謂，如果他把我的手臂扯下來留給自己，我也不會介意。我會說：「我其餘部分也給你，另一隻手，我的兩條腿，還有我的肚子，我的臉，我的心。只要你願意，統統都可以給你。」

我們回到屋子時，媽媽不在。我們進門沒多久，有人來敲門，爸爸就叫我回房間。我上樓後，趴在樓梯平臺的地板上。我聽到門外的人說到「史蒂文」，肚子立刻翻騰起來。我盡可能慢慢地、悄悄地往前挪動，最後趴在一個特殊的位置，我看得到門口的人，但門口的人看不到我，這個位置就像教堂禮堂屋頂一樣特殊。看得到他們的嘴型會更容易知道他們在說什麼。門口那人是一個警察。

「我想找……克莉絲汀？克莉絲汀．班克斯，她是你女兒嗎，班克斯先生？」

「不是。」

「哦。」

「我是她的叔叔。」

「噢，原來如此，抱歉，我——」

「你找克莉絲有什麼事？她才八歲。」

「我們正在和這一帶所有的孩子聊聊，調查史蒂文．米歇爾的命案。」

「找小孩談話，這不浪費時間嗎？」

「班克斯先生，克莉絲汀在家嗎？我只是想問她幾個問題，不會花太多時間。」

「不在。」

「這很重要——」

「她不在。」
「哦，她去哪裡呢？」
「她媽媽把她帶走了。」
「把她帶走？不會回來嗎？」
「誰知道，可能一星期後回來，也可能是一年後才回來，你永遠不知道克莉絲的媽會怎麼做。」
「哦。」
警察從口袋裡拿出筆記本，寫了些什麼，我想應該是「克莉絲不在」。
「你知道三月二十日那天克莉絲在這裡嗎，班克斯先生？大約在那個時候？」
「不知道，我那時在裡面。」
「哦。」
「我想她不在吧，克莉絲和她媽媽不大常在這裡，那天是學校假期嗎？」
「不是，不過是週末，是星期六。」
「那一定不在這裡，她們一定是去她阿姨家了。」
「是你妹妹嗎？」
「她媽媽的妹妹，她是我哥哥的孩子。」
「我明白了，能告訴我你嫂嫂的名字嗎？」
這時，街上開來一輛很吵的車子，所以我沒有聽到爸爸說什麼。我想可能是「艾莉森」、「亞碧嘉爾」、「安娜貝爾」或「安琪拉」，反正其中一個名字。

「她住在哪裡？」警察問。
「不清楚，從沒問過。」
「附近嗎？」
「我想不是，應該是靠海邊，海邊的某個地方。」
「你認為克莉絲汀在三月二十日是在她阿姨家？」
「不保證，但很有可能。」
「好，我明白了。謝謝你的協助，我改天再來，看看能不能遇到她。」
警察沿著院子小徑走出柵欄門。爸爸一轉身就豎起中指。我下樓時，他已經到了外面，靠著院子牆，煙霧像雲一樣在他四周升起。
「為什麼跟警察說我不在家？」我問，用力一撐，爬上他旁邊的牆。
「他們是豬，他們就是豬，小絲。那幫人，該死的豬，我們他媽的要阻止他們得到他們想要的東西。」
「你剛才是說你在天堂裡面嗎？」我問。
「啥？」
「他們問史蒂文死的時候我在不在，你說你人在裡面，你是說在天堂裡面嗎？」
他清了清嗓子，朝地上吐了一口口水，他的口水裡有白色小氣泡。「嗯。」他說：「我就是那個意思，妳認識死掉的那個小男孩嗎？」
「認識，他住在馬納街。」我說。
「妳會跟他玩嗎？」

「有時。」

那時我覺得自己是透明的，誰都可以隔著我的衣服和皮膚看到我的心在跳，我的肺在喘。警察把我不當兇手日變成了兇手日，回想像一把滑入我的脖子的細刃。我相信爸看得出是我弄死了史蒂文，不知道這是不是就是他對警察說那些謊的原因。我有點希望他是真的知道，希望他說這些謊是為了不讓警察找到我。你要在乎，才會想要保護那樣東西的安全。

「這世界有病，嗯？」爸爸說，吹出一縷灰撲撲的細煙。

「嗯。」我說：「這世界有病。」

克莉絲

在復活節假期，時間失去了大小和形狀。爸待了幾個星期，多數日子坐在牛頭酒館的吧檯前，多數晚上回來對媽大喊大叫，然後就去睡了。吵架的聲音讓我睡不著，我隔著牆壁地板聽到了——不是言語，而是成年人的仇恨，像水中的氣泡聲。吵架通常以砰的一聲結束，不是推媽，就是推門。有一次，砰的一聲後，樓梯嘎吱嘎吱響，她鑽進被窩，睡在我的後面。我假裝睡著了，可是她開始哭，我只好轉過身擦掉她的眼淚，然後舔掉手指上的眼淚。天亮後，她走了，我的枕頭也乾了。我的嘴仍有淡淡的鹹味。

假期結束後，又要上學了，也就是說，又有學校午餐吃，又有練習題要寫，所以有好也有壞。學校裡沒有什麼有趣的事，要不是教室越來越熱，牛奶的結塊越來越多，我根本不會知道時間在流逝。警察沒有再來，有時我在街上還會看到他們，琳達說有一天他們去敲她家門，想找她說話，她說他們問的問題和在學校問的一樣，她有沒有和史蒂文一起玩，他死的那天，她有沒有和他一起玩。真希望爸爸沒有讓他們以為我已經不住在這裡了，我真的很想再和他們談談。我決定了，假如他們真的來找我談話，我會告訴他們，我看到史蒂文死掉那天跟唐娜去了小巷。她咬我的手臂，我要好好報復她。

琳達的生日在星期日，真倒楣，這樣她上午得去教堂。去了教堂後，我到她家，送她一本《賓諾》漫畫雜誌當禮物，那本《賓諾》其實是她的，星期四我去過她的房間，離開時藏在背心和襯衣中間帶出來。我看完了，所以不需要了。她一翻開雜誌就皺起眉頭。

「我不是已經有一本了嗎？」她說。

「沒有吧。」我說：「別傻了。」

「哦。」她說：「對不起，謝謝妳。」

吃了晚餐後，我們帶著她所有的新玩具坐在客廳，我問她，她晚上睡覺時，她的媽媽爸爸有沒有吵架。

「不知道。」她說。她想把新娃娃從塑膠盒裡拿出來，但是娃娃被鐵絲纏在裡面。

「可是他們會吵架吧？」我問。

「嗯，也許有時會吧。」她說。她想咬斷鐵絲，我聽到鐵絲摩擦她的牙齒。

「他們會為什麼樣的事情吵架？」我問。

「為了我和皮特。」她說。

「為什麼？」我問。

「爸爸常常待在棚子裡，也不去學校接我，所以媽媽就生氣了。他們為我的功課吵架，因為爸爸說不用擔心，媽媽說要擔心。有時他們還會因為皮特那隻不靈活的腳吵架，就這類的事。」

「哦。」我說。

「妳爸媽會嗎？」她問。

「有時候。」我說。

「吵什麼？」

「為了我啊。」我說：「像是他們誰可以去學校接我一類，他們都很想來接我，所以就吵架了。」

「可是從來沒有人去學校接妳。」她說。

「有時候妳真是笨到讓我覺得快死了。」

「哦，對不起。」她說。

琳達媽媽用瓷盤子端來她的生日蛋糕，她的爸爸也抱著皮特走進來，我們一起唱了〈生日快樂〉。我一直看著蠟燭，最後眨眼時眼睛裡都有黃光閃耀呢。我和琳達把蛋糕拿到院子，坐在棚子旁的磚塊上。

「妳許了什麼願？」我問。

「不能告訴妳。」她說。

「如果妳只告訴一個人，願望還是可以實現。」我說。

「妳確定嗎？」她問。我不確定，但我實在想知道，所以點了點頭。

「我希望還能有個弟弟或妹妹呢。」她說。她舔掉手指上的糖霜。

「妳為什麼有那樣的希望？」我問。「他們整天哭個不停，還臭臭的。」

「皮特不臭。」她說：「我喜歡小寶寶，皮特現在長大了，我想要新的小寶寶。」

我很高興琳達告訴了我她的生日願望，這麼一來，她的願望不會實現了，真蠢，浪費了一個願望。我不懂怎麼會有人想要一個弟弟或妹妹，更不用說想要兩個了。一旦有了弟弟或妹妹，你的媽媽爸爸只會給你一半的關愛，因為另一半必須給小寶寶。假如媽再生一個，她給我的關愛會小到得拿放大鏡才能看見。幸好，她非常討厭小孩，所以不太可能想再生一個。

「如果皮特和我，妳只能有一個，妳要誰？」我問琳達。

她皺起眉頭。「皮特是我的弟弟。」

「妳只能有一個。」

「那就皮特吧。」

我想她沒有完全聽懂這個問題，這是跟琳達在一起經常遇到的另一件倒楣事：她連簡單的問題也不能完全理解。

「我的意思是，如果我們之中妳只能有一個，我或者皮特。妳可以有我，我仍然是妳最好的朋友，而且我幾乎什麼事都是最厲害。或者妳可以有皮特，他只是個傻裡傻氣的老寶寶，連倒立都不會，不會走牆頭，也不能阻止學校的人欺負妳。」

「我說了，皮特。」

「但是我是妳最好的朋友。」

「他是我弟弟。」

一個冰冷的東西在我的身體裡滑落，就像冬天的水從排水管裡流下來一樣。我很想回家，但我知道走了就沒有機會再吃一塊生日蛋糕，不值得冒這個險，星期日不用上學，所以沒學校午餐吃。

「我覺得妳也許應該少愛皮特一點。」我說。

「為什麼？」琳達問。

「如果他不在了，妳會比較快樂。」我說。

「他為什麼會不在了？」她問。

「可能迷路或者死掉。」

「不會有那種事，我們非常照顧他。」

「嗯，一點也沒錯，你們非常照顧他，所以他死了，妳一定會很傷心的。」

「妳生日想許什麼願？」她抓著腿上蟲咬的地方問。

「我的生日還要好久。」我說。我用手指揩了揩盤子，收集剩下的蛋糕屑。如果那一刻是我的生日，那一刻，我希望琳達能把她沒吃完的蛋糕給我。

「可是到了那個時候妳有什麼願望呢？」她問。

「不知道。」我一面說，一面把腳趾從鞋尖開口笑的地方伸出來。「可能希望我能飛，或者有一輛冰淇淋車這一類的願望。」

「嗯。」她說：「都是很棒的願望。」

才怪，我真正的願望是，爸爸媽媽在我晚上睡覺的時候為了我吵架。

琳達生日後，再過幾個星期就是期中假期，她去海邊探望她的奶奶。她回來那天，我一大早就坐在她家門階上，看到她家的車沿著馬路開過來，我站起來向她揮手。她打開車門，喊道：「克莉絲！」然後跑上小徑，站在我旁邊。她身上的氣味和平常不太一樣，不是衣服洗乾淨的味道，是老太太屋子的那種味道，不過這也說得通，因為她奶奶是個老太太，她在她家裡住了幾天。我不介意味道不同，她不在時，我覺得怪怪的，好像少了一點什麼，不是很多，就像手指或拇指那樣一點點而已。總之覺得少了一點什麼。

「克莉絲。」琳達媽媽沿著小徑走來，她說：「有客人來之前，要是能花點時間整理行李喘口氣就太好了。」她開了門，把皮特抱進屋裡。

「真可惜，我都已經來了。」我跟在她後面說。

吃過餅乾，喝了果汁汽水，我和琳達上樓，躺在她房間的地板上，四周放著她收藏的海玻璃。每一次琳達去她奶奶家，一定會把新找到的海玻璃帶回家裡，我們按顏色分類，放在她床底下的罐子裡。我們分類時，我總是偷拿幾顆給自己，盡量往口袋裡塞，但不要塞到走路會發出叮叮噹噹的聲音。那天，我沒有什麼地方可以藏海玻璃，因為天氣很熱，我穿著一件夏季洋裝，旋轉的時候，裙子會變成喇叭的形狀，可惜就是沒有口袋。我喜歡穿有口袋的衣服，這樣可以帶著爸爸的彈珠，我喜歡隨時都帶著爸爸的彈珠，不過有時天氣太熱，穿的衣服沒有口袋。琳達去上廁所時，我把海玻璃塞到內褲裡，貼著沒人看見的肌膚，冰冰涼涼的。

我們才把綠罐子裝滿，琳達媽媽就進來了。她的臉紅紅的，滿頭大汗，裙襬前面沾滿了麵粉，我猜她正在做司康，她老是在做司康。

「哦，克莉絲。」她看到我躺在地板上時說：「妳還在。」

「對啊，我還在。」我說。琳達坐了起來，那樣子好像她做了什麼壞事，我卻繼續趴著。我的裙子掀到了背上，但我沒有拉下來，琳達媽媽看著我光著腿，內褲的鬆緊帶鬆了，顏色變灰了，她的臉變得更油、更紅、更不高興了。我本想待在地板上，讓她沸騰到炸開，但我想她也許會在我屁股上看到海玻璃的輪廓，所以坐了起來。我叉開雙腿坐著。她別過頭去。

「琳達，妳能不能帶皮特出去？」她問。「我頭有點疼。」

「好。」說著琳達開始穿鞋子，我對她媽媽甜甜一笑。

「我也幫忙帶皮特吧。」我說。她指頭貼著額頭，好像我加重了她的頭痛，然後下了樓。

「她很討厭我。」我對琳達說。

「嗯。」她說：「我知道。」

「為什麼？」我問，雖然我知道是因為白頭髮那件事。

琳達說：「她不喜歡妳媽媽。」我感覺臉上被潑了熱水。我只穿上一隻鞋，我用那隻腳踢她的腿，留下一個腳跟形狀的紅印子。她叫了一聲，眼裡噙滿了淚水。我很高興。

「她根本也不認識我媽。」我說：「她不應該講她，誰都不該。」

「好啦，好啦。」琳達說。她回過頭繼續綁鞋帶，用一側的嘴角大口喘著氣。「這不是我媽媽不喜歡妳的唯一原因呢。」她說：「還有一件事。」

「什麼？」我問，準備再踢她一腳。

「妳害我長了蝨子。」她說。

我沒踢。我笑了笑。「沒錯。」我說：「是我害妳的。」

我喜歡回想長蝨子那件事。七歲時，我長了頭蝨，蝨子咬我，還吸我的肉，癢得讓我想把頭皮剝下來，比濕疹還癢。我一直抓一直抓，最後指甲摳下了一大片一大片流膿的結痂，蝨子還是在，每天早上我都得撣去枕頭上的黑點。有一次玩的時候，琳達惹到我，我就雙手扣住她的太陽穴，把她的頭拉過來貼著我的頭，摩擦了幾下。她踢我的腿，還想把臉扭過去咬我的手腕，但我緊緊抓住她不放。第二天，她開始抓頭皮，快週末時，她沒來上學，坐在冰冷的浴缸裡，讓她媽媽用梳子梳她的頭髮，死蝨子一隻隻掉進水裡，她差點吐了。這種事不會發生在我身上，因為媽媽直接把我頭髮剪了。

琳達蹲在她的鞋子上方，喘著氣，好像剛跑上要去小巷的那座小山。她綁的蝴蝶結又大又鬆，一個綁完，另一個就鬆了。

我跪著往前走。「我來吧。」我說。我用我的特殊結把它們繫起來，不管你怎麼跑，都不會鬆開。我通常最後都會幫琳達綁鞋帶，就像我通常在全校集會表演時都會念她的臺詞，如果她卡住了，我幫她寫練習題。我打好結，拍拍她的腳。

「好了。」我說：「永遠不會鬆開了。」

「妳真厲害，克莉絲。」她說。

「我知道。」我說。

我們一出門，濃湯般的熱浪就撲面襲來，我的衣服被汗水黏在背上。如果在這樣的天氣去上學，牛奶在休息時間就會變酸，像乳酪一樣。很多媽媽坐在屋外，裙子撩到大腿上，有的媽媽還帶著小寶寶，小寶寶光溜溜的，身上只有尿布和口水。皮特戴著一頂琳達以前的遮陽帽，像一朵胖嘟嘟的蘑菇。我覺得很可笑，但是我知道有的大人可能覺得很可愛，所以我們帶他去雜貨店，搞不好邦蒂太太就是那種大人。結果，她不是。我抱起皮特，她說：「少來，我知道妳的花招，克莉絲，那些花招今天不管用。」

「我沒有什麼花招。」我說。（才怪，要耍花招，可是沒人贏得了我。）「我們在照顧皮特，他媽媽頭疼，他想要一點綜合甘草糖。」

「說得跟真的一樣，快給我出去。」她說。

琳達抱著皮特要走出雜貨店，皮特開始哭鬧，我瞪了邦蒂太太一眼，說：「看看妳都幹了些什麼，搞得大家現在都不開心了，都是妳的錯。」她應該要內疚，但她的樣子不像覺得內疚。

「走開，克莉絲。」她說：「今天別想給我偷東西，我看著妳，上帝也在看著妳。」

我捂住耳朵。「希望大家不要再喋喋不休說什麼無聊的上帝了。」我喊著跑出雜貨店。

這一天感覺很漫長，沒事情可做，也沒有糖果可吃。我們去了兒童遊戲場，因為我們想不出更好的地方。唐娜和貝蒂在那裡，正在樹下玩拍手遊戲。

「妳上次帶來的那個小女孩呢？」我問唐娜。

「露絲？」

「嗯。」

「她的媽媽不喜歡她經常出來玩。」她說：「她覺得不安全。」

真希望露絲也在，我還記得我用力打她的胳膊，真開心。琳達加入拍手遊戲，我沒有，因為拍手遊戲是小寶寶玩的。我爬上樹，蹲在樹枝上，望著對面的小巷。我只能看到藍屋子的邊緣，看著它，我的肚子就會刺刺麻麻的。我雙手抓住一根高樹枝，吊掛在樹上。

「看！看我！」我喊道。唐娜居然沒有停下來拍手。

「誰都能做到。」她說：「妳也沒有特別厲害。」

「嗯，我倒知道一些特別的事，燈座小姐。」我說。我的手臂快脫臼了，但我沒有跳下去。

「什麼？」貝蒂問。

「我知道是誰弄死了史蒂文。」我說。我不用回想：它已經在那裡了，在我大腦的前側，說出這句話，感覺就像永遠不會停止爆炸的炫麗煙火。

「噢，閉嘴，克莉絲。」唐娜說：「少在那裡炫耀，史蒂文死很久了，已經沒有人關心了。」

我手指一滑，摔了下來。唐娜哈哈大笑，我的心突然被勒緊了，憤怒像氣球一樣脹大。我踢唐娜的後背，貝蒂尖叫，打我的腳踝，我也踢了她一腳。她們兩個都哭了，我就罵她們愛哭鬼，琳達連忙安慰她們，我就罵她腦子有問題。哭哭啼啼，真是無聊，她們哭了也許七個小時後，我叫琳達來和我比賽倒掛鞦韆。

「我不行。」她說：「我必須照顧皮特。」

「貝蒂？」我問。

「我不行。」她說：「我背好痛。」

「燈座小姐？」我問。

「我不行。」唐娜說：「我不喜歡妳，而且我不叫那個名字。」

「為什麼沒人喜歡我？」我氣呼呼地說。沒人說她們應該說的話——她們其實很喜歡我——所以我氣呼呼坐在樹下，拔起一把又一把的草。

當大家都停止嗚嗚咽咽時，我說：「大家其實還是關心是誰弄死了史蒂文。」

「所以是誰幹的？」貝蒂問。唐娜用肘撞了她一下，暗示根本不該問。
「不告訴妳。」我說。我才不想白白告訴她們。
「看吧。」唐娜說：「妳根本就不知道。」
「我真的知道。」我說：「可我不會說的，琳達，走，我們到別的地方去。」
她翻身躺下，兩腿舉到半空中，用腳掌托起皮特，皮特尖叫著抓住她的手。
「我想留在這裡。」
「嗯，我不想。」我說。
「妳想走就走吧。」她說：「我要留下來，皮特玩得很開心，我要陪他。」
滴答聲越來越響，每一個滴答聲聽起來就像門砰一聲關上。我看著皮特肉乎乎的胳膊和大腿，他的頭斜向琳達的胸口。
「琳達，妳看起來很傻。」我說：「大家都看到妳的內褲了。」她放下皮特，拉了拉裙子。「我們來玩捉迷藏吧。」我說。
皮特拍拍手。「捉米藏！捉米藏！」滴答滴答，越來越響亮。嘶嘶嘶，唰唰唰。
「來吧。」我說：「琳達，妳當鬼。」
她一臉驚訝，因為我們玩捉迷藏時，通常我會第一個當鬼，有時第二個、第三個、第四個鬼也是我，如果我想的話，也只有我一個人數數。
「好吧。」她說：「皮特，來吧，你跟我一國。」
「不。」我說。我抓住他的手腕。「他跟我一國。」
他哭哭啼啼，伸手找琳達，但我在他身邊彎下腰。「如果你跟我，我就給你吃娃娃水果軟糖。」我對著他的耳朵說。他不哭了，還拍拍手。我根本沒有娃娃水果軟糖，他不知道。

「你確定要跟克莉絲一國？」琳達問他。

他點了點頭。「捉米藏！」他開心地說。

「妳不能讓他躲在危險的地方。」她說。

「我知道。」我說。

「好吧。」她說：「我數到三十還是四十？」

「數到一百。」我說。

「什麼?我們從沒有數到一百過，那要數很久。」

「不會，如果妳數到一百，我們會找到更好的地方躲起來，數吧，數就對了。」

琳達看著唐娜和貝蒂，但是貝蒂忙著修補她的雛菊項鍊，唐娜忙著看起來像燈座又像馬鈴薯。琳達只好朝樹木轉過去。

「一……二……三……」

唐娜和貝蒂一起跑開，跑到兒童遊戲場後方的灌木叢裡。我拉著皮特往另一個方向，我們走向柵欄門，出了兒童遊戲場，沿著馬路走下去，然後拐了彎。我耳朵裡的滴答聲好響亮，我相信世上其他人一定也能聽到。皮特必須小跑步才跟得上，但我需要他跑得再快。一轉彎，我們就再也看不到兒童遊戲場了，我也聽不到琳達在樹旁的聲音。我努力在腦海中數數，給每一聲滴答一個數字，我想她一定數到三十左右，在她開始找我之前，我還有七十多聲的滴答。

走到科普利街盡頭，皮特那隻不大靈活的腳在地上拖著。我看到小巷了，但我們還不夠靠近，如果琳達現在開始找，會在我們到之前找到我們。皮特把手腕從我手中抽了出來，賴在人行道中間不走了。

「來。」我說：「繼續走。」

「娃娃糖？」他伸出手說。

「到了那裡，你可以吃一個。」我說。我指著藍屋子。「那裡，看到了嗎？那是我們要去的地方，我們要躲在那裡。」我把他抱起來，抱著他走了幾步，但他太重了，不停往下滑。

「來，自己走。」當他第三次滑到地上時，我又說了一遍。他搖了搖頭，下巴出現肉窩，他用拳頭捂著眼睛。

「琳達。」他說。

「她來了。」我說：「她會到那裡找我們，走吧。」

我們就快走完這條街了，我們和藍屋子之間，只剩下一大片朝小巷蔓延的灌木叢，但是當我們經過教堂禮堂時，一個警察下了車，站在人行道中間，擋住了我們的路。

「你們沒事吧？」他問，那口氣的意思是：「顯然有事。」

「很好。」我說：「我們沒事。」

「你們要去哪裡？」他問。我必須趕緊動動腦筋，我們在這條街的盡頭，這條街只通往小巷和教堂。

「教堂。」我說。

「教堂在對面。」他說。

「我知道。」我說：「我們正要過馬路，你擋到了我們。」

「這個時候去教堂，可奇怪了。」他說：「又不是星期日。」

「我們媽媽在那裡。」我說：「她在幫牧師準備主日學校，她叫我們在兒童遊戲場上玩，玩好了去找她。」

他點了點頭，就像人在懷疑要不要相信你時那樣點頭。「妳不會是打算上那裡去吧？」他指著小巷說。

「沒有。」我說：「我們不許去那裡，那裡不安全。」

「沒錯。」他說：「很不安全。」

「對，很不安全。」我說。我的肚子揪了一下，不知道我們還能不能在琳達數完以前走到藍屋子。我不需要太久時間，那一次沒花多久時間。警察彎下腰看著皮特，他不哭了，只是怔怔望著。

「你沒事吧，小弟弟？」他說：「哭什麼呢，嗯？」

「他是我弟弟。」我說：「老愛哭，還臭臭的。」

警察笑了起來。「妳弟弟啊？妳說妳叫什麼名字？」

「琳達。」我說：「琳達·摩爾，他叫皮特。」

他看看我，又看看皮特，嘟起嘴唇，那嘴型像是要接吻。「你們看起來不太像呢？」

我走向他，兩隻手扣在嘴邊，他慢慢彎下腰，讓我的手在我們之間形成一條隧道。

「他不是我的親弟弟。」我低聲說：「我爸爸媽媽收養他，所以他們比較愛我，不過最好不要讓他知道。」

我往後退了一步，警察站直身子，以一種「妳的秘密我絕對不會說出去」的方式點了點頭，又對皮特笑了笑。

「好的，孩子。」他說：「好，我馬上帶你們去找你們的媽媽，一定讓你們安全到那裡。」

「先生，現在什麼時候了？」我問。我不喜歡必須尊稱他先生，因為我不喜歡他，不過我想這麼稱呼會有幫助。他看了看手腕上的手錶。

「十二點十五分。」他說。

「那媽媽已經不在教堂了。」我說。

「哦？」他說：「妳不是說要去教堂的？」

「對，本來要去，但你攔住了我們。」我說：「她說，如果我們十二點以後才離開兒童遊戲場，就應該回家去，我本來不知道時間，她一定煮好午餐在等我們了，我們最好快點走。」

我開始拉著皮特沿著街道往回走，但警察抓住我的肩膀。「妳住在哪裡？」他問。

「賽頓街。」我說：「一百五十六號，就在街尾。」

我看得出他正在想這段路有多遠，如果他陪我們一塊走，那得爬一段上坡路才能回車上。這個警察很胖。「好吧。」他說：「那麼，你們現在直接回家吧，但最好別在這裡逗留，尤其是帶著個小傢伙。」

「好。」我說：「我會告訴媽媽，再見。」

我拉著皮特的手臂，我們朝兒童遊戲場走回去。

「娃娃糖？」他伸出手說。

「沒有娃娃糖。」我說。

還沒走到轉角，我們就聽到琳達在哭。她站在旋轉椅旁，雙手捂著眼睛，就像皮特在路上哭的樣子。唐娜和貝蒂在灌木叢之間跑來跑去，喊著：「皮特！皮特！」我們走到柵欄門，貝蒂看見了我們，大喊：「琳達，找到了！」琳達把手從臉上拿開，她沒有跑來，她看起來好像要生病了。皮特推開柵欄門朝琳達跑過去，琳達抱起他，又哭了起來。大笨蛋才這樣，高興還要哭，真笨。

唐娜猛打我的手臂。「妳把他帶到哪裡去了？」她問。「琳達擔心死了。」

「沒有人會因為擔心而死掉。」我說。

「哼，會，因為琳達就差一點死了。」她說：「你們去了哪裡？」

「去沒有人找得到的地方躲起來。」我說。

「但是你離開了兒童遊戲場。」貝蒂說：「這樣違反遊戲規則。」

「才沒有。」我說：「遊戲規則歸我管，我從來沒定過這條規則。」

「什麼都妳管。」唐娜說。

「這還用說嘛。」我說。

琳達軟綿綿地滑到地上，把臉埋在皮特的肩頭。她又擤鼻子，又大口吸氣，嘴裡喊著：「皮特，皮特，皮特。」她沒有抬頭確認我是不是也很安全，一次都沒有。她沒喊

「克莉絲、克莉絲、小絲」，一次都沒有。我走過去站在她的面前，正準備踢她一腳，提醒她我也在，這時她說：「為——什——麼——妳——帶——他？」她的聲音聽起來就像這樣，每個字像是一個不同的句子，因為她哭得很厲害，說一個字就要喘一下。她聽起來好笨好笨。

「我們在玩捉迷藏。」我說：「我帶他去躲起來。」

「可——是——妳——把——他——帶——出——」

「我們只是想找一個別人找不到的地方躲起來，所以我才叫妳數到一百，這樣我們可以找到很棒的地方。」

「可——我——們——不——該——躲——在——遊——戲——場——以——外——的——地——方——」

「妳自己都不想要他了。」我說。她抬起頭，用正眼看我，不再傻呼呼地抽抽噎噎。皮特扭了幾下，從她的腿上跳下，搖搖晃晃走去旋轉椅。貝蒂幫忙推他，但是唐娜一直盯著我們，因為她好管閒事。

「什麼？」琳達說。

「妳自己說的，妳生日時，妳自己說的。」

「說什麼？」

「妳想要另一個小寶寶，妳說皮特長大了，妳不想要他了。」

「我從來沒說過我不要他。」

「妳說妳想要一個新寶寶，那就是不要舊寶寶的意思。」

「不對，那根本就不是一樣的意思。」唐娜說。
「閉嘴，馬鈴薯臉。」我說。
「我愛皮特，他是我弟弟。」琳達說：「妳知道妳不該把他帶走的。」
「我愛做什麼就做什麼。」我說：「我是壞胚子。」
「妳是什麼？」琳達說。
「我真是受夠了。」我說。我走出兒童遊戲場，噹啷一聲拉上柵欄門，沿著街道走開了。我知道琳達和唐娜看著我，我不覺得自己很特別，我覺得自己好像要出疹子了。
我氣鼓鼓地在街上徘徊了很久很久。我不想回家，因為我還在假裝永遠迷路了，想給媽媽一個教訓，但我又沒別的地方可去，因為再也沒有人喜歡我了。天色開始變暗時，我走去倒立牆，直到快爬到蘇珊的身上，才注意到她。她用一塊粗糙的方形紗布裹著手，摸著自己的臉。她的頭髮剪到下巴。
「妳頭髮怎麼了？」我問。
「剪了。」她說。
「理髮師剪的嗎？」
「不是。」她說：「我剪的。」
「不會吧。」我說。
「我自己剪的。」她說。
「妳長了蝨子嗎？」我問。她搖搖頭。「那為什麼要剪？」我問。她聳聳肩，她的髮尾有長有短，參差不齊，我猜是用廚房剪刀剪的。我不明白，她一定知道頭髮是她身上最漂亮的東西。

「妳有沒有被罵得很慘？」我問。

「誰罵我？」

「妳媽媽。」

「她根本沒注意到。」

「可是她總是很寶貝妳的頭髮。」

「那是以前。」

「頭髮妳怎麼處理？」我問，不知道能不能給我。

「隨便扔了。」她說。

我往她身後的牆踢了一腳。「真可惜。」我說。

「我不在乎。」她說。她把紗布弄平，用手掌貼在臉頰上。

「那是什麼？」我一面問，一面在她身邊坐下。

「史蒂文的。」她把一角塞到嘴裡吸。

近距離一看，我能看出那灰色的東西原本是白色的，因為常常掉到地上，常常吸吮，常常沾到眼淚，變成了灰濛濛的髒水顏色。

「好噁心。」我說。

「不噁心。」她說：「我喜歡，聞起來很舒服。」

太陽下山了，空氣涼快了一些，讓衣服黏在背上的汗也乾了，我的皮膚變得又緊又癢，像身上結了一層鹽。我靠著牆抓癢。

「妳想他嗎？」
「我想我的媽媽。」
「她也死了嗎？」
「沒有，只是一直躺在床上。」
「現在還是？」
「對。」
「哦，她可能很快就會下床了，事情已經發生很久很久了。」
「其實我問過她，我問她什麼時候能恢復正常，她只是翻過身去。然後我說，我受夠了她老是哭，老是躺在床上，不再是一個好媽媽。她叫我走開。」
「有點兇。」
「她現在很兇。」
「也許史蒂文死是她活該。」
「我不會這麼想。」
黑暗來得很快，像一只黑色手套罩在我們的頭上，雖然我坐得離蘇珊和那塊紗布很近，但我已經看不見他們了。我知道她還在，只是因為還能聽到她吮吸的聲音。我的肚子有種硬硬的感覺，好像腸子不再是腸子，而是一大塊又冷又粗糙的石頭。弄死史蒂文後，我常常想再做一次，大多數時候，我覺得我想再做很多次，再做很多次。我想要手上有那種麻麻的感覺，腦子響起滴滴答答的聲音，感覺自己成了上帝的一部分。聽著蘇珊抽鼻子吸口水的聲音，我再也不想這麼做了。不用那麼多次，也許三次就可以，或者兩次，甚至，再一次就夠了。如果我再做一次，一切可能會更好，如果我就只再做一次，我可能就會覺得夠好了。

「妳為什麼老是在外面？」蘇珊問。

「因為我想在外面。」我說。

「妳媽媽不會叫妳回家嗎？」

「不會。」

「她不管嗎？」

「妳是不是有時候覺得妳媽媽一定愛史蒂文比愛妳還要多？」我說：「因為是我的話就會這麼想，我會這麼想：『她現在不管什麼時候都很傷心，她還有我，只是沒有了史蒂文，所以她一定只愛史蒂文，根本不愛我。』妳不覺得如果她愛妳多一點，她就不會一直這麼傷心了嗎？妳不覺得嗎？」

我像嘔吐一樣一口氣說出來，這些話聽起來也像嘔吐物——酸酸的，刺刺的。

蘇珊站起來。「我要回家了。」她說：「媽媽一定希望我回家。」

「她才不希望。」我說：「她才不關心，她只關心史蒂文，她只想要史蒂文回家。」

我以為她會轉身衝著我大吼，或者至少哭著跑開，但她只是走了。

「她根本不關心妳。」我喊道。我不知道她有沒有聽到我的話。

我帶著皮特走去小巷時，我那個嘶嘶起泡的聲音變得轟轟烈烈，十分響亮。但現在它不見了，我再也找不回來了。我想了想唐娜說的話，史蒂文已經死很久了，根本沒有人關心這件事了。我想到琳達用雙臂抱著皮特的小身體，好像我不存在一樣。我讓屁股離開牆壁，用裙子裹住腿，側著身子躺下。我感到四周的夜寬鬆廣闊，我的脊椎骨摩擦著磚頭，我閉上了眼睛。

「媽可能馬上就會來找我。」我想：「我可能會聽到她在大街小巷走來走去呼喚我。大概隨時都會聽到，大概吧。」

茱莉亞

我們離開墓園後，我朝著街道的方向走去。我知道媽媽住在一棟公寓大樓，那幾條街沒有公寓，只有獨棟的小屋子。我不能冒險告訴莫莉我不知道我們要去哪裡，我的處境很危險。

「外婆住在房子還是公寓？」她問。

「公寓。」

「像我們那樣的？」

「不是在商店樓上，我想是在一棟樓裡，很高的樓，叫公園之丘，注意找。」

「我還以為妳知道它在哪裡呢。」

「我知道，不過還是要注意。」

我們開始爬上陡峭的小山，到了盡頭，路分岔了，一頭通往那幾條街，另一頭通往小巷。

「她人好嗎？」莫莉問。

「媽？」

「外婆。」

「我很久沒見過她了。」

「妳見到她的時候，她人好嗎？」

我想到了坐在哈弗利探親室的媽媽，她更喜歡是殺人犯的我。這不是心理學家、精神病學家或心理治療師告訴我，是我自己想出來的。我成為殺人犯以前，我是好人，她是壞人，因為我是她的孩子，她應該喜歡我，但她不喜歡我。我弄死了人後，這個平衡改變了，我是一個沒有人應該會喜歡的孩子，而她是一直都知道這一點的那個人。我讓她變成了通靈者，她則用亂七八糟的探望回報我。有時，天天都來，六點的探望時間一到，就坐在哈弗利的門廳。她會這麼堅持一兩個星期，然後我接著會有幾個月看不到她。在另一個時期，她每天六點四十五分到達，十五分鐘後，他們要她離開，她就開始大吵大鬧。有時，她只有星期一到星期五來，有時只有星期六來，有時只有晴天的時候才來。

她來的時候，我們在一起的大部分時間，她用來告訴我她生活中所有的狀況。新公寓浴室很潮濕，她的喉嚨很痛，她的嘴唇出現潰瘍，一個鄰居拿噴漆在她的院子牆上畫了一個乾草叉。如果我做了什麼或說了什麼她不喜歡的事，她就奪門而出，嘴裡嚷著：「我再也不會來看妳了。」接著，她會很久很久不來，久到我都信了。然而，她不可能永遠不來，她永遠都會再來。我們被一種比水更濃、比血更稠的東西綁在一塊：一種仇恨加上渴望加上匱乏的焦油黑湯。

「她那時人好嗎？」莫莉問。

「她就像其他人。」我說：「有時好，有時不好。」

「她會對我好嗎？」她問。

「我想會的。」我說：「如果她不好，我們就走。」

走到山頂，我發現了兩件事：他們把原來是小巷的那塊地改建成公園之丘社區，媽就住小巷的舊址。走進社區，我幾乎忘記了過去帶我去藍屋子的那條路。社區分成兩棟公寓大樓，中間的空地改為籃球場，三個瘦巴巴的男孩在場邊騎自行車，顯然是蹺了課。他們拉上兜帽，用警惕的眼睛打量我們。

電梯壞了。當我打開樓梯間門時，一股泥土混著尿的味道像塑膠袋罩到我的頭上。莫莉捏住鼻子。

「噁——」她說：「好臭。」

「用嘴巴呼吸。」我說。

「我不想進去，好臭好臭噢。」她說。

「我知道，但我們只能走樓梯。」我說。

「為什麼不能坐電梯？」她問。

「壞了。」

「沒有別的電梯嗎？」

「沒有，只有一臺，進去吧。」

「我們能不能去找找有沒有別的電梯？」

「沒有，即使有，可能聞起來跟這裡一樣臭。」

「可我不想——」

「莫莉！」

我這一喊並不大聲，不過我站在樓梯間——哎，四周是堅硬的表面，莫莉的名字化成一百個半成形的回音回來迎接我們。我從她身邊走過，一路爬到七樓，連喘口氣都沒有。爬到陽臺時，我頭都暈了。莫莉還沒爬完一半的樓梯，她慢條斯理，要讓每一下的跺腳都確實充分傳達了憤怒。

「來吧。」我扶著最上面的門說。「快一點。」我覺得我的聲音很適合說這句話，像一隻腳套上穿了兩天的襪子，不知道以前已經說過多少遍了。「快一點，我們上學要遲到了。」「快一點，睡覺時間到了。」「快一點，妳拖太久了。」我竟然花了那麼多時間催莫莉，這突然似乎成了異常殘忍的行為。

她走出樓梯間，我說：「六十六號。」她看了看我們旁邊門上的數字。

「還要往前走。」她說。

「我也知道。」我說。我聽起來很小心眼，好像越靠近媽媽就越幼稚。

莫莉跑在前頭，大聲數著數字：「六十二、六十三、六十四、六十五──這裡，就是這裡，六十六。我可以敲門嗎？」

「等一下。」我說。我跪在她面前，舔了舔拇指，搓掉她嘴巴四周的食物痕跡。我的肚子像是開了一個舷窗，想到媽在牆的另一側，窗洞便越來越大。

「我可以敲門了嗎？」莫莉又問，一個腳趾在地上畫圈。

「敲吧。」我說。

她用力敲了敲門，我們等五個呼吸的時間。我數了數，沒有人應門。她抬頭看著我。

「再試一次。」她敲得更用力，叩叩叩，敲了八下。我們再等，沒有人來。我沒有想到媽媽可能不在，如果她不應門，我也不知道該怎麼辦。一想到她不在，我便覺得鉛液灌進了肺裡。莫莉舉起拳頭想再敲，但我一隻手搭在她的肩頭。

「等一下。」我說。我們聽到裡面響起腳步聲，一陣硨嗒硨嗒的開鎖聲，門悠悠打開了。我肺裡的鉛液凝固了。

媽媽顯然剛才在睡覺。她穿著睡袍，臉龐浮腫。她來哈弗利看我的時候，頭髮染成黃色，但染得很難看，分線地方的髮根像黑手指往外伸展。現在，顏色褪了，白髮和黑髮一樣多。她臉上沒有厚厚的粉，我看到了雀斑和麻子。和上次見到她相比，她彷彿老了超過五歲，但說得通——我有時覺得自己在莫莉出生後老了二十歲。不知道媽媽看著我的時候，心中是不是也是這麼想。不知道她是否知道我是誰。

「哦。」她說。

「哈囉。」我說。

「是妳。」

「是我。」

「啊。」她看著莫莉，嘴巴擰得像蘋果底的灰色星星。「她手臂斷了。」

「手腕。」我的嘴很乾，說話像在嚼枯葉。「我們花了很長時間才到這裡，我們能進去嗎？」

她仍然盯著莫莉，她咂了咂嘴。「天啊，她長得和妳一模一樣。」她說。

我內心有樣東西燃燒起來。我摟住莫莉的肩膀，她緊緊抓著我的手，我們手上的皮膚已經很久沒有互相碰觸，她比我記憶中還要溫暖。

「我們能進去嗎？」我問。

媽媽走到一旁，指了指走廊。「妳沒有給我什麼選擇的餘地，不是嗎？」她說。

公寓很乾淨，只是有一種怪味：發酵的味道，像未清洗的皮膚皺摺。這味道令我想起莫莉患扁桃腺炎的時候，喉嚨交纏著一條條黃白相間的線——是感染後酸酸甜甜的味道。客廳的沙發和咖啡桌看起來像沉入大海，因為藍色地毯有幾英寸那麼厚，太厚了，走在上面感覺像是踩在海綿上。媽媽走在前頭，不過當我們進入客廳時，她快步跟在我們後面，用腳後跟掃過我們的腳步留下的凹痕。她也試圖撫平自己的足跡，但反而不停製造更多的痕跡。不知道她一個人的時候，她會花多少時間這樣做：繞著圈子走，想要隱藏自己的足跡。

電視櫃旁的壁爐架擺滿了相框，近距離一看，我發現大部分裝的都不是照片，而是雜誌上剪下來的圖片，顯然主題是小動物——小貓小狗——旁邊是一幅耶穌的小畫。我想像媽媽坐在咖啡桌旁剪圖片，把縐巴巴的方形紙塞進相框。一排相框中只有一張真正的照片——在這張黑白照中，一個女人抱著嬰兒。我拿起照片。

「這是妳和我嗎？」我問。

「不是。」她說。

「是誰？」

「我和我媽媽。」

我查看塞在後面的相框。「為什麼妳沒有我的照片呢？」

「就是沒有。」

「但為什麼沒有呢？」

「我就是沒有。」

我看著那一排動物和耶穌。假使屋內只有我們兩個人，我會伸手往壁爐架一揮，把那些圖都掃到地上。莫莉在，我做不到，那會嚇到她。她似乎已經嚇壞了，看看我，又看看媽媽，緊緊拉著我外套的口袋。

「這裡為什麼這麼難聞？」我問。

「濕氣。」媽媽說：「很潮濕，這層的每一間公寓都這樣，我們正在想辦法讓他們改善。」

「很噁心。」

「也沒那麼糟。」

「家具可能發霉了。」

我感覺到我在刺激她，想逼她發洩，融入我為她雕刻的空間。她似乎心情沉重，無法被我激怒。

「我不知道妳想幹什麼。」她說。她從沙發扶手上拿起麥片碗。「那邊有幾本雜誌，有電視，我去把這個洗一洗。」

我還沒來得及問她為什麼要把客廳布置成像等候室，她就走了。她指的那些雜誌都放在咖啡桌的架子，大部分關於馬。我打開電視，一臺臺切換，最後轉到一個聲音尖銳的兒童節目。讓莫莉坐到沙發上前，我先把我的外套鋪在位置上，我不是特別想這麼做，但我想讓媽媽看到我這麼做。

「我要妳留在這裡。」我說。

「妳要去哪裡？」莫莉問。

「去廚房而已，我只是去和外婆說話。」

「嗯，不要進來，有什麼事，妳就喊我，好嗎？」

「她好兇。」

「嗯。」

她把完好的手放在石膏下，把石膏托到胸口。

「妳的手腕還好嗎？」我問。

「還好。」她說。她低頭看了看石膏，摸著一條模糊的留言。「這是羅希寫的，她寫『祝妳早日康復，莫莉』。」

「不該這樣寫，妳本來就好好的。」

「我的手腕不好。」

「不要進來廚房，好嗎？有什麼事，妳就喊我，我會聽到。」

「好。」

我的手按在她的頭髮分線上，在那條明亮的白線上。我想到媽也這樣做過：她把手掌放在我的頭頂，低聲祈禱：「天上的父，保護我，上帝，保佑我平安。」這是她想找人收養我前說的話，後來想擺脫我的時候也說過。這幾句話我並沒有放在心上，那是祈禱文，那是耶穌的話，跟著牧師的喃喃細語和邦蒂太太的喋喋不休扔去了角落。莫莉的頭皮溫暖著我的手時，我想起了這段話，媽求上帝保護她，她也可以用同樣字數的話求祂保護我，或者保護我們兩人。她從來沒有這麼做過。

克莉絲

第二天，警察又來我家。他們一大早就按鈴，我都還穿著睡衣。前一天晚上，我很晚才回來，因為我在倒立牆旁躺了很久，等著媽媽來找我。她沒來，不過她用楔子卡著門，讓前門開著，我就不用爬廚房窗戶。其實想一想，還不如爬窗子。

警察就是和爸說過話的那一個，不過這一回他帶了一個朋友，朋友個子較矮，鞋子更亮。我打開門，看到了他們的銀釦子，肚皮就開始跳動，我感覺像是站在一座漆黑舞臺的中央，有人剛剛打開了聚光燈。他們問媽媽在不在，我告訴他們她在樓上睡覺，這可能是真的，也可能不是真的。他們問我能不能叫醒她，我說不能，因為她病了，這一點絕對不是真的。高個子警察嘆了口氣，準備要離開。我很希望他們留下，我想要在圖書角那種雪酪冰的感覺。我的日子過得又漫長又無聊，我也沒有更好的事情可做。

「你們在找弄死史蒂文的兇手，是不是？」我靠在門框上說。高個子警察轉過身來。「我看見他。」我說：「在他死的那天。我剛好想起來了，我看到他和唐娜在一起，他們朝小巷走去。」

兩個警察互看一眼，矮個子拿出筆記本，翻了幾下，給高個子看某頁的筆記，我想可能是伍茲警員在學校跟我談話時留下的筆記，不過我突然想到那些筆記已經扔進了垃圾桶。這幾個警察不知道以前有人跟我說過話，別人總是會忘記我。這不夠好。

「是唐娜．尼維森嗎？」高個子問。

「對，她跟我同班。」我說：「她住在康威路，她家前門是綠色的。」

「妳在哪裡看到他們？」他問。

「走在史蒂文他家那條路。」我說：「他們快走到盡頭，就是要通向小巷的那裡。」

「妳肯定是她？」他問。

「我認為是她，一個黃頭髮的女生。」我想，如果我這麼說，當他們發現不是唐娜時，可能會去找貝蒂，因為貝蒂也是黃頭髮，而且我也不太喜歡她。不知道他們會不會查出其實是唐娜弄死史蒂文，會不會把她直接送進監獄——接著，我記起來了。這一次，感覺像是氣球的尾端，被拉緊了，接著戳破了，嘶——空氣發出了嘆息。這是頭一回我有點希望是唐娜弄死了他，而不是我，不當兇手的日子越來越難有了，每一次我不想當，記憶就會像細雨或陰影一樣悄悄籠罩著我。如果沒有不當兇手的日子，我會很累。

警察面面相覷，好像用眼神交談，我不知道他們在說什麼。高個子走過小徑，出了柵欄門，矮個子留在前門臺階上，把筆記本塞進衣服內側的口袋。

「妳常常去妳阿姨那裡住嗎，克莉絲汀？」他問。

「對。」我說。

「她住在哪裡？」他問。

「不知道。」我說。

「近嗎？」

「不近。」我說：「靠海邊的什麼地方。」

「妳住在她那裡時，是不是偶爾沒去上學？」他問。

「對。」我說。

「上一次，我們有幾個警官去學校，妳那天有沒有去上學？」他問。

「警官是什麼？」我問。我大概知道答案，但我想讓他留下來，愈久愈好。

他笑了。「警官也是警察，像我們一樣。」他說。

「哦。」我說：「我想我那天沒上學。」

他點了點頭，沿著小徑走去，走到柵欄門時，第三個警察從街角走過來，一面搖頭，一面用筆記本輕敲著手。我記得他來過學校——伍茲警員。高個子警察不知道問矮個子警察什麼，矮個子警察說：「不在，去學校查訪那天她不在，一定在她阿姨那裡。」伍茲警員看著我說：「她在，我們跟她談過。」然後，他們都看著我。他們在小路另一頭聽不到我的嘶嘶聲，我很驚訝。

高個子警察和伍茲警員嘀咕了幾句，又順著小徑回來了。「是這樣的，克莉絲汀，伍茲警員認為——」高個子開口說。

「哦，沒錯。」我說：「我在，我現在記起來了，我剛才只是搞錯了。」

「妳在學校跟我們講話時是不是搞錯了？」伍茲警員說。「我好像記得妳認為那天見到史蒂文……在那一天，結果是另一天？一個星期日？前一個星期的星期日？這一類的。」

「對，但我想到其實就是那天，他遇害的那天。」

「星期六？」

「對，我在星期六看見他了，在早上的時候。」

「和他的爸爸嗎？」伍茲警員說。

「他的爸爸？」高個子說。

「不，不是他爸爸，其實是一個女孩，我搞錯了，是唐娜才對。」

警察用他們的眼神說了很多話，但我不知道他們在說什麼。最後，伍茲警員拿出他的筆記本，寫了一些東西，拿給高個子看。我探身也想要看，不過他啪的一聲闔上。我希望上面寫的是：「我們不要再用眼神說話，大聲說出來，這樣克莉絲才能聽到我們說的話。」

「克莉絲汀。」高個子用嚴厲的語氣說：「妳明白這是很嚴重的事，對吧？這不是玩遊戲，我們正在努力調查史蒂文出了什麼事，我們得查出他出了什麼事，因為我們想要確保妳和街上其他孩子很安全，如果有人說謊，我們就查不出真相，妳明白嗎？」

「我很安全啊。」我說。他露出這不是他想讓我說的話的表情。

「嗯，我們是要確保你們大家都很安全。」他說。

「我很安全。」我又說：「我沒有說謊。」

「好，很好。那麼，克莉絲汀，我想我們等妳媽媽好些了再來跟妳談談。」他說。

「什麼好些了？」我問。

「妳不是說她病了？」他說。

「哦。」我說：「對，她病得很重，她現在可能已經死了。」

「什麼？」伍茲警員說。

「妳的媽媽出了什麼事嗎，克莉絲汀？」高個子問。

「唔，沒有，應該沒有，只是痛風發作。」我說。我不知道痛風到底是什麼病，不過知道是很嚴重的病，因為邦蒂太太的丈夫就得了這個病，她老說著痛風有多嚴重，只有提到戰爭或上帝的時候才會停止。

「你們會去找唐娜談談嗎？」我問。

「我們會去找需要談一談的每個人談一談。」伍茲警員說：「妳不用擔心。」

我故意大聲地嘆了口氣讓他們聽到，因為我已經厭倦了別人以為我在擔心自己，我其實從來不擔心我自己。「你們才應該擔心。」我說：「你們才應該擔心唐娜。」

「好吧，克莉絲汀。」說完伍茲警員沿著小路，回到門口，矮個子正等在柵欄門旁。他們兩個人要走了，但高個子還站在門階上，拿著筆記本翻看著。我又想看一看上頭寫了什麼，不過他把筆記本緊緊抱在胸前。我也不覺得意外，史蒂文死後，我學到很多事，其中一件是：在這個世上，警察最愛的東西是筆記本。

「再問一個問題就好，克莉絲汀。」他說：「妳去住在她家的那個阿姨，她叫什麼名字？」

我嘴裡的舌頭稍微變大了。高個子警察看著我，我絞盡腦汁，回想警察問起那個虛構的阿姨時，爸爸說了什麼名字。

「嗯，亞碧嘉爾。」我說。他又低頭看筆記本，不過那樣子讓我覺得他想讓我看到他在查看名字，而不是他必須查一查上頭的筆記。

「嗯。」他說：「那就怪了，妳爸爸好像以為她叫安琪拉。」

「哦，對，這才是正確的，安琪拉。」我說：「是安琪拉。安琪拉阿姨，我只是——」

「搞錯了？」

「對，搞錯了。」

他啪一聲把筆記本闔上，放回口袋。

「好吧，克莉絲汀。」他說：「再見。」他走去街上與其他警察會合以前，用眼神說了些什麼，連我都聽得懂。他說的是：「我會留意著妳。」

和警察談過話後，我緊張不安，等到他們走得看不見了人影，我就穿上衣服去叫琳達出來。我們走去雜貨店，我叫她去分散邦蒂太太的注意力，琳達要她取下紅蘋果糖的罐子，然後是豆豆糖，然後是莓果糖，每次邦蒂太太拿下罐子，琳達就說：「不對，不對，我不是指那個，我是指那個。」我拿了一袋太妃糖塞進裙子後，就要琳達說：「其實我今天不想買糖果了，太難選擇了。」

「掰掰，邦蒂太太。」說著我邊揮手邊拉開門。「謝謝妳的糖果。」她先是一臉迷惑，接著氣得要爆炸了。我們跑出雜貨店，拐了彎，爬上小山，朝小巷的方向走去。

藍屋子還有上次我們和唐娜、威廉來時那種發霉味道，樓下房間地上也仍然全是窗戶玻璃碎片，踩在上頭，聽起來像是下面有小骨頭斷了。到了樓上房間，我們看了看屋頂洞下方那塊匯集著潮氣的地板，雨水浸透了木頭，然後太陽把雨水加熱，木板就變得像濕紙那樣糊爛。我慢慢走過去，從木頭走到糊爛的地方，感覺腳步從「踩」變成了「滑」。

我走到顏色最深的地板時，琳達說：「小心，妳可能摔下去。」我沒理她，把腳趾伸到那塊地板的中央，勾起一層木頭，看到背部像蛋的木虱一陣騷動，朝著我的鞋子移動。我抖掉木虱，牠們四散開來，歪歪扭扭往房間的角落移動。有一隻卻卡在地板凹下去的地方，我用腳後把牠勾出來，踩著牠來回摩擦。我把腳挪開時，木虱已經不見了，只剩一團銀色的汙跡。

我口袋裡有一枝鉛筆，琳達吃太妃糖時，我拿著鉛筆在白牆上亂塗亂畫。在牆上塗鴉是我最喜歡做的事情之一，因為這件事永遠遭到禁止，也永遠會惹人生氣。我在藍屋子的牆壁亂塗亂畫，不知道誰會生氣，不過我知道終究有人會生氣的。我先畫線條，然後畫圖，最後寫字。我手臂像鷹的翅膀一樣展開，盡量把字寫大一點。我一直寫一直寫，寫到鉛筆完全鈍了，然後後退看著牆壁。看著那行字，我心裡響起嘶嘶聲。

「妳不應該寫這個。」琳達在我身後說。

「什麼？」

「那個啊。」她站起來伸手指著。

「為什麼不應該？」

「非常粗魯。」

「那不是粗魯，這個才叫粗魯。」我走到牆的另一頭，指著一個更短的字，那個字寫得歪七扭八，字母越寫越大。她歪著頭看，辮子直直垂向地板。

「哦，對，太粗魯了。」她說。她看不懂。

嘶嘶聲讓我覺得自己像一桶油漆，內臟塞在密封的金屬罐，要是有人壓我的頭，我知道我的腸子會噴出來，在牆壁上寫字畫圖案。我跳上跳下，開始吼叫，咧著嘴，發出鳥叫聲似的聲音。那聲音在房間裡彈來跳去，好像回答一樣彈回來。我的脈動充滿了活力，在我不知道我有脈動的地方搏動著，飢餓，亢奮，熾熱的怒火，肚裡的岩漿——這一切讓我的皮膚變得緊繃。我跑到房間的另一頭，用雙手雙腳把自己從牆壁推開，再跑到另一端把自己推開，來來回回。每一次跑到牆壁前，我就心想：「我可以跑上這面牆，跑到天花板，踩著牆壁，繞著房間跑一圈。」爸爸的彈珠隔著口袋的布料打著我的腿，我的呼吸變得急促，我的雙腳因為來來回回蹬牆，變得懶惰，開始抽痛，所以我像一輛發條鬆了的小汽車，彎下腰停在房間中間。我的雙腿格格顫抖，我的胸口疼痛，但我的肚子還在沸騰。我撩起裙子蹲下來小便，嘶——沸騰的熱從我身子流出，朝地板中央腐爛的地方流去，散發出陳腐和神秘的味道。

尿好後，我像剛學走路的小孩子，叉開雙腿站起來。我沒有脫內褲，內褲濕了，感覺很柔軟，很溫暖。琳達的臉比我亂畫的牆壁還要蒼白。我走出房間，她沒說話，跟在我的後面。我們嘎吱嘎吱踩過樓下地板的玻璃，走到史蒂文被交給他媽媽的那片矮樹叢。我回頭看樓上的房間，從外頭看不見牆上的字，但我知道它就在那裡。

我在這裡，我在這裡，我在這裡。你不會忘記我的。

街上傳來隆隆的聲響，我們越走越近，聲音也就越來越響亮。是鞋子走在人行道上的聲音，還有反覆呼喊的聲音。走到馬納街的街口，我們看到了他們，一群媽媽、爸爸和小孩走在街上，高舉著牌子，上頭寫著「讓社區再度安全、拯救我們的小鎮和我們的孩子」一類的標語。標語用大字寫在床單和展開的麥片盒上，那群人離我們很近的時候，我看見史蒂文媽媽走在前頭，挽著貝蒂媽媽的手臂，胸前拿著一張史蒂文的照片。我看得出來，貝蒂媽媽很高興和史蒂文媽媽一塊走在最前頭，她在哭，那種只在有人注視而你希望他們看到你哭時才會流的眼淚。史蒂文媽媽沒哭，她居然穿了鞋，不知道她家廚房裡還有沒有腐爛的肉。

一群人走到街道的最高處，吞沒了我和琳達，喊著：「揪出真兇，送入大牢，史蒂文的鮮血不能白流。」我加入他們的行列，喊得嗓子都痛了。我旁邊那個人給了我他的牌子——一個攤開的玉米片盒子，上頭寫著大寫字母——然後把我扛到他的肩上。我把標語高舉過頭，對著風尖叫。揪出真兇，送入大牢，史蒂文的鮮血不能白流。我的牌子上寫著「以眼還眼，以牙還牙」。

走到薇琪家，所有人都進去了，我和琳達落到人群的後頭，來不及跟著其他人一起衝進去。我們到了院子口，屋門已經關了。我走上小徑，想去敲門，但琳達把我拉了回來。

「妳要幹什麼？」她問。

「敲門。」我說。

「為什麼？」她問。

「因為我想進去啊。」我說。

「不行，我們沒有被邀請。」

「無所謂。」

「人家沒有邀請妳，妳不能去。」

「誰說的？」

「我媽媽。」

我翻了個白眼。「說真的，琳達，妳要知道，妳媽媽不是上帝。」我說。

我走到小徑另一頭用力敲門，薇琪媽媽拿著一壺果汁汽水來開門，表情很慌張。

「什麼事？」她問。

「妳丟下了我們。」我說。

「什麼？」她說。

「我們也參加了遊行，其他人都進去了，我們卻落在後頭，不小心的。」我說。

「我認為實際情況不是這樣吧。」她說。

「別擔心。」我說：「我們已經來了。」我往前走了一步，她只好讓我過去，琳達盯著地板，快步跟著我走進去。大家都在客廳，媽媽們坐在沙發和椅子上，孩子們在窗邊擠成一團。我們進去時，媽媽們都轉過頭來，唐娜媽媽說：「哦，妳們兩個好啊。」薇琪媽媽說：「她們剛到。」哈洛太太說：「很高興見到妳們，小女孩，進來吃點東西吧。」薇琪媽媽看起來要尖叫的樣子。

幸好我們進來了。在角落的桌子上，薇琪媽媽擺了蛋糕、香腸捲、醃牛肉三明治和檸檬水，這是我見過最豐盛的聚會點心，跟史蒂文媽媽替蘇珊和史蒂文辦的生日聚會一樣豐盛。我突然想到一件事，假使史蒂文媽媽一直因為史蒂文傷心難過，她可能再也不會替蘇珊辦聚會了。我之前沒想過這一點，現在想到了，每一件事都讓我覺得生氣。我把盤子裝得滿滿的，薇琪媽媽拍拍我的肩膀，罵我太貪心。我、琳達和其他小孩一起坐在地上，一面吃，一面喝檸檬水。史蒂文媽媽坐在沙發上，兩側是薇琪媽媽和唐娜媽媽，我看著她們時，薇琪媽媽撫摸著她的手臂說：「妳好嗎，親愛的？妳真的很勇敢。」

「對啊。」唐娜媽媽說。她立刻放下茶，用整隻胳膊摟住史蒂文媽媽，速度快得差點把杯子打翻。「親愛的，可憐啊，妳真是可憐，今天對妳很不容易。」

史蒂文媽媽點了點頭，「嗯」了一聲，樣子好像想揍她們。我明白她的感受，你遇到不好的事，別人總說「你好可憐」、「你好勇敢」，希望讓你心裡好受一點，但通常反而會讓你覺得更難受，因為你不想勇敢，不想可憐，你只想要別遇到不好的事。比方說，集會表演時，全四年級只有我一個人沒有媽媽爸爸來觀賞，懷特老師說：「媽媽爸爸都不來啊，克莉絲？妳好可憐。」我狠狠踢了她的小腿一腳，把她的褲襪踢出破洞。後來，她想阻止我參加集會表演，但她沒辦法，我不參加，就沒有人念我的臺詞，也沒有人念琳達的。

就在媽媽們閒話家常時，史蒂文媽媽眼淚啪嗒啪嗒流下來，忽然所有人都慌了。我斜著身子閃過唐娜瞧著她們。

「怎麼了，瑪麗？」哈洛太太問。

「不是他。」她說。

「什麼不是？」薇琪媽媽問。

「不是他。」她說。

「妳是什麼意思？」唐娜媽媽問。

史蒂文媽媽向前一傾，從咖啡桌下方的架子拿起一份報紙。我跪著挺高身子想看一看，不過那些愚蠢的媽媽們圍上去擋住我的視線，我只好走過去，從咖啡桌的另一頭看過去。報紙正面是一張小男孩的照片，上方寫著：「事發數月，嬰兒兇手依舊逍遙法外。」史蒂文媽媽拍打那一頁報紙，但扭開了頭，下巴頂著肩膀，一條青筋像紫蟲子浮現在脖子上。

「不是他。」她說。

「哦，天啊，是羅伯特。」羅伯特媽媽說。她一手撫在胸前喘氣。「那是我的羅比。」

「他們怎麼搞的？」薇琪媽媽說。

「這是他們的合照。」羅伯特媽媽說：「學校園遊會時拍的，看，妳可以看到史蒂文的手臂，大家都說他們像雙胞胎。」

「所以他們把照片剪成兩半，登出錯的人？」唐娜媽媽說。

「懶鬼。」薇琪媽媽說：「校對又花不了他們多少時間。」

「他們可能時間很緊。」哈洛太太說。

「那是我的羅比。」羅伯特媽媽說。

史蒂文媽媽咻咻咻喘著氣，她已經放開報紙，但手還是抓得緊緊的，像是還握著一樣，淚水順著她的雙頰流下來。我走到茶几，拿了一塊杯子蛋糕和一張餐巾，走到媽媽們的前面，把餐巾遞給她。媽媽們不再唧唧喳喳，史蒂文媽媽看著我，收下餐巾，按在臉頰上。

「謝謝。」她說。

「妳真貼心，克莉絲。」哈洛太太說。我這麼乖巧，大家似乎都很驚訝，我把整塊蛋糕放到嘴裡，想要一口吞下，但就是吞不下去。薇琪媽媽只好過來拍拍我的背，卡在喉嚨的蛋糕掉出來，我吐到手上，然後伸手要把那團黏糊糊的東西給她。

「我真的不想再吃了。」我說。

「哦，克莉絲。」她皺著鼻子說：「好噁心，去扔到垃圾桶。」她把我推到廚房裡。我不喜歡她說我好噁心，我走過垃圾桶，把咬爛了像海綿的蛋糕黏在冰箱和烤箱中間的縫隙，給她一個教訓而已。噹的一聲，我聽見她在另一個房間拿起茶杯。

我聽見她說：「說實在的，那孩子啊，是想討耳光吃吧。」我知道她是在說我，我回到客廳。

「我不想。」我說。

「不想什麼，小乖乖？」哈洛太太問。

「我不想討耳光吃。」我說。

「哦。」哈洛太太說：「我想沒有——」

「我不想。」我說。

「我想也許——」哈洛太太說。

「誰也不想挨耳光。」我說。

「當然妳——」哈洛太太說。

「不管怎樣，打別人耳光很不好。」我說。

史蒂文媽媽慢慢站起來，她撐著身子，費了好大的勁，好像她的身體是一座濕沙山，她必須把它塞進一座城堡。其他媽媽慌慌張張，嘰嘰喳喳，我想我也懶得再為賞一個結實的耳光這事說個不停，我想薇琪媽媽不會真的打我一巴掌，就算她認為那是我想要的。她非常怕我，大多數人都怕我，起碼有那麼一點地怕。我就喜歡這樣。

有個人說史蒂文媽媽不應該獨自回家，每個人都轉頭看著貝蒂媽媽，因為遊行時她一直在確保大家都知道是她在照顧史蒂文媽媽。她慌了，可能因為知道如果她送史蒂文媽媽回家，就不能留下來聽史蒂文媽媽一走出門就會開始的八卦。我看得出她想找一個不去的理由，但來不及找到，所以失望地走了。我猜，她大概會把史蒂文媽媽丟在院子門口，然後一路跑回來。

「可憐。」她們一踏出門，唐娜媽媽就說：「怎麼會發生這種事。」

「怎麼偏偏把他和我的羅比搞混了。」羅伯特媽媽說。

「妳很生氣，是不是？」薇琪媽媽說：「等到他們抓住他時，不管是誰幹的，妳可以打賭，他們不會弄錯那人的照片，不會把他和其他可惡的兇手搞混。」

「她瘦了好多。」哈洛太太說。

「對啊。」薇琪媽媽說。「我送了一鍋燉肉過去，她可能一口都沒碰。」

「對啊。」唐娜媽媽說：「我送了牧羊人派、雞肉砂鍋、咖啡蛋糕和一些湯，都放在冰箱裡。」

「是哦。」薇琪媽媽說：「嗯，妳人真好。」

「我還沒有送吃的過去，不過羅比為她畫了一幅可愛的畫，我送了畫過去。」羅伯特媽媽說。

「是嗎?」薇琪媽媽說。

「對啊。」羅伯特媽媽說:「妳知道的,我想那是她真正需要的。」

我覺得,假如你孩子死了,那麼一個沒死的孩子畫的畫,應該不會是你真正需要的,不過我沒有孩子,所以其實也不懂。

「我去的時候,味道很可怕。」哈洛太太說:「實在好臭,我對她說:『瑪麗,妳能讓我打掃一下嗎?』但她不肯,連讓我去廚房煮一壺咖啡都不要。」

「他們不是一直在找孩子們談嗎?」薇琪媽媽悄悄說,她朝我們甩了一下頭,生怕其他媽媽忘了孩子們是什麼。薇琪和琳達往檸檬水裡吹泡泡,邊吹邊笑,我也假裝這麼做,這樣媽媽們就不知道我其實豎著耳朵在聽。「那天來找過哈利,哈利!我說:『你知道他才五歲吧?』」

「還有唐娜。」唐娜媽媽說:「他們今天早上來找過唐娜,好像認為她那天早上一定見過他,但不肯說原因,我氣沖沖把他們打發走了。『我們整個週末都在我媽媽那裡。』我告訴他們。『她不可能看到什麼。』」

接著,其他媽媽們忍不住了,輪流說警察也去找他們的孩子談話。我的暴躁性子在肚裡開始發牢騷了,真希望唐娜那個週末沒有去她外婆家,這下她肯定不會進監獄了。

「看到那張照片上羅比的小臉蛋……」羅伯特媽媽說:「我真是難過得要命了,真的,實在難過得要病了,真的。」

「珍妮弗。」唐娜媽媽嚴厲地說:「要不死,要不病,只能一種。」

「噢,妳說得好輕鬆。」羅伯特媽媽說:「妳又沒有受到我所受到的衝擊,他的小臉蛋看著我……這會讓妳聯想到什麼，不是嗎？這件事最可怕的地方不是史蒂文死了，不是埋了一個小男孩，而是要埋葬一個時代。以前我們讓孩子到外面玩，以為他們很安全，沒想到這樣的事會在這幾條街發生，這才是我們真正失去的，我們的純真。史蒂文的遭遇——不過是我們失去的方式。」

我正以為她會嘮叨個沒完，就像牧師星期日那樣嘮叨，她卻不說話了。其他媽媽們面面相覷，表情好像在說：「這是怎麼回事？」「她為什麼說這些？」「妳想她是不是真的瘋了？」然後薇琪媽媽說：「珍妮弗，我想妳最好不要在瑪麗面前說那種話。」

外頭天色開始暗了，薇琪媽媽也開始收走食物，通常你希望客人離開時，就會收走食物。羅伯特媽媽又看著報紙，我猜她可能會把報紙塞進手提包，這樣就可以給別人看那張「是羅伯特而不是史蒂文」的照片，告訴他們這張照片讓她多麼想死，多麼難受。她對於羅伯特的照片的興趣，好像勝過那個正在舔牆壁插座的羅伯特，那個真實存在的小孩。

「去倒立牆那邊吧？」走到外面時，我問琳達。還不算真的入夜，降下的夜幕是夏天的那種，蒼白的，鬆垂的。

「我不行。」她說：「天快黑了，媽媽在家裡等我了。」

我用食指和拇指抓起她手臂的皮膚掐了一下。「媽媽在家裡等我了。」我用嘲笑的語氣說。

她揉著手臂繼續往前走，「妳有時不是一個很棒的好朋友，克莉絲。」

我看到她的嘴角往下垮，浮現可憐的小皺紋。「但是，我就是妳最好的朋友。」我說。她用拳頭揉了揉眼睛，表情像是她不太確定，我的心輕輕絆了一下。「妳是我最好的朋友。」我說：「妳永遠是我最好的朋友，我是很棒的好朋友，真的，比任何人都棒，我一直不讓別人欺負妳，反正也沒人想成為妳最好的朋友，所以我還是妳最好的朋友，是不是？」

「是。」她說。她聽起來有點累。

我回屋子時喊了爸爸，我希望他在沙發上喝啤酒，但他不在那裡。我想他可能又死了吧。想念他時，我腰上像是有個菸頭燙出的印子：一個小圓洞，邊緣一圈的黑。

我走進浴室，往浴缸裡放水，熱水嘩啦啦流出來，因為水龍頭裡的鐵鏽變成了褐色。水蒸氣升起，濕了我的臉，我脫了衣服，但沒脫內褲。我爬進浴缸，水燙得皮膚都痛了。肥皂只剩薄薄一小片，我抹了手腳，頭髮像牛奶裡的線蟲捲了起來。我在水中脫了內褲，抹上肥皂洗乾淨，放在浴缸邊上晾。髮尾打結了，於是我打濕頭髮，想扯開打結最嚴重的那幾團頭髮。

洗完澡後，我抱著雙腿坐著，嘴貼著膝蓋，越貼越用力，最後覺得牙齒像石膏壓著嘴唇。正當我以為牙齒要從嘴唇掉出來撞到膝蓋骨時，聽到外面地板一陣嘎嘎吱吱的聲音。我爬出浴缸，打開浴室門。媽媽站在樓梯平臺，就在她的房間外頭。我把門開得更大，兩腳叉開站著。她的目光掃視了我全身。

「爸在哪裡？」我問。

「不在這裡。」她說。

「他在哪裡？」

「不知道。」

「他什麼時候回來？」

「妳為什麼要找他？」

我拿起毛巾圍在肩膀上。有時，媽媽說一些話，只是要騙我，只是要給她自己一個罵人的藉口。我看著她的臉，想看看她這次是不是也是這樣。我覺得不是，她騙人時嘴唇一邊會上揚，一邊的鼻孔上方會出現黑色皺紋。她沒有露出那個表情，她抿著嘴唇，兩眉間有一道皺紋。

「我就是要他。」我說。

「可妳有我呀。」她說。

這樣說很沒道理，好像說我有一根小樹枝就不需要牙刷，或是我有一張鋁箔紙就不需要毯子。這兩樣東西是不同的：我要的是我需要的，而我有的則是糟糕許多的東西。

「我不要妳。」我說：「我要他。」

她吞了一口口水，脖子和肩膀之間的皮膚變得很緊繃，有一瞬間我以為她要尖叫了。

「克莉絲。」她說：「那個小男孩。」

我的心在喉嚨咚咚跳著，不是滴答滴答，跳得太快了，無法滴答滴答。啪——啪——啪——啪，像飛蛾翅膀不規則的拍動，我的肌肉感覺像是結冰的柱子。

「嗯。」我說。

「妳——」她說。我以為她會接著說——「妳認識他」或者「妳和他一起玩過」，甚至「妳弄死了他」——但她沒有。她只是看著我，咬著牙關，下巴上有什麼東西在抽搐，好像皮膚下面困著一隻昆蟲。然後，她回房間，關上了門。

茱莉亞

媽媽站在廚房水槽旁。廚房很窄，最裡頭放了一張小桌子和兩把椅子。我打開流理臺上方的櫃子，以為架子上什麼也沒有，結果一包包的餅乾堆得跟我的手臂一樣深，三盒雞蛋疊在一起。

「所以妳現在會買吃的了。」我說：「現在就只有妳吃而已。」

「想喝點什麼嗎？」她問。她從架子上取下平底玻璃杯，倒了一英寸高的琥珀色液體。

「我不喝酒。」

她一飲而盡。「為什麼不喝？」

「我有莫莉。」

她皺起眉頭，好像這不相干。她把第二杯酒拿到桌上，背對著我坐著。我把剩下的櫃子也逐一打開，我並不是特別關心裡面有什麼，幾乎沒怎麼仔細看，也沒看到什麼。但是，我想讓她聽見我打開櫃子，我想讓她感覺我的手在她體內摸索。

我在她的對面坐下，她沒有抬頭。她穿著睡袍，彎著腰，人顯得很矮小。

「我上次見到妳時，妳就是要搬到這裡來的嗎？」我問。

「對。」她說：「這裡住五年了。」

「妳為什麼回來？」

「就想回來，其他地方都沒有家的感覺，起碼在這裡我知道什麼是什麼。」

「這裡有家的感覺嗎？」

她聳了聳肩，顫巍巍地舒了一口氣。我突然覺得她可能會哭，心中生了反感。我看著四周，看看怎樣讓她的悲傷變成憤怒。

「妳有沒有遇到麻煩？」我問。

媽媽來哈弗利看我的時候，很喜歡告訴我她遇到的麻煩。她帶來寄來的便條，上頭潦草的字跡像在發出尖叫：兇手的母親，滾。撒旦製造者，下地獄去。

她啜飲著酒。「沒什麼嚴重的，老天保佑。」她敲敲桌子，按照習俗摸摸木頭祈求好運，不過桌子分明是塑膠做的。有一會兒，我們兩個都沒有說話，我想像過和她在一起的情景時，沒有想到會是這樣——憋悶的話語繫泊在開了大口的白色沉默旁。在我的想像中，是吶喊，是流淚，是把莫莉往前推——「看，看看我做了什麼，媽媽，我生出了她，我做了一件好事。」媽媽跪在地上，將莫莉臉上的頭髮撥開，「對，妳做了好事，做得很好，她好漂亮，克莉絲，她好漂亮。」

我恨自己相信會發生這種事，更恨自己希望這種事發生。

「妳現在有工作嗎？」我問。

「我做清潔。」她說：「去大街那邊打掃辦公室。」

「嗯。」

「天還沒亮就去，四、五點鐘到那裡，中午回來睡覺，所以我剛才在睡覺，妳來的時候。我通常不會——妳知道的，如果半夜就要工作，我只有白天才能睡。」
「嗯。」
她的眼角微微抽搐了一下，她用指頭蘸了點酒，濕漉漉的指尖按在抽搐的地方。抽搐沒有停止。她用濕手指摩擦杯緣，我記得爸爸會那樣做——美妙的嗡嗡聲在空氣中顫動。
「妳知道爸爸在哪裡嗎？」我問。
「沒聯絡了，可能在任何地方。」她說。
「哦。」我說。
「總算擺脫了。」她的語氣又恢復了尖銳。「他是個混蛋。」
直到我十六歲那年，爸爸才來哈弗利看我。他在我生日三天後出現。他緩慢走進探親室，帶了一袋包起來的糖果，管理員必須打開，檢查有沒有毒品或刀片。他走到桌子前，把糖果統統扔到我的面前，大部分撒到地上，我們兩人都沒有去撿起來。
「生日快樂。」他說。
「謝謝。」我說。
「現在長大了。」他說。
「嗯。」我說。
「長高了。」他說。
我什麼也沒說。
「這裡都好嗎？」他朝窗戶揮著手問道，你可以看到窗外有十英尺高的圍欄。

「很好。」我說。他用指甲彈著牙齒，我們看著裝在房間角落裡的電視機。我感覺心裡有一團挑釁的小火溫暖了我。他來了。他來看我了。他來看我了，還給我帶了糖。他來看我了，還給我帶了糖當生日禮物。他的樣子和聲音與我記憶中一樣，我想衝到桌子的另一頭，把臉貼在他的頸彎上，貼在冰涼潮濕的皮膚上。

電視節目結束後，爸爸清了清嗓子。「那我該走了。」他說。

「可你才剛到呀。」我說。

「都快半個小時了。」他說。

「還沒。」

「我還有事情要處理。」

「可是我希望你再待一會兒。」

他坐下來，拿起一顆糖，打開包裝放進嘴裡。我聽到糖果敲著他的牙齒。我們又看了一個電視節目。節目結束後，他手掌平放在桌子上。

「那麼，再見。」他說。

「你會再來嗎？」

「會，希望如此。」

「我在這裡只會再待兩年，之後我就要出去了，你會在我出去之前再來嗎？」

「我會的，一定。」

「謝謝。」我說。我知道，他不會再來了，但是仍然很感激與一個沒領錢就陪我的成年人相處將近一個鐘頭。他把椅子往後推開，我繞過桌子，走過去靠著他。我小時候抱他，臉會塞進他柔軟的肚子，但是現在我的鼻骨抵著他的胸骨。我轉過頭去，讓臉龐與他的襯衫在同一平面上。他拍拍我的背，從肩膀把我推開，但他不是要我向後倒下，只是想讓我們之間拉出空間。有時，你和另一個人之間必須要有空間，就算你非常喜歡他們，就算你深愛他們，比如因為你太熱了，或者因為你需要呼吸。那不是爸爸推開我的原因：他這麼做是因為他不想讓我的身體貼在他的身體上，因為我長大了，拉長了，抽芽了，但我還是那個壞胚子。

「他來看過我幾次。」我對媽媽說：「他沒那麼壞。」

「他很壞。」媽媽說。

「他比妳好。」我說。

「什麼時候？他什麼時候比我好？他從來沒去過那裡。」

「他去過，他有時會來。」

「月亮打西邊出來的時候。」

「嗯，那不是他的錯，他有別的事要忙，照顧我是妳的工作，不是他的。」

「為什麼？」

「因為妳是媽媽。」她沒有回嘴，這個沉默給我留下了空間，讓我聽見自己腦子裡的聲音——那聲音受了蠱惑，嘀咕不止——這個沉默比她說的任何話都更教我生氣。「他要比妳好，不需要去那裡，起碼在我見到他時，他對我很好。」

她從喉嚨後面發出一聲鼻息。「嗯。」她說：「對妳很好。」

另一段記憶，灰濛濛的，半透明的，像照片底片。七歲時，我從房間窗戶看到爸爸，便跑出門投入他的懷抱。我們手拉手沿著街走遠時，媽媽走到門口，媽媽走到小徑，媽媽出聲喊著。「爸爸，她在喊你呢。」「繼續走。」那天夜裡我們回來，媽媽在屋裡，靠著牆坐在樓梯上。「去睡覺，克莉絲。」「我不睏。」「滾去妳的床上去。」我站在我的房間裡聽著吼叫。「所以你就這麼要走了？」「孩子我也見過了，我盡了我的本分。」「那我呢？」「別吵，不丟臉嗎？」「那我呢？」「妳這樣很像小孩，愛蓮娜。」柵欄門發出吱的一聲，溫暖的氣息吹在冰冷的窗戶上，爸爸走了，媽媽光腳站在外面，「回來，回來，求求你，回來啊。」聲音斷斷續續，沙啞刺耳。樓梯響起腳步聲，媽媽進了房間，媽媽打我的臉，一陣雷鳴般的痛，一聲揮鞭般的啪。「都是因為妳。」打在我臉頰上的手掌，又熱，又像肉一樣嫩。「對，都是因為我，都是因為我，他是回來看我，不是看妳，妳沒聽見他說嗎？」

我從桌邊站起來時，椅子發出刺耳的聲音。「我去瞧瞧莫莉。」我說。她還在我離開她的地方——沙發上。一個歷史節目照亮了她的臉龐。

「妳沒事吧？」我問。我坐到沙發扶手上，她沒有轉頭看我。

「她為什麼叫妳克莉絲？」她問。

「我小時候大家都這麼叫我。」我說。

「現在不這麼叫妳了？」她說。

「不叫了。」我說。

「為什麼？」

「改了名。」

「我會從莫莉改名嗎？」

「不知道。」我說。不過我也不知道她搬去新父母那裡後名字會有什麼改變，我有點希望他們會改名字，我討厭他們嘴裡發出她名字的柔和音節。當我在監獄裡時，不知道會不會發現仍然需要一天喊幾次她的名字才能感覺到完整，我想像自己弓著背躺在床上，獨自反覆念著名字。

回廚房路中，我停下來看看客廳的隔壁房間。床上堆著打結的褲襪和襯衫，比公寓其他地方還要凌亂。床中央有一個人形凹痕，我想像媽媽蜷縮在裡面，像一隻鑽進窩裡的老鼠。

她還在餐桌旁，一隻手托著頭。我走過流理臺，手指摸了摸靠牆堆放的麥片盒。

「妳現在會買吃的了。」我邊說邊坐下。

「妳為什麼一直這麼說？」她問。

「因為我跟妳住在一起的時候，這件事妳從不費心。」

「是嗎？」

「是，我從沒吃飽過，我永遠在餓肚子，晚上我把床單塞進嘴裡，這樣就有東西咀嚼了。」

「但我記得給妳買過東西，糖果什麼的，我記得有。」

「那是——多久——一個月一次吧?其他時候，什麼也沒有。」

「嗯，我不知道，我不記得餓過。」

「妳沒餓著過。」

這是事實：即使櫃子空無一物，媽媽也是吃得飽飽的。有時，她夜裡回來後，我會等到她在房間裡靜下來，然後下樓去翻她丟在走廊的手提包。總會有一些東西捲成一團塞在底下，洋芋片的包裝袋，還是沙沙作響的薯條吸油紙。我總是希望是薯條吸油紙，如果是的話，我會把番茄醬舔乾淨。我和媽媽，就像一個出了問題的小鳥家庭：她去外面找吃的，我留在鳥窩，她偶爾咳出吃了一半的蟲子給我，不管她給我什麼吃剩的，我都吞下去。如今回想起來，我覺得自己受到了無情的屈辱。

「我老是餓著。」我說。

「好好。」她說：「我知道了，但是，別這樣，不就是吃的而已。」

憤怒的暗樁卡在我的下巴和脖子相連的柔軟之處，我不知道該如何表達，當你沒有食物，食物就不再是食物，當你逐漸萎縮，食物會逐漸膨脹，食物變成你計算時間的方式，變成你斷定這一日是美好的還是糟透的方式，當你擁有食物，你會儲存，當你沒有食物，你會哀痛。我不知道該如何解釋這種飢餓，我也不確定試圖解釋有何意義，除非親身體驗過，否則你無法理解飢餓。我想告訴她，這樣的飢餓捏塑了我，造就了我，因為它那樣龐大，我那樣渺小，它始終都在，不斷啃我，煩我。如果說我是因為飢餓而弄死人，那太瘋狂了，但飢餓其實是瘋狂的一種形式，是我當時所做的很多事的動力。有時我會想，飢餓是不是阻止了我的大腦像正常大腦那樣生長，因為我從來沒有養分可用來生長新細胞。

在哈弗利，所有人坐在餐桌兩側的長板凳一起用餐。桌子很寬，所以坐下時踢不到對面的人，所以只好踢隔壁的。他們盡量讓我們坐在喜歡的人旁邊，我們就不會踢來踢去，但沒人喜歡我，所以我每個人都踢。食物來了，我就不踢了。管理員把一盤盤的三明治放在中間，我兩隻手能拿多少就拿多少，堆到盤子裡後又去拿，越堆越高，越堆越高。把三明治往嘴裡塞時，我還會用一隻手臂保護盤子。在哈弗利，我食不知味，味道不要緊，吃也不要緊，要緊的是擁有食物，保有食物，填滿肚子。有時候，我們在廚房幫忙管理員做菜，我會偷偷溜去食品儲藏室。我的雙腳輕輕敲著油氈地板，我打開門，門發出嘆息似的聲音。是否被逮到不重要——我沒有一次沒被逮到——重要的是，頭上那盞醜陋日光燈啪一聲亮起前，我能吞下多少東西。不同食物以不同方式通過喉嚨：玉米片會刮喉嚨，果醬慢慢流進去，奶油一滑就吃下去了。管理員發現我，大聲地嘆了口氣，比儲藏室門那一聲還響。他們把我拉到浴室，洗掉我手上像手套的黏糊糊的東西，我放聲尖叫。

「安靜，克莉絲。」

「可是很痛。」

「哪裡痛？」

「肚子痛，我的肚子痛。」

「當然痛，妳吃太多了，妳不該把自己塞得那麼飽。」

「可是很痛，很痛，我很痛。」

他們發出更大聲的嘆息，我的尖叫也更大聲，因為他們不懂。我的肚子痛，是一種噁心卑鄙的痛，好像有個鐵拳榨著我的腸胃。我其他地方也痛，喉嚨、腦子和胸口不為人知的地方。我痛，是因為我想念爸爸和琳達，還有倒立牆和我的彈珠。我叫得很激動，激動到吐了，然後就安靜了。當我想吐時，我反而覺得比較舒服，但管理員通常不喜歡，因為我通常吐在他們的身上。

一陣子後，他們給儲藏室的門裝了鎖，我就開始從早餐桌上偷吃的，偷偷藏在我的櫃子，夜裡躲在被窩裡吃。

一個星期日，有個管理員問我：「為什麼妳的床單上有覆盆子果醬，克莉絲？」我正在拆床單，他站在我後面看到了。

「什麼覆盆子果醬？」我問。

「那邊的覆盆子果醬。」他說。

「那不是覆盆子果醬。」我說：「是血，我流了鼻血。」

「嗯。」說著他從我手中接過床單。「還帶著種子的鼻血啊，有趣。」

「我就是壞胚子啊。」我說。

要離開哈弗利時，我開始害怕自己胃口的力量和大小，因為我在那裡吃的東西已經綁在我的身體上，潑水洗臉時，我的手會輕撫我的臉頰和下巴鼓起的肉。離開後，我幾乎不吃，骨頭又浮到表面，像從乳清中分離出來的凝乳。飢餓永遠都在，一拳一拳敲著我緊緊封住它的封條，但我把它壓下去。長大，太痛苦了；大了，穿不下有琳達和那幾條街味道的衣服；大了，沒地方躲藏；大了，沒有人疼愛。

「妳來有什麼原因嗎？」媽媽問。

我把手肘放在桌子上，手指按壓著眼窩。我頭痛欲裂，每次眨眼都看到了粉色和藍色的光圈。我可以想像頭骨每一個細胞因為疼痛而紅腫發炎。我不想告訴她我需要她，她不值得。

「我又不是從來沒有來看過妳。」我說：「我以前常來。」

「不過很久沒來了。」她說：「很久很久沒來了。」

「妳還沒見過莫莉。」我說。我希望她上當。當然了，當然了，妳的女兒，妳的小女孩，她真可愛，**克莉絲**，我立刻去客廳仔細瞧瞧她。

她把手伸進袖子裡抓撓手臂，發出刀子刮魚鱗的聲音。「什麼時候不來，為什麼現在才來？」她問。

「有時就覺得現在是做某件事的好時機。」我說：「就像妳那時認為是把我送養的好時機。」

我期盼的效果來了：不再抓撓，不再有聲響。她慢慢抽出手，我看到她的指甲下收集了皮膚細胞的細粉。

「我不知道妳還記得那件事。」她說。

「我又不是小嬰兒，我當時八歲了。」

「好吧，妳要我說什麼？我不懂得照顧妳，我怎麼會懂呢？從來沒有人告訴我，我媽媽從來沒有照顧過我，如果沒有人告訴妳，妳是不可能知道這些事。」

「那不難。」我說。

「妳不是一個容易照顧的孩子。」

「妳也不是一個容易被照顧的媽媽。」

「可以了吧，克莉絲，為什麼妳不能就算了？」

我感覺到她要關上心門了，趕緊抓起我在火車上列出的問題清單。「妳知道嗎？」

我問。

「什麼？」她說。

「是我幹的，史蒂文那件事，在其他人知道之前。」

她往後靠在椅子上，看向一旁。我看得出來她正試圖掀開「我現在知道什麼」的地層，進入「我當時知道什麼」的地核。

「嗯。」她說：「知道吧。」

「怎麼知道的？」

「嗯，我也不確定，不過記得去教堂時，她們——妳知道的，那些愛管閒事的女人，她們竊竊私語，有一個說：『他們找每個孩子問話，不是嗎？』另一個說：『對啊，他們認為發生了很恐怖的事。』聽到這一類的話，妳可以明白他們的意思——然後大家都開始說是一個孩子做的，我只記得當時心想：『哦，原來是她。』」

「是這樣嗎？」

「我只記得這些。」

「妳一定察覺了什麼。」

「只是覺得我一直都知道。」

「妳為什麼不告訴別人？如果妳早知道了，為什麼不告訴警察？」

「我真的不知道。」

「妳可以更快擺脫我，妳不就是想要擺脫我嗎？」我知道我在挖掘，想要開採出她的感情。我不想擺脫妳，我想把妳留在我身邊，我關心妳。妳是我的**克莉絲**。她拉下睡袍袖子遮住手，接著把手藏在大腿下。

「我真的不知道我想要什麼。」她說：「我記得沒那麼清楚，如果我去告發妳，我自己也有麻煩——大麻煩。我想我只是不想被打擾，感覺有點像是——哎喲，他都死了，這有什麼關係呢？」

「哦。」我說。把人命看得這麼不重要，這有點羞辱人的味道。

「真不敢相信妳什麼也沒做。」我說。

「我並不是什麼都沒做，我試過了。」她說。

「做什麼？」

「妳知道我指哪件事。」

我聽見客廳的門開了，莫莉站在走廊，我走過去。「怎麼了？」我問。

「電視變得怪怪的。」她指著螢幕說。螢幕跑出灰色條紋，我蹲到電視機後面研究打結的電線，最後找到了該插進去的那一條。

「好了嗎？」我問。

「好了。」她說。

我要站起來時，注意到電視櫃後方有一個方形金屬罐，便停了下來。我輕輕打開蓋子，發現一大疊的生日卡片，上頭印著醒目的煽情圖案，泰迪熊、愛心、插著黃色蠟燭的蛋糕。我的袋子就在櫃子旁，我把罐子塞進去，沒讓莫莉看見。我直起身，膝蓋發出喀的一聲。

「我們馬上要走了。」我說。

「好。」莫莉說。她又陷到沙發的一角，又盯著電視螢幕。在淡藍色光下，她的臉頰嘴唇顯得很光滑，五官像瓷娃娃，跳動的畫面倒映在她的眼中。她是如此地完美，與世界上成千上萬的普通孩子完全不同，我突然感到憤怒，我注定要失去她，這注定是這個故事的結局，而她是這麼地特別，這似乎太不公平了。

我回到廚房，媽媽沒有抬頭。

「她沒事。」我說：「電視有點問題，我修好了。」

「噢，電視很舊了。」她說。

「妳其實對她沒有興趣吧？」

「她又不是我的小孩。」

「她不是，但我是。而且，她是我的孩子，所以妳應該關心。」

她從齒縫間呼氣，噘起嘴唇，鬆開睡袍的腰帶。「妳不是小孩子。」她說：「妳已經不是小孩子好幾年了。」

「我的意思是我是妳的小孩。」我說：「不是隨便一個小孩，我是妳的小孩。」我記起了媽媽的這一點——推推拉拉，有時黏人，有時拒人於千里之外。她仍然與我們同住時一樣：哭到我留下，吼到我離開。把她從這個她切換成另一個她幾乎不用費力氣，我根本不知道我做什麼會造成這個轉變。她開始來哈弗利看我後，我越來越懂得什麼會讓她把「沒事」變成「有事」。這一次我不能確定，因為我生疏了，但我猜我沒陪著她，而是去看莫莉的狀況，她可能心裡受傷了。

「妳到這裡來，就是為了向我證明，妳是一個比我更好的母親嗎？」她問。

「什麼？」我說：「我從沒說過我是一個好母親。」

「不用說也知道，妳時時刻刻為她操心，這是做給我看的，不是嗎？」

「我只是在照顧她，她是小孩，小孩需要照顧。」

「沒有大家以為的那麼多。」

「錯，就是大家以為的那麼多，可能還要更多。」我說：「我不是來做什麼給妳看的，我只是想讓妳見見她，她就是我一直在做的事，也許是我唯一做過的好事。」

「噢，這對妳來說一定很棒。」她說：「真棒，沒有生下一個讓世界變壞的孩子。」

她用無助的表情磨掉我的最外層，我剩下的保護層像是剝了皮的葡萄，這一刺，刺穿我膠凍狀的內部組織。很痛。

「妳為什麼要生我？」我問。「妳不想要孩子，妳可以拿掉我，妳又不想要我。」

她發出無可奈何的聲音——「欸」的一聲——好像這是一個她不能被期待回答的問題。「我不知道。」她說：「我想要一個什麼，也許是妳爸爸，也許我想『有了一個孩子，他就不會離開』。即使他沒有離開，也許我想『好吧，我還是生一個孩子，孩子會愛我』。然後，我有了妳，妳沒有愛我。」

「因為妳從來沒有為我做過任何事，孩子不會生下來就愛妳，孩子也許需要妳，但不會愛妳，妳必須努力才能得到愛。」

「可是我告訴妳了，沒人告訴過我該做什麼，我不知道該怎麼辦。」

「也沒人告訴我，從來沒人告訴過我這些，但如果妳想，妳就會自己找出答案，然後一天比一天做得更好，然後每一天都這麼做。大多數時候的確很難，很無聊，但也不是不可能做到，只需要真心想去做就行了。」

「好。」她說。所有的空氣彷彿從她身上消失，她又陷入睡袍的褶縐中，我注意到口袋上刺著泰迪熊。「所以妳是說我不想、我不夠努力。」

「妳想要什麼？」我問。「我是說現在，妳想要什麼？」

「哦，妳知道的。」她說：「很多很多。」

「好哇，那是什麼呢？」

她開始咬乾燥的嘴唇皮膚，我看到一片透明皮膚脫落，消失在她的舌頭上。她用手指挑起來，往桌面擦了擦。

「嗯，首先，不用害怕別人在街上向我吐痰就很好了。擁有一個感覺像家的家。我希望年輕一點，每個人都有這個希望吧，我想要二十五歲，像妳一樣，一切就在面前，我想我很希望可以重新來過。」

這可能是她對我最誠實的一次，但這份誠實大到我的內心難以接納，我站起來，卻還是沒有空間接納。太大了——媽媽的這番話，昏幽的公寓，跳動著藍屋子記憶的土地。我覺得我的臉像是裝滿了沸水的氣球。我走去冰箱打開門，蹲在前頭吸冰冷的空氣。冰箱架上堆滿了罐裝可樂，我想像一股涼意咕嚕咕嚕穿過喉嚨，沾了糖的牙齒像粉筆一樣來回摩擦。在哈弗利，只有耶誕節才能喝可樂，所以我出來以後只喝可樂，喝了好幾個星期，覺得天天在過耶誕節。我出來後也開始亂吃，完全不顧健康。我在食物上加了一堆鹽，多到鹽粒都刮破了牙齦。夜裡醒來，我渴得不得了，伸手去拿放在床邊的兩大公升可樂。當我大口灌下可樂時，感覺牙齒的琺瑯質像紙層層脫落。有時感覺在做實驗：看看我的內臟在停止工作前能承受多大的打擊。發現懷孕那天，我喝了四公升的可樂，其後的九個月一滴都沒喝。我猛灌開水，可怕的無滋無味讓我作嘔。沒了汽水的二氧化碳，我的胃裡裝滿了莫莉，每天都能感覺她把更多腐爛的碎片連接在一起。

也許這才是最大的感受——發現媽媽沒有腐爛。她比以前更渺小，更安靜，也更好。她乾淨，她穩定，她賺錢，她會在櫃子貯存東西。發現懷了莫莉後，我也是這樣，只不過因果恰好相反，我因為莫莉的到來而自強，媽媽這麼做，則是因為我的離去。

蹲著讓腿發麻，所以我關上冰箱門，坐下，身體往前傾，讓額頭靠在冰涼的塑膠面上。她說的話在我的指尖迴盪。原來是她。這有什麼關係呢？我想要二十五歲，像妳一樣。我並不是什麼都沒做，我試過了。我能理解她的意思，也感到了強烈的恐懼，但還有其他更強烈的感受——比方說，當我想到有人在街上朝她吐口水時，我憤怒得快要渾身發抖。還有，知道她記得我有多大時，我心中盪起的暖意。

克莉絲

星期六我看到媽媽時，我想她一定是病了。我坐在走廊門墊上，把鞋帶打成絕對不會解開的結，這時她從客廳走出來。我不知道她在那裡。她的臉頰很紅，眼睛閃閃發亮，嘴角扭成一個非常奇怪的形狀。我站起來。

「哈囉。」她說。她走過來，站在我旁邊，我想也許她想抱抱我，但做不出這個動作，所以就拍我的肩膀。離得近了，我隱約聞到她身上有一股女人的味道，那種血、肉和廁所的味道。我用嘴巴呼吸，這樣才不會吸進去。

「妳不舒服嗎？」我問。

「沒有。」她說。

「妳沒有痛風吧？」我問。

「我為什麼會有痛風？」

「不知道，邦蒂太太的丈夫有這種病。」

「我很好，妳要出去玩嗎？」我點了點頭，還是沒用鼻子呼吸。

「妳會和誰一起玩？」

「琳達。」我說。

她說：「啊，對，琳達。太好了。」她根本不知道琳達是誰。她從身後拿出一條聰明豆。「我給妳買了這個，給妳吃的，玩的時候可以吃。」

我伸出手去，她讓我接過那條圓筒，筒子摸起來很光滑。

「好。」我說。我準備開門，但她抓著我的手臂，把我拉回去。她抓得很緊，我覺得皮膚都出現了指印狀的瘀傷。

「我買了這些糖是給妳的，明白嗎？我還得用自己的錢買，而且我就買給妳而已，所以妳不要分給其他小孩子，明白嗎？」

我搖頭說我不會。我說的是實話，我根本沒有想過要分給其他小孩。她彎下腰，在我的臉頰吻了一下，吻得又快又粗魯，我的皮膚覺得她的嘴唇很像樹皮。

「全部都自己吃，要吃光光。」她說。

「好。」我說。她把手放在我的頭上，閉上眼睛，喃喃地說：「天上的父，保護我，上帝，保佑我平安。」我想好好看她，看她是不是真的媽媽，而不是一個打扮成媽媽的女人。但她一禱告完就走進廚房，還關上了門。我摸著她吻過的地方出門了。

我去敲門叫琳達出來，然後一同往山坡上走，到兒童遊戲場去。聰明豆嘩啦嘩啦敲著我的腿。

「那是什麼聲音？」琳達問。

「不告訴妳。」我說。我在舌頭上品味裹著糖衣的秘密。

威廉、理查和寶拉已經在兒童遊戲場上，威廉和理查對著一棵樹扔石頭，寶拉在吃草。

「看看今天早上我媽給了我什麼。」說著我給他們看紙圓筒，理查發出嘖嘖嘖的聲音。

「那有什麼了不起，我媽經常買給我，我媽給我買了好多好多糖。」我知道那是真的，因為他很胖，但我還是踢他的腳踝。他笑了笑，搖搖晃晃走到旋轉椅，跳上去時還尖叫一聲。

「給我們一顆。」威廉說。他伸出手，寶拉也學他。

「妳想要一顆嗎？」我問琳達。她點了點頭，也伸出了手。我看著那一小排手，兩隻大手，一隻小手，還有三張興奮的臉蛋。「哼，半顆也不給。」我說。我跑去坐在欄杆旁邊，我知道他們會跟上來。

「不公平！」威廉追上我說，他踢柵欄門。「我有東西都分妳。」

「你從來沒分過我。」

「我也是，我分妳吃了我的肉餡餅，對吧？」

「那只是因為我讓你把手伸進我的內褲。」我說。他的耳朵變成了火腿的顏色。

「妳讓他幹什麼？」琳達說。

「妳聽到了。」我說。

威廉又踢了柵欄門一腳，結果踢得太大力，我好像聽到他腳趾發出啪的一聲。寶拉笑著伸手想討聰明豆。「不給，半顆都沒有。」我說。我坐下來，打開圓筒。威廉想把寶拉拖走，但是她放聲尖叫，手指來指去。威廉抱起她，把她帶到旋轉椅。琳達在我旁邊坐下。「給我一顆就好，我是妳最好的朋友。」

「走開，我媽給我的，只給我吃，她叫我不要分給別人。」

「騙人，她根本沒有這麼跟妳說，沒有一個媽媽會說不要分享。」

「但我的媽媽就說了，只有我能吃。」

「如果妳不給我一顆，我就不讓妳參加我的聚會。」

「反正我也不想去，妳的聚會無聊死了。」她掐我一下，所以我伸手打她。她一面跑開，一面扭頭喊道：「妳不再是我最好的朋友了，克莉絲．班克斯！」我才不在乎，琳達的聚會都很無聊，因為她媽媽說玩「音樂木頭人」很蠢，玩「音樂碰碰車」太吵，玩「音樂大風吹」又太危險。琳達媽媽唯一認為很棒的遊戲是塗顏色，誰聚會時想塗顏色啊。所以琳達的聚會的確很無聊，讓她知道這一點也不錯。再說了，只是聰明豆而已，阻止不了她做我最好的朋友。

其他人玩旋轉椅，我倒了幾顆糖到手中，糖果看起來與圓筒上的圖片不一樣——更小，全是灰灰的顏色，外面的糖衣變得粉粉的。我把一顆放進嘴巴，用牙齒一咬，糖就碎了，像粉筆一樣黏糊糊的東西在舌頭上擴散開來。我想媽媽可能是好久好久以前買的，一直忘了給我，放在抽屜裡太久了，糖衣裡的巧克力都變成了土了。琳達在旋轉椅上咬著牙看我，所以我又咬了兩顆。我想吐。

我吃掉一半的聰明豆。如果我仰頭對著天空，拿起整個圓筒往嘴裡倒，會更容易把它們吞下去，不過有時聰明豆會卡在喉嚨裡。我盡量輕聲咳嗽，所以琳達、威廉和理查都沒注意到（寶拉什麼也沒注意到，她正忙著吃蒲公英）。要是他們沒有注意，我會把糖扔進垃圾桶，但他們一直看一直看，所以我就得一直吃一直吃。吃到沒有口水可以吞了，我把圓筒放到口袋，跑到旋轉椅。琳達轉身背對著我，不過其他人都忘了他們應該生氣。寶拉把臉貼在我的腿上，在我的裙子上留下一道鼻涕，理查推著我們旋轉，我閉上眼睛，盡量不去想肚子裡的蠕動和嘴裡的苦味。我決定了，下次買糖，我不會選擇聰明豆。我再也不會選擇聰明豆了。

理查推旋轉椅推沒幾下，就不想推了，也沒人願意代替他，所以我們就去鞦韆那邊。我和琳達坐在地上，威廉和理查開始比賽倒掛，我也想比，因為倒掛我是最厲害的。但我站起來時，世界在我眼前旋轉，我把臉貼在杆子上，臉頰感覺到冰冰涼涼的金屬。

「妳沒事吧？」琳達問。「妳看起來怪怪的，妳臉色不對。」

「妳是什麼意思？」我想這麼說，但說不出來，我又試了一次——「妳是什麼意思？」——但是我變成了大舌頭，感覺一行口水從下巴流下，汗水也從前額流下。我才彎下腰，就嘩啦啦吐了。威廉和理查放開鞦韆杆，在寶拉快去碰嘔吐物之前，理查連忙把她抱走，不然她可能連那個也吃了。

「她得了腮腺炎嗎？」威廉問。

「不是。」理查說：「她的下巴沒有腫起來。」

「但你的下巴腫起來了。」威廉說，理查推了他一把。我聽得到他們在說什麼，也看得到他們在做什麼，但我就像在三英尺深的水中聽著看著。我好渴，想喝東西，結果反而又吐了。我吐到衣服上，嘔吐物在腳邊積成一灘。我聽到跑開的腳步聲，我想也許每個人都要離開我了，因為我沒有分享我的聰明豆，即使在我沒有分享聰明豆以前，我做人也不好，所以沒有人真正喜歡我。但隨後我感到溫暖的手指繞著我的手臂，琳達撩起我脖子後面的頭髮，吹了吹汗濕的皮膚。

「別擔心，克莉絲。」她說：「妳不會有事的，妳只是有點不舒服，理查去叫他的媽媽了，妳還是我最好的朋友，真的，妳可以來參加我的聚會，我們不會塗顏色。」

過了一會兒，我看到一個像粉紅色果凍的矮個子向我們走來，她後面是一個更高更黑的瘦子。果凍人揮了揮手，發出尖銳的聲音，瘦子把一隻胳膊放在我的肩膀下，另一隻放在我的膝蓋下，他把我抱起來，緊緊地抱著我。有個人說：「吃到壞掉的東西嗎？」另一個人把手伸進我的口袋，掏出聰明豆的圓筒。「只找到這些。」嘩啦啦，聰明豆倒到某人的手中。「這不是糖，你看，這不是糖。」然後，我上了一輛汽車，或者一輛卡車，或者一輛運奶車，然後是一個大房間，所有東西都是白色的，每個人都很擔心。然後，我睡著了，或者幾乎是睡著了。睡意像一條扔過來的毯子，又柔軟又突然。

I

睜開眼睛前，我就知道我不在家，因為底下的床舖是乾的。在家醒來的話，床絕對不是乾的。我在被窩裡動了動腿，聽著那些讓空氣起了波紋的聲音——叮噹叮噹，哐啷哐啷，還有女人說話聲。我的鼻腔充滿清潔的氣味，我睜開眼睛，一個戴著白帽繫著圍裙的女人靠過來，她的頭正好在天花板一道明亮的白光底下，讓她的臉龐多了一個光環。

「哈囉，克莉絲汀。」她說。她的牙齒和她的圍裙一樣潔白。「妳身體覺得怎樣，小乖乖？」

我想坐起來，但疼痛像一條斷裂的橡皮筋讓我的頭陣陣抽痛，我嘴裡有死東西的味道。

「渴。」我低聲說。

「好，小乖乖，我想妳一定是渴了，我們坐起來，我去給妳拿水來，再來點早餐嗎？聽起來不錯吧？」

我不餓。不餓，感覺非常奇怪，我懷疑自己是不是在睡覺時被施了魔法，變成了另一個人。那女人告訴我，她是霍華德護士，她把手放在我手臂下，扶我坐了起來。我看到我在一個擺滿金屬床的房間，床上覆蓋著白色床單。其他護士穿著啪嗒啪嗒作響的鞋子走來走去，輕聲細語，我聽不見他們在說什麼。在我對面的床上，一個小男孩用湯匙追著碗裡的玉米片，他一隻手裹著石膏。

霍華德護士扶我坐起來後，整理了我的床單，然後啪嗒啪嗒走出了白色房間。我低頭看了看自己，我的肚子像懷孕一樣，凸出一個半圓形，裡面都是噁心的東西，綠綠的，會旋轉。我感覺肚子不是我的一部分，我的皮膚繃得我以為快要裂開了，我想知道如果它裂開了會發生什麼，我會不會把我所有的腸子、嘔吐物和秘密撒得滿地都是。

啪嗒啪嗒，霍華德護士拿著托盤回來了。她把托盤放在我的腿上，上頭有一杯水，一碗撒了糖的麥片粥。

「我不太餓。」我說。

「我覺得妳應該試著吃點東西，小乖乖。」她說：「從昨天到現在妳還沒有吃過東西，吃點東西，喉嚨痛和可憐的肚子會快點好起來。」

我想大喊大叫，臭罵一通，把碗扔在地板上，但我太累了，沒力氣做壞事。霍華德護士啪嗒啪嗒走了，去照顧另一個女孩，所以我舀了一口粥。粥結成了膠狀，在湯匙上保持著形狀，不過放進嘴裡後，味道不像看起來那麼噁心。我吞了下去，喉嚨多了一層黏稠的牛奶，而且我的蛀牙沒有疼，因為不需要咀嚼。霍華德護士回來時，我正在用手指捏起剩下的糖粒。

「我們到底還是餓了吧，小乖乖？」她說。

「我為什麼在這裡？」我問。

「妳知道這裡是醫院吧？」她說。我點了點頭。她說這句話之前，我其實不知道，不過我不想表現得很笨。她把早餐托盤放到地上，然後坐到床邊上。「妳住院，因為昨天妳吞下不該吃的東西，一些藥丸，妳還記得嗎？它們裝在糖果包裝裡，妳可能誤認為糖，妳還記得嗎？」

「是聰明豆。」我說。

她點了點頭。「嗯，其實呢，不是聰明豆，小乖乖。是藥，有些大人吃這種藥幫助自己入睡，它們根本不是給孩子吃的，所以妳吞下去後，它們就讓妳生病了。」

「哦。」我說。

她舔了舔嘴唇。「聰明豆是不是誰給妳的？」她問。她摸摸我的手，我看著她的指甲，又短又圓。我的指甲長長短短，有的斷了，變得很短，有的長到幾乎捲了起來，所有指甲都卡著汙垢。我彎起手指把它們藏起來。

「我不記得怎麼拿到的。」我說：「一定是在哪裡找到，也許是從地上撿來的，我不記得了。」霍華德護士一臉失望，她拿起托盤站起來，床單上留下一個凹痕。「好吧。」她說：「也許妳可以再回想看看，嗯？」

「我死了嗎？」我問：「我來醫院前，我吞下藥後，我是死了嗎？」

她笑了。「當然沒有，如果妳死了，現在就不會跟我說話吧？」看來她也是一個不知道死亡有很多種的人，想到人能活著回來，我的喉嚨有一種揪緊了的感覺。我看了看床的兩邊。

「怎麼了？」她問。

「我的衣服呢？」

「妳來時穿的衣服？我們收起來了，別擔心，不會不見。」

「我現在就要它們。」我說。我的聲音聽起來又激動又脆弱，我討厭這種語氣，但我不得不繼續說話。「很重要。」

「為什麼？」她問。

「我口袋裡有重要的東西。」我說。

「有嗎？好吧，我想它還——」

「我現在就要。」我大喊。霍華德護士把眼睛睜得大大的，然後啪嗒啪嗒地走了。她從白色房間盡頭的門消失，我正想追上去，但她立刻又回來，而且拿著一疊摺好的衣服，那是我的衣服。

「在這裡了。」說著她把衣服放到我的床上。「不擔心了吧？」

我沒有回答，我忙著把手伸進裙子口袋。我用手指緊緊握住彈珠，點了點頭。

「嗯。」我說：「不擔心了。」

既然知道了彈珠很安全，我其實也不想再要這些衣服，就把它們推到地上，再把自己推回到床頭。手臂骨折的男孩的早餐托盤被拿走了，他用他沒事的那隻手翻看圖畫書，一旁的地上放著購物袋，裡面鼓鼓囊囊裝著玩具、書本和一包包的糖。我把彈珠放在手掌上，這樣他要是看過來，就會認為有人也來給我送玩具了。

坐在床上，沒人說話，也沒事可做，很無聊，所以有個白袍男人和他的啪嗒啪嗒護士大步走進來時，我覺得很高興。他脖子上掛著聽診器，我知道那叫聽診器，因為唐娜的奶奶去年耶誕節給她一套醫生遊戲組，裡頭就有一個聽診器，我們輪流玩的時候，她從來不讓別人玩它。白袍醫師沒有跟我說話，只對護士說話，她們點點頭，嘰嘰喳喳，在紙上潦草寫字。醫生有一頭黑髮和纖細的手指，我想他可能從來沒有讓別人用用看他的聽診器。

「請平躺在床上。」說著他戴上了一副彈性很好的塑膠手套，兩個護士走過來，掀開我的被單，讓我躺得又平又直，好像躺在棺材裡。醫生拉起我的罩衫，瘦細的手指按著我腫脹的肚子。我罩衫裡什麼都沒穿，連內褲也沒穿，這樣裸露著身體，我的臉覺得熱烘烘的。醫生拿出一根鉛筆形狀的棒子，啰噠一聲，棒子亮了，他用棒子直接照我的眼珠子，他把棒子拿開以後，那一小點光還在我面前飄浮了很久。接著，他用聽診器從我的前胸和後背聽我的胸腔，然後啪的一聲脫下白手套，交給一個護士。她用指尖接過去，扔到床尾的垃圾桶，好像碰到我讓手套變得很髒一樣。

「好啦。」醫生說：「小姐，妳很幸運，如果沒有這麼快就被送來醫院，妳現在就不會在這裡。」

「當然不會。」我說：「我現在還在兒童遊戲場上呢。」

他挑起一條黑眉毛，薄薄的粉色上唇一角也往上揚。「不要再做這種傻事了，好嗎？」他說。我知道他希望我搖頭，但我沒有搖頭，我盯著他的眼睛，把彈珠塞到床單下面，我盯著他，直到他在護士的簇擁下大模大樣地走了。他一走，時間又凝固了，像我的粥一樣結了塊。我從白色房間最裡面望向窗外，但只看到屋頂和雨。我跟護士說我要上廁所，她替我拿來一個冰冷的金屬盆子，拉起我的罩衫，扶我坐到上頭——就在白色房間裡，所有人都看著。我滴滴答答尿出來時，感覺好像將一把剃鬚刀片推出來。我沒有哭，我從來都不哭的。

時間好像凝固了好多年後，白色房間的門又打開了——媽來了。

「克莉絲！我的**克莉絲**！我的寶貝女兒！我可憐的小寶貝！」

她到了床邊，猛然靠了過來，將我緊緊摟在懷中。我本來正在吃瓷碗裡的米布丁和果醬，結果碗從膝蓋掉下去，我看著布丁在地上濺起粉紅色的凝塊。希望有人能再給我拿一點來。媽媽身上有一股香水塗在泥土上的味道，邊上還有另一種氣味——讓我想吐的女人味。我的罩衫被她身上的雨弄濕了，我從她的肩膀上方看到霍華德護士向我們走來。

「妳好。」媽媽放開我時，她說：「您一定是班克斯太太了。」

「對，我是。」媽媽說。

「很高興見到妳，班克斯太太，克莉絲汀是我們負責照顧的。」

媽媽點點頭，一根手指撫摸著我的臉頰。「謝謝妳，護士，我好擔心好擔心。我一聽到消息就趕來了，我在外地工作，我妹妹今天早上才打電話告訴我，我知道了就直接過來，我可憐而勇敢的克莉絲……」

媽媽根本沒有妹妹，沒有我們去海邊會住在她家的妹妹，也沒有告訴她我住院了的妹妹。她這個不要臉的臭騙子。霍華德護士面露微笑，因為她不知道不要臉的臭騙子在撒謊。媽媽坐到床上，一隻手臂從背部摟著我，她的手剛好搭在我的手肘上，也就是我罩衫的袖口。

「克莉絲汀表現得非常勇敢。」霍華德護士說：「也許妳妹妹告訴妳了，她被送來的時候很嚴重，她不知怎麼弄到了一些藥——是安眠藥——她吞下不少。我們猜她可能以為那是糖。」

媽媽的手臂在我背後繃緊了。「很像我們家克莉絲會做的事。」她說得太大聲了。「她是一個貪吃的女孩，又粗心，什麼都放進嘴裡，找到的任何東西，從藥櫃裡找到的東西也是。」

「東西裝在一個糖果包裝盒。」霍華德護士說。她的聲音比媽媽小聲許多，不過還是讓媽媽停止了說話。「克莉絲汀洗過胃了，今天早上人看起來好了許多。當然，我們想知道她怎麼拿到那些藥——如果是有人故意給她，那這件事將由警方處理。」她看看媽媽，又看看我，聲音放得更輕柔。「我還是想再問妳一遍，親愛的——妳有沒有再想想看，妳是怎麼拿到那些糖的？妳在哪裡找到的？」

媽媽的手指緊緊捏著我手肘上方的皮膚，我咬緊了牙。「我不記得了。」我說：「我想是無意間找到的，我真的不記得了。」媽媽拍拍我的膝蓋。「唉，護士，就像我說的，她什麼東西都能放進嘴裡，我們住的那邊有一些討厭的人，護士，妳一定聽說過那個小男孩的事。我盡力想要保護克莉絲，不過有時我得離家工作，她爸爸又不像我希望的那樣常常在家。總有人顧著她，但妳也不清楚他們是不是很小心，對吧？我告訴我妹妹，『好好照顧她，她是我的寶貝。』此外，我還能做什麼？如果她不好好照顧她，那也不是我的錯，我在外面工作啊。」

我看得出來，霍華德護士沒怎麼把媽媽說的話聽進去，她打量著媽媽的全身上下，從頭髮上的結，到襪子上的破洞。我不知道她能不能分辨出她說的是謊言，除了謊言，還是謊言。我不知道我希不希望她能分辨出。媽媽說不出話來後，霍華德護士生硬地笑了笑，啪嗒啪嗒地走了。媽媽轉向我，替我把頭髮塞到耳後。她沒有看我的眼睛，她用一種哼哼唧唧的尖聲說話。

「哦，我可憐的小克莉絲，貧窮、不幸的克莉絲。對於一個孩子來說，如果一包糖原來是一包藥，那真是太倒楣了。對一個孩子來說真是太倒楣了。可惜啊，她不記得是在哪裡找到的。」她抓住我的臉，用力掐我的臉頰，她這一掐，我的嘴張開來。「但是她不記得了。她能記得嗎？」我搖了搖頭。

「很好。」她說。她放開了我的臉，但我仍然能感覺到她的手指在那裡，把我的臉頰壓在牙齒上。「好，因為如果克莉絲記得她是怎麼拿到這些藥的，她可能會發現她也開始記起其他事，她不想讓任何人知道的事。」

她把嘴湊到我耳朵旁邊，我聞到她的味道，味道比以前更濃烈。汙濁的味道，血腥的味道。「史蒂文的事。」她小聲說。

她坐回去時確實看著我的眼睛，我們互相凝視，直到我們之間的空氣有了心跳。她的手放在床上，我從凝視中掙脫出來，低頭看著那雙手。我把一隻手翻過來讓掌心向上，然後舉到我的面前。她讓我抬起她的手，讓手臂像木偶一樣鬆垂著。我把她的手放到我的臉頰上，用我的兩隻手壓著，然後向前傾斜，把頭頂在她的胸口。她知道我做了什麼，她是世上唯一知道我做了什麼的人，我想爬回她的肚子裡，因為我覺得我們是那麼地親密，我們兩個人一起在秘密裡被打了結。

她讓我的頭靠著她的胸口坐了一會兒，隨著她的呼吸起伏。然後她站起來，我繼續低著頭。我沒有看著她，她收拾她的袋子，走到床鋪中間的通道。我只知道她走了，因為我聽到房間盡頭的門開了又關。

隔壁床的小妹妹坐起來哭了，我背對著她躺下，蜷縮成一個問號的形狀。我的肚皮下面有一絲暖意，像吹滅的蠟燭的光。媽知道史蒂文的事，她知道，但沒有告訴任何人。她沒有告訴任何人，因為她不想讓我進監獄，想把我留在她身邊，想保護我的安全。你要在乎，才會想要保護那樣東西的安全。

茱莉亞

我回到客廳時，莫莉已經對電視失去了興趣。她在沙發上倒立，我不確定倒立對手腕骨折好不好，但我覺得心很沉重，根本管不了。媽媽靠在牆上，看著我把莫莉的石膏穿過她外套袖子。上次的拜訪以大吼結束──「滾出我的房子！」「我再也不回來了！」──很安全，因為它發生在表面，我們對彼此大喊大叫，但仍舊能夠抓住內心深處的重要感覺，那感覺告訴我們：「我會回來的，我需要妳，妳也需要我。」這一次，沒有煙火，也沒有什麼要嘶吼的。我們都知道，我是不會再來了。她跟著我們走到門口，我跨過門檻，感覺自己像是一個水泡──分泌物把薄薄的表皮繃得緊緊的。我頭也不回地走過了陽臺。

「我們現在要回家了嗎？」當我們走到樓梯間時，莫莉問道。

「對。」我說。

「妳保證？」她說。

「我保證。」我說。好像保證只是一個愚蠢的詞。

要回公車站得先過馬路，經過兒童遊戲場時，莫莉的手指沿著欄杆拖行。「遊戲場看起來很好玩。」她對空氣說，也是對我說。我看向柵欄的另一頭，水泥地鋪了緩衝地墊，跟莫莉學校攀登架下鋪的一樣，新設備又鮮豔又牢固，很難回想起我、琳達、唐娜和威廉一起吊著的粗糙金屬杆。

「去吧。」我說。

「什麼？」莫莉說。

「妳可以玩一會兒。」

「真的嗎？」

「真的，就一會兒。」

她推開柵欄門跑向旋轉椅，先跑步加快速度，等到椅子開始自己旋轉了，就跳上去，還沒等到速度慢下來，就又跳下來。我的喉嚨快要湧出幾句話——「當心妳的手腕，膝蓋要彎曲，不要那麼快」——但我嚥了下去。接著我推她盪鞦韆，她喊著：「再高一點！再高一點！」我推著她的背，把她拋向天空，如果她從座位上飛出去，在空中劃出一道弧線，那也沒關係，我只是用一種墜毀交換另一種墜毀。

她玩膩了鞦韆後，我坐到長椅上，把袋子拿到腿上，拿出我在媽媽的電視後面找到的罐子。在陽光下，卡片顯得更加俗豔。我翻開最上面的那張。

親愛的媽媽，

祝妳有一個美好的生日，願妳擁有妳應得的所有幸福。

媽媽，我在這裡的時候很想妳，我想啊想啊，一直希望妳能來接我回家。我知道我們會分開是我的錯，我希望我能補償妳。我為我所做的一切感到抱歉。

把我所有的愛都獻給妳，媽咪。**克莉絲**

我把剩下的卡片慢慢翻開，讀完後堆在一旁的長凳上。

我最愛妳了，媽媽。

妳有個這麼壞的女兒，不是妳的錯，我每天都為我給妳帶來的痛苦而哭泣。

妳是所有人夢寐以求的最好的媽媽。

都是用黑墨水寫的，字母忽大忽小，忽上忽下，沒有一個是我寫的。那是媽媽的筆跡，這是媽媽的話。

罐子最底下有一張摺起來的照片，是我和媽媽。我們站在屋外臺階，她穿著睡袍，我穿著綠格子裙。裙子本來是琳達的，她媽媽洗好熨好讓我帶回家，還給了我乾淨的背心、乾淨的內褲和乾淨的襪子。

她把塑膠袋遞給我，我問：「妳為什麼給我這些？」我站在他們家門口賴著不走。

「明天是第一天上學。」她說：「要乾乾淨淨、漂漂亮亮，我也替琳達準備了。」

「為什麼？」我問。

「每個人第一天上學都要穿乾淨的衣服。」她說。

「但是妳又不喜歡我。」我說。

她用古怪的眼神看著我，我不知道她是要大叫、嘆氣，還是發出噓聲把我趕走，然後回廚房又做司康。就在我快等不下去，要放棄找出答案時，她跪了下來，把我拉過去靠在她柔軟的胸脯上。我不能抱她，因為她把我的手臂固定在我的身體兩側，我也不確定如果能夠的話我會抱她，因為她平日對我又壞又兇，我平日也不喜歡她。但我還是把頭靠在她的肩上，很舒服的感覺，她身上有熱牛奶和星期日下午的味道。

「哦，克莉絲。」我聽見她說：「我們拿妳怎麼辦才好呢？」

第二天早上，我穿上乾淨的衣服，皮膚覺得怪怪，衣服居然能夠又硬挺又柔軟。我走到屋外，等著琳達和她的媽媽經過。她們手牽手走上山坡，琳達的爸爸也來了，她在他們中間盪來盪去。他們都穿了上教堂的衣服。我穿過小徑時，聽到媽媽在我身後，正要把一袋垃圾扔進垃圾桶。

「早安，克莉絲！」琳達爸爸在柵欄門外喊道。

「你們為什麼穿著上教堂的衣服？」我問。

「今天是大日子，不是嗎？」他說：「第一天上學就只有一次，有人給妳拍照了嗎？」

「沒有。」我說。媽媽想回屋裡，琳達的爸爸卻說：「等一下，愛蓮娜，我們給妳們兩人拍張照吧。」她悠悠轉過身來，好像希望拖得夠久的話，他會改變主意，不讓她也入鏡。他耐心等著。她面對著他的時候，像凍住一樣站著，我也站在那裡，他把相機舉到他的臉前，嗘嚓。

在照片中，我們並肩站在門前臺階，眼睛盯著前方，彼此沒有碰觸，之間有一段沒有什麼能打破的清楚間隔，沒有一隻胳膊，沒有一隻手。琳達的衣服像熨燙過的乾淨布袋掛在我身上，媽媽的睡袍低低垂在胸前。我們像兩個幽靈。

我又拿起第一張卡片，她沒有嘗試掩飾自己的筆跡——尖尖斜斜的字母，與她每次搬家時給我的地址字條上的字跡一樣。字條我都還留著，一整疊藏在我皮包。我也注意到了，這筆跡和她帶到哈弗利給我看的恐嚇信字跡一模一樣。她說那些惡毒字條是寄來的，不知道媽媽是否覺得被這奇怪可悲的把戲給壓得委屈了。這一招對別人沒用，對我卻是很有效。「我在這裡，我在這裡，我在這裡。」她一邊說，一邊用潦草的字跡自己威脅自己。「妳不會忘記我的。」

我把所有東西放回罐子裡，第一天上學的照片放在最上面。我還記得那一天：伍德利老師的灰髮、牛奶和學校午餐。我記得最清楚的，是琳達的裙子在我膝蓋附近擺動，還有我們假裝是姊妹，因為我們的衣服有一樣的洗衣粉味道。

我告訴莫莉該離開兒童遊戲場時，她發出誇張的呻吟，但我說第一個看到五輛紅色汽車的人贏，她就肯走了。我們沿著街往下去，我看著屋門，想著當我還是克莉絲時誰住在裡面。唐娜和威廉。貝蒂。哈洛太太。薇琪和哈利。我知道，他們大多數人一定已經離開了，不過想像他們仍然囚禁在牆裡，好像我離開後這幾條街的生活停擺了，這感覺真好。

我花了點時間才認出那屋子，因為門粉刷過，前牆也重建了。我們順著小徑走過去，按了門鈴，她出現了，還抱著一個剛會走路的孩子，正要說「妳好！」但看到我時，那句話死了。

「琳達。」我說。小娃兒把臉埋進她的脖子裡。

「沒事沒事。」她對他說。

「媽媽。」他說。

「我知道，我們以為是你媽媽，對不對？不要緊，她馬上就來了。」

「誰？」他用手指著我問，她把他的胳膊拉下來。

「我們不指指點點，對嗎？」她說：「是一個阿姨，是琳達認識的人。」

她沒有看我，她在原地搖著身子，我不知道是為了哄孩子還是哄她自己。莫莉開始拉我的外套後面。

「什麼事？」我壓低聲音說。

「我要上廁所。」她低聲說。

「不能等一等嗎？」我低聲說。

「我要憋不住了。」她低聲說。

「妳們可以進來。」琳達打斷了我們像蛇一般的對話。

「沒關係，我們不用。」

「妳們得進來，她要上廁所。來吧，親愛的。」她退到走廊，莫莉走了進去。

我進去後關上門。屋子和記憶中一樣，只是更整潔，漆成了奶油色，擠滿了小孩子，好像一座小動物園。他們從每一個櫃子、每一扇門後面跑出來，大多數半裸著，興高采烈。牆上貼著畫，角落堆著玩具，還有一股煮了馬鈴薯的暖烘烘味道。

「妳從這裡就能看到門。」琳達對莫莉說：「樓梯上的那個，門不能鎖，不過別擔心，不會有人進去。」

莫莉上樓後，我說：「那是我女兒。」到目前為止，她的身分似乎始終是個謎，我不確定以前是否曾稱呼過她是我的女兒——很刻板的兩個字，在我嘴裡稜角分明。琳達應該早知道她了，他們找到我們後，報紙登了出來，廣播上也有辯論。聲音聽起來又肥又禿的男人問：「我們真的能相信一個殺嬰犯會養大她自己的孩子嗎？」我當時去街角的雜貨店買衛生棉，正在數零錢，聽到了這段廣播。我立刻死命地把嬰兒車推到街上，也沒有勇氣走進另一家店，最後我感覺到血從內褲滲出，沿著一條黏呼呼的路徑從大腿流下來。

「嗯。」琳達說：「是莫莉，對吧？莫莉．琳達。」

「哦。」我說：「妳知道。」

在我所有不同的人生中，我都寫信給琳達。一開始，從我在哈弗利的每一個房間寫，我當露西時，也寫。我告訴她一些不該有人知道的事——我的地址，我的電話號碼，他們給我的每一個新名字。黑色墨水填滿白色矩形。年紀小的時候，文字最飢渴，妳又有了最好的朋友嗎？是唐娜嗎？妳媽媽又生了弟弟妹妹嗎？妳會來看我嗎？我把信交給舍監，問她知不知道琳達的地址，問她是否確定知道她的地址，然後聽到她說，我知道，我知道，好，她會收到的，別擔心，克莉絲汀。她沒有回過一封信。我繼續寫，她繼續不回信。有時，我想像舍監室的架子上有一條橡皮筋，把我寫的信捆得緊緊的，因為她根本不知道地址，但又不想說出來。這個想像讓我感覺好多了，不是琳達不在乎，只是她從來都不知道我有多在乎。我上次寫信，是莫莉還是嬰兒的時候，那時我剛被塑造成茱莉亞。妳可能根本沒收到這些信，妳可能已經不住在這個地址，我只是想告訴妳，我生了個女兒，我把她取名叫莫莉．琳達。

莫莉下樓時，門鈴又響了，琳達碰了碰我的胳膊。「聽我說。」她說：「接下來半小時左右，這裡會非常混亂，寄放的孩子都會在這個時候被接走。」

「我們要走了。」我說。

「不必。」她說：「我的意思是，如果妳不想走，那就不要走。如果妳不介意給我半小時把每個孩子送走，屋子會安靜下來，莫莉可以和其他人一起玩，他們是——妳知道的——」她打了個含糊的手勢，我不知道是什麼意思。「他們很頑皮」？「他們大多沒穿衣服」？「我們說話的同時，他們會變得越來越多」？「但是妳不一定要留下來，如果妳不願意，不用留下。妳想怎樣都可行，我得去開個門。」

琳達對門口的女人打招呼，把小娃兒放到她的懷中，他立刻哭了起來。莫莉過來站在我身邊。

「妳想在這裡待一會兒嗎？」我問莫莉。她朝著院子看過去，在逐漸黯然的光下，好多孩子在玩球、搖呼拉圈。

「想。」說完後，她帶我往屋子深處走去。

克莉絲

又住了兩天，他們就讓我出院了。我不想走，裝咳嗽，裝打噴嚏，說我肚子痛，頭痛，全身都痛。他們還是告訴媽媽我可以出院了。我們走的時候，霍華德護士說：「克莉絲，好好照顧自己。」我希望她當時說的是：「媽媽，好好照顧克莉絲。」在公車上，媽媽沒跟我說話，她直挺挺坐著，顫抖的嘴抽了兩根菸。公車停在教堂前，下了車，她就丟下我走了。我也沒有想去追。

琳達在接下來幾天對我特別好，因為我病了一場。連她媽媽也比平日好，我留下來吃晚餐，她給我的食物和給琳達的一樣多（她通常不會這樣做），琳達和我玩完後，她也不逼她去洗手（她通常會這樣做）。琳達告訴唐娜，我病了一場，差點就死了，因為我是這麼跟她說的。唐娜沒承認，不過她真的覺得我很了不起，我要她讓我騎騎她的自行車，她第一次答應了我。要是我知道別人會因為我住院就對我這麼好，早讓自己住院了。

星期一，我回去上學了，不過懷特老師對我沒有特別好，她對琳達更是不好。我們上數學課，她明知道琳達不會看時鐘，還要琳達看教室牆壁的時鐘說出時間。琳達盯著時鐘，沒有說話，懷特老師不停地說：「幾點了，琳達？」琳達還是沒有說話，我簡直聽到她的心臟在教室另一頭撲通撲通跳動。我們其他的人都出去玩了，但是懷特老師不讓琳達出來玩，說她必須一個人坐在沒有人的教室，直到說出正確的時間。

我去了操場後，又繞到教室窗戶外往裡面看。我看到琳達的側臉，她的嘴角往下垂，她快哭時就會那樣。她在桌子底下緊緊絞著手指，手指尖都紅了。我從外面看不見手指尖，但我知道它們紅了，因為她這樣絞指頭時，手指尖總是紅通通的。最後，她被放出來玩了，因為懷特老師要去教師室喝杯茶。我跟值班顧我們的老師說我要上廁所。我沒有去廁所。我回到教室，爬上椅子，把牆壁上的時鐘拿下來扔到地上。時鐘沒有摔爛，因為是塑膠做的，所以我把它翻過來，讓鐘面朝上，然後在上面跳，鐘面裂出像蜘蛛網一樣的裂痕，我跳到連數字都看不見了為止。我把時鐘留在地上，又出去玩了。懷特老師發現時，她瞧著琳達，但她知道琳達絕對不會做出這種事。全班只有一個人壞到會做出這種事，她等到所有人都在做練習題，才把我叫到她的桌前。她把時鐘放在她的前方。

「克莉絲，妳知道我們的時鐘怎麼了嗎？」她問。

「摔壞了。」我說。

「沒錯，妳知道它是怎麼摔壞的嗎？」

「一定是從牆上掉下來。」

「怎麼會從牆上掉下來呢？」

「可能是被風吹到掉下來吧。」

「吹到掉下來？」

「對，風吹的。」

「風？」

我指著一片掠過外頭操場的樹葉。「今天風很大。」我說：「看葉子就知道。」

她嘆了口氣。我本來要說：「懷特老師，可能是妳嘆氣把它從牆上吹掉的。」但想想最好還是別說了。

「克莉絲汀．班克斯，早晚妳會給自己惹上大麻煩。」她說。

「因為我是壞胚子？」我問。

她發出輕微的鼻息聲。「有人跟妳那麼說嗎？」

「對，我是壞胚子，不過我不會惹上麻煩。」

「哦？」她說：「因為妳會開始聽話守規矩？」

「不是。」我說：「因為沒有人會逮到我。」

「回座位去。」她說。

「老師，妳知道我住院的事嗎？」我問。「我住院，我得到一些糖，但其實是藥，有人給我下毒。」

「誰給妳的？」她問。

我想到媽媽把圓筒塞到我的手裡，把嘴湊到我的臉頰上，嘴唇像樹皮一樣貼著我的皮膚，我肚子感覺好像有一片飄動的羽毛。也許她現在喜歡我了，也許我變好了。

「就是某個人。」我說：「我被下毒了，肚子疼了好幾天，差點死掉。」

懷特老師把一疊練習卷拉到面前，開始打勾畫叉。「是噢，克莉絲。」她說：「是噢。」

在隔天的休息時間，我準備去操場搬牛奶瓶，懷特老師卻說：「不用去了，克莉絲，該輪到別人擔任牛奶長，卡洛琳，妳可以去嗎？」

卡洛琳慢慢站起來，眼睛看著我。

「但這是我的工作。」我說：「是我負責的工作。」

「本來是妳的工作，現在要輪別人做了。」懷特老師說。

「可我昨天還在做。」我說。

「對，妳真是個很幸運的女孩，不是嗎？妳當牛奶長很久了，所以我們得給別人一個機會。」她拍了拍手。「去吧，卡洛琳，噼噼啪啪動作快。」她說。

卡洛琳出了教室，把牛奶箱拖進來，她氣喘吁吁，裝得好像那東西重到拉不動，所以我準備去幫她拉，但懷特老師把手放在我肩上：「克莉絲汀，我說幾次了？現在輪別人了，妳回妳的桌子坐下來等妳的牛奶。來，卡洛琳，太久了，噼噼啪啪動作快。」

我站在懷特老師旁邊，看著卡洛琳發牛奶，我抬頭看著她那張又大又醜的臉。「妳剛才說『噼噼啪啪動作快』，是學《歡樂滿人間》裡的仙女保姆。」我說：「但是妳一點也不像仙女保姆，她人很好，她不像妳那麼壞，妳是最壞的人。」

「我受夠了，克莉絲汀。」她說。她的臉紅了，仙女保姆的臉從來沒有變紅過。「去走廊坐著，妳今天不准下課，等妳決定不再那麼壞脾氣了才能回來。」

「可是我的牛奶怎麼辦？」我問。

「我想妳已經喝了很多牛奶，夠妳撐很長一段時間了。」她說。

「可我的餅乾怎麼辦？」我問。

「那個沒吃也沒關係，不會要妳的命。」她說。

我往門口走去，但是經過最後一排課桌時，伸出手臂一揮，打中了一排牛奶瓶，牛奶瓶飛出去，撞上了牆，牛奶灑得到處都是。很多同學尖叫起來，懷特老師破口大罵。我轉過身去。

「我只是照妳的吩咐去坐在走廊上。」我說：「我只是不小心碰翻了一些瓶子，不過是牛奶，不會要誰的命的。」

到了走廊，我靠著衣服掛釘下面的牆滑下來，膝蓋抵著胸口坐著。那天很熱，離開教室時，我聞到發黃牛奶的味道，地毯凝結著幾小滴酸液。很快要放暑假了，六個星期不用上學，六個星期沒有下課時間的牛奶和餅乾，沒有學校午餐，沒有某人生日的糖果。我的肚子發出像遠處火車的聲響。

四十三號剛搬來了一戶人家。星期六，我坐在對面的牆頭，看著那家的爸爸把箱子從貨車搬進去。他一次搬兩箱，一隻手臂下夾著一箱，來來回回，直到車裡空了，房子也滿了。我知道他們一定有個孩子，因為有的箱子（很多的箱子，大多數的箱子）裝滿了玩具，我也知道一定是個女孩，因為其中一個玩具是穿著粉紅色蓬鬆裙子的小娃娃。男生不

玩小娃娃，尤其是穿著粉紅色裙子的小娃娃。那個爸爸從屋子走出來，拿著兩杯茶和兩盤蛋糕。他把一個杯子和一盤蛋糕遞給貨車司機，他們靠著車子說話，我離得太遠，聽不到他們在說什麼。但過了一會兒，司機把空盤子還給那個爸爸，那個爸爸揮手向他說再見，貨車就從我身邊駛過，發出噹唧噹唧的巨響，那個爸爸也進了屋裡。

如果不是看到那個爸爸用盤子裝了一塊蛋糕請貨車司機，我可能不會去敲四十三號的門，但是酸液和空氣在我的空肚子裡激烈攪動，那一刻我好想好想要一塊裝在盤子上的蛋糕。於是我從牆上跳下來，走到綠色的屋門，舉起手輕輕敲了三下。接著，注意聽屋裡的腳步聲。

開門的是這家的媽媽，她一看見我就笑了，臉上堆滿了笑容。她的頭髮朝不同的方向亂飛，和史蒂文的頭髮一樣是黃色的，不像我媽的頭髮又黑又打結。她身後的走廊上，堆滿了那個爸爸從貨車搬進去的箱子，有的箱子已經拿出一半的東西，我想這可能就是她頭髮亂飛的原因。

「妳好，小乖乖。」她說。我沒有說話，因為我很忙，我意識到一件事，然後又立刻意識到另一件事。我意識到的第一件事是，她就是那個沒有收養我的女人；當媽媽把我丟在收養機構時，這個漂亮的女人也在那裡，她說我年紀太大了，無法喜歡我。我意識到的第二件事是，她不記得我。她看著我，頭歪向一邊，黃色頭髮在她的額頭上形成一片劉海，她的眼睛沒有一般人在回憶時那樣朦朧，而是像第一次見面時那樣瞇著。

「小乖乖，有什麼事嗎？」我還是沒說話，她就問我。

「我叫克莉絲。」我說：「我就住在這條街上，我住在十八號。」

「哦，是嗎，小乖乖？真可愛。我們今天剛搬進來，妳也看到了！」她朝箱子揮了揮手。

「我知道，我看到貨車了，我只是來看看妳需不需要人幫忙拆箱子。」這是謊話，因為我根本不想打開什麼箱子，但我的確想被邀請到她家，拿到一個裝著蛋糕的盤子。最重要的是，現在我知道她是誰了，我想見一見她放棄我而選擇的那個孩子。

「哦，真謝謝妳。」她說：「多麼善良的女孩，哎呀，不用妳來幫我們拆箱子了，我家的帕特可以搞定。但不管怎樣，還是進來吧，廚房裡有水果蛋糕，我相信我的小女兒見到妳一定很開心。」

我的小女兒。我的小女兒。我的小女兒。起碼她可以選一個小男孩，是小男孩就好，是小男孩就不會那麼讓人難過。

到了走廊，我得小心腳步，免得踩到從箱子滿出來的東西。一個箱子裝滿花盤子，另一個裝滿餐巾布和茶巾，其他的則都裝滿了小孩子的東西，精裝圖畫書沒有咬過的書角，也沒有缺頁。醫生玩具組裝在一個紅色方盒，和唐娜的一樣，但更新、更亮，扣鉤也沒有壞掉。胖呼呼的粉紅色小娃娃裝在一個箱子裡，裡面還有娃娃的嬰兒車、娃娃的嬰兒床、娃娃的高腳椅。我往前傾著身子，想看得更清楚些，那個漂亮女人笑了起來，把手放在我的肩上。

「我們真的瘋了，不是嗎？給我們的小女兒買了那麼多的玩具，我肯定我們寵壞了她，不過我想妳的媽媽也是這樣寵妳。」她走過去打開走廊邊上的門，所以沒有看到我搖頭，沒有看到我伸手撫摸她摸過的左肩那塊溫暖的地方。她拿起裝著娃娃那些東西的箱子，走進一個房間，我知道那是客廳，因為這條街所有屋子的格局都是相同的。

「小甜心！」她說：「給妳一個特別的驚喜！看，有一個姊姊來看妳！住在這條街的小姊姊！」

小姊姊，年紀太大的小姊姊，年紀太大無法愛的小姊姊。

她向我招手，我小心翼翼穿過箱子來到門口。客廳空蕩蕩，不過靠牆的地方放著一張新式樣的沙發，另一面牆擺了電視櫃和電視。地板鋪了一塊白色圓形地毯，小女孩坐在地毯中央，她有老虎色的頭髮。她是露絲。

漂亮女人跪下來，招手叫我走近一點。我感覺像是有人要我靠近一隻昂貴的小狗，我想告訴她不用招手叫我過去，因為我已經認識露絲了。關於露絲，關於她成百上千的玩具，關於她的媽媽把她打扮得像個洋娃娃，關於她媽媽給她買她想要的每樣東西——我統統知道。我只是不知道，那個媽媽就是應該當我媽媽的漂亮女人。

「她幾歲？」我問。

「妳三歲，是不是，小天使？」漂亮的女人說著，彎下腰托著露絲的臉頰。她的頭髮綁成左右兩束，紮著絲帶，絲帶顏色和她的衣服一樣，是粉紅色的。她的樣子，和我在遊戲場看到她和唐娜在一起時，一模一樣：乾淨圓潤，像琳達媽媽收在客廳櫃子裡的洋娃娃。露絲像是瓷做的，漂亮女人撫摸她的方式，和琳達媽媽撫摸她的洋娃娃一樣，動作緩慢，用的是手指，而不是手。我想問那個漂亮女人，她選擇了露絲而不是我，是不是因為露絲長得漂亮，而我長得醜，還是因為她三歲，而我八歲了，在三歲到八歲之間，一個小孩子是在什麼時候長到了不可愛的地步。

露絲沒有理會那些撫摸擁抱，她沒有告訴漂亮女人早見過我，也沒有告訴她我打她的手臂，把她從旋轉椅拉下來。她對我好像完全沒有興趣，她只對她正在敲打的金屬木琴感興趣。

「好聰明的女孩，露絲！」漂亮女人說：「妳要讓克莉絲知道妳的木琴敲得有多好，是嗎？」露絲皺起眉頭，又打了幾下。我心想，如果那叫木琴敲得好，那我還真不想聽到有人木琴敲得爛，聽起來像鐵罐被扔進垃圾桶的聲音。我知道，我應該要看著露絲，但我卻看著漂亮女人看著露絲。她在吸露絲，讓露絲流進骨頭裡，彷彿露絲是一顆放在舌上舔來舔去的薄荷硬糖，或是一瓶因為嘴唇出汗而變鹹的冰淇淋蘇打。

「那麼，誰想要一塊蛋糕呢？」漂亮女人問。她搓了搓雙手，但沒有發出媽媽搓手時那種嚓嚓嚓嚓的聲音。皮膚柔軟，聲音滑順。我點了點頭，表示我很想要吃蛋糕，露絲也點了點頭，不過漂亮女人轉身要去廚房時，露絲尖聲說：「媽媽，我只想要巧克力蛋糕，不要難吃的葡萄乾蛋糕。」

漂亮女人笑了，笑聲像鈴鐺。「其實啊，克莉絲，我花了一整個下午的時間，做了一個可愛的水果蛋糕，我從烤箱裡拿出來時，露絲竟然告訴我，她不喜歡葡萄乾！但幸好街角雜貨店那位好心的太太給我們找到了一個巧克力蛋糕，對不對啊，露絲？」

「是邦蒂太太嗎？」我問。

「街角雜貨店的那個太太？」漂亮女人說：「我不知道，怎麼了？」

「沒什麼，只是如果是邦蒂太太的話，她可不怎麼好心。」我說：「她其實非常可怕，非常壞心。」

「真的嗎？」漂亮女人說：「這樣啊，那個太太其實看起來很好心，她好喜歡妳，對不對，露絲？」露絲點點頭，好像在說：「其實，我年紀小，又漂亮，穿成套的衣服，所以人人都會喜歡我，甚至連上帝以外誰都不喜歡的壞心老女人也喜歡我。」

「妳想吃哪一種，小乖乖。」漂亮女人問我：「水果口味還是巧克力口味？」

「都要。」我說。接著我想起來，又補了一句：「麻煩妳。」

她又笑了起來。「是個很懂事的女孩哦？當然，妳可以吃兩個口味。」

她去拿蛋糕時，露絲從盒子拿出嬰兒娃娃，替它蓋上毯子。

「寶寶現在要睡覺了。」她尖聲著，不是特別對我說，雖然房間裡只有我一個人。

「寶寶上午一定會睡覺，她要小睡，她只是嬰兒，我不用小睡了，我不是嬰兒了。」

「別尖叫了。」我說。

「妳是嬰兒，妳早上就要小睡。」她尖聲說：「我早上沒有小睡，我的寶寶在早上會小睡，她是嬰兒。」

「妳和那個女人一起生活了多久了？」我問。

「我的寶寶——」

「剛才在這裡的那個女人，那個做蛋糕的女人。」

「媽咪？」

「她不是妳真正的媽媽，對不對？妳去了收養中心嗎？她在那裡看到妳了嗎？」

「來，小寶貝！」她對著它的臉尖聲說。「吃早餐時間到了！」她抓住娃娃的腳踝把它拿起來，我想它也許也需要被收養。

「妳和那個女人一起生活多久了。」我幾乎是用喊的了。「她當妳的媽媽有多久了?」

如果不是那個漂亮女人端著茶盤進來，我一定會搖晃她，要她好好聽我說話。因為沒有桌子，她把茶盤放在地毯中間，她把放有巧克力蛋糕的盤子給了露絲，把放了水果蛋糕的盤子留給自己，把放了兩種蛋糕的盤子給了我。我記得用右邊的嘴咀嚼，所以蛋糕並沒有讓我牙齒痛，只是把我的肚子給填飽了。露絲只顧著玩蛋糕——剝開龜裂的巧克力外層，用手指挖糖衣。她的嘴巴外面有一圈褐色的汙漬，漂亮女人在餐巾布上吐了點口水，把汙漬擦乾淨。如果我知道她會這麼做，我也會想辦法把我的臉弄得髒兮兮。

我剛喝完果汁汽水，拆箱子的男人抱了另一箱玩具進來。露絲看到，就丟下小嬰兒，跑到他的面前。他撫摸著她的頭。我從來沒見過兩個大人這樣親吻、擁抱和撫摸一個小孩，你幾乎要忘了露絲的臉頰頭頂是什麼樣子，因為那些地方沒有一秒鐘不被大人的手遮住。她忍受著親吻、擁抱和撫摸，好像忍受著臭蟲叮咬:很煩人，但你知道它們不會消失，所以只能設法忽略。

「帕特，這是克莉絲。」漂亮女人對拆箱子的男人說。她把手放在我的肩胛骨中間，我的內心在顫抖。「她住在這條街上，妳說是十八號嗎，小乖乖?」

「對。」我說。

「她來迎接露絲，露絲非常高興有別的女孩子可以一起玩。」

拆箱子男人俯下身來和我握手。「很高興見到妳，克莉絲。」他說。他戴著一副精緻的金邊眼鏡，兩片鏡片底有些微的水蒸氣。「我是露絲的爸爸，她有一個小姊姊和她一起玩，真好。」

「對。」我說。「年紀太大的小姊姊。」我想。

「情況怎樣？」拆箱子男人坐到沙發上，漂亮女人問他。

「還可以。」他說：「大部分箱子放到了應該去的房間，現在只需要拆開，上面很冷。」

「你在露絲的房間裡擺了暖氣嗎？她小睡前要先開幾個小時。」

「擺了，也打開了。」他往後一靠，手指在胸前搭成尖塔，然後閉上眼睛。漂亮女人看了我一眼，那眼神說：「真是的，我這個傻老公，大白天在睡覺！」我也看了她一眼，眼神說：「是啊，真是的，妳這個傻老公，大白天在睡覺！」當我們彼此做出這個表情時，我感到很溫馨，好像我們裹在同一條毯子，擠到鼻子都相碰了。

接著，露絲的聲音傳來，一聲刺耳的尖叫。她跑來我們的中間。

「我的房間大嗎，爸爸？」她尖聲說。

「對像妳這樣的小女孩，妳的房間是最合適的大小。」他說：「妳為什麼不帶克莉絲上樓看看呢？」

走廊冷得刺骨，外頭陽光明媚，屋子卻冷得像很久沒人住的房子一樣，像窮鬼不再住的小巷屋子那樣冷。露絲帶路上樓，軟底鞋踩在光禿禿的木頭上。我們走到樓梯平臺時，我看到最裡面有一扇門開著，想到了她的臥室和我的臥室是一模一樣的，她的屋子和我的屋子是一模一樣的，她的生活應該是我的生活。進了房間，我坐到床上，沒有聽著露絲嘩啦啦從更多的箱子拿出更多的玩具，我的滴答聲像燈一樣亮了起來，在耳朵裡迴響，把血液輸送到指尖。滴答滴答滴答，太響亮了，我覺得要爆炸了。當滴答聲在我身體每個角落跳動時，我拉開床罩，蹲下來，往床墊撒尿。跟在藍屋子裡的尿尿聲不一樣，這次的尿尿聲比較不清楚，尿液先累積成一個圓水坑，然後才滲進床墊。滴答聲安靜了一些。尿好後，我用床罩蓋起濕漉漉的地方。

露絲不再尖叫了，她用她那嚴肅的大眼睛看著我。「那是給馬桶的。」她說。

「妳才是給馬桶的。」我說。

她好像不明白這句話有多賊、有多壞，因為她沒有倒抽一口氣，也沒有放聲哭。她繼續把玩具從箱子裡拿出來扔在地板上。

在那個房間，我有很多事想做。我想把皮膚割出長長的傷口，用手沾血，在地上拖出一條又一條櫻桃色的血跡。我想把一箱箱的玩具倒出來，抱起來丟到窗外去。我想跑去雜貨店偷噴漆，然後跑回來把牆壁噴滿醜陋的字，就像我在藍屋子牆上亂寫的一樣。我想鑽進衣櫃，我想縮成小小一團，躺在木頭高櫃的地板上。我想永遠待在露絲漂亮的房間裡，和露絲漂亮的媽媽在一起。沒有露絲。

茉莉亞

從五點到五點三十分在琳達家裡這段時間，如果用混亂來描述，那就像把龍捲風描述成微風一樣。數不清這裡有多少孩子，因為他們走來走去，大多數看起來還像是雙胞胎，不過我想起碼有十二個。他們之中有穿校服的男孩和女孩，也有坐搖籃椅的嬰兒，我們走進廚房時，他們瞪著我們。我在餐桌前坐下，桌上擺了幾碗結塊了的牧羊人派，我很久沒吃東西了，要不是琳達突然出現又快步走出去，我會用手指把吃剩的食物刮起來。莫莉去了院子，開始教一個小妹妹搖呼啦圈。門鈴好像每隔幾秒鐘就響起，每響一次，琳達就抱起一個孩子，把他送回到父母身邊。她每一次進來都對我微笑，用一種眼神看著我，好像在說：「是不是很古怪？是不是很瘋狂？我，琳達，照顧這些孩子！」

到五點四十五分，只剩幾個了。「唷。」她說：「抱歉，這是一天中最忙的時候。」

「其他的什麼時候會被接走？」我問。

「誰？」她問。我看向院子，莫莉四周還有幾個孩子：一個蹣跚學步的孩子，一對雙胞胎女孩，還有一個大一點的男孩。

「哦。」她說：「他們是我的。」

「全都是？」

「對。」

「但有四個。」

「很快就是五個了。」

「真的？」說著我忍著不去看她的肚子。「什麼時候？」

「十月，還有一段時間。」

「我覺得我只能應付一個。」

「不會吧？」

「真的。」

在火車上，在莫莉沒生悶氣的和平時候，我思考過這件事。「也許我能回到這裡。」我心想：「我可以再找一個人上床，和另一個孩子重新開始，不會搞砸。我可以做得更好，我可以更加小心翼翼照書養孩子，我擅長重新來過，這是我唯一擅長的事。」這個想法冷酷，讓人麻木，我知道行不通，如果莫莉是份禮，「沒有孩子」是中立狀態，那麼一個「不是莫莉」的孩子會是詛咒。我可以一次又一次拋棄生活，展開新的生活，對她卻不能這樣，她不是可以拋棄的。

我看到她脫下外套扔在草地，就叫她拿來給我。她臭著臉走進來。「那個小妹妹呼啦圈搖得很爛。」她說。

「不要這麼沒禮貌。」我說。

「是真的。」她說。

她徘徊了一會兒，看著桌上的碗。

「妳還好吧，親愛的？」琳達問。

「很不好。」她說：「我好餓好餓。」

「我等一下找東西給妳吃。」我說。可是琳達已經站起來了。

「妳可以吃牧羊人派，莫莉，這裡有很多很多，還是熱的哦。」她看著我。「妳也來點嗎？」

我想拒絕，但我也想吃，兩種強烈的慾望糾纏在一起，琳達最後從碗櫥拿了兩個碗。

「我給妳裝一點。」她說：「不想吃就放著。」

我們圍著桌子吃，我覺得我們好像是琳達的兩個孩子。派很厚，吃得出肉的口感，還有馬鈴薯的顆粒。莫莉把叉子放進嘴裡，嘴唇多了一圈橘色。琳達收走其他的碗，每幾分鐘就停下來對某個孩子的活動發出讚賞的聲音。莫莉吃完又回去院子。

琳達坐下後，我說：「我本來以為你們可能不住在這裡了。」

「哦，我們還住在這裡。」她說：「沒道理搬走，我爸媽去世後，房子留給了我們，皮特和我們同住了一段日子，不過後來他去了非洲。」

「非洲？」

「嗯，他是傳教士，我們非常以他為榮，他的工作這麼有意義。」

「哇。」我說。我想問他的腳是否還不靈活，以及他是否記得那個下午我曾想帶他去小巷，但我想提起這些事可能沒好處。「很遺憾妳爸媽都走了。」

「嗯，他們都還很年輕，我媽病了很久，不過我爸走了倒是讓人很意外。」

「別太難過。」

「沒事，總會過去的。所以，我們繼承了房子，我和基特，也就是我丈夫。留下來是有意義的，他整修了房子，他是做建築的，裝了落地窗什麼的。有些橫樑有問題，承受太多的重量什麼的，也修了很久，不過實在很值得。整修後，廚房變得明亮多了，因為現在朝向正確的方向。我永遠記不住是哪個方向，反正是正確的方向，照得到太陽。」

「你們在哪裡認識的？」

「教會，妳知道主日學校有學生義工？十幾歲？我們都是義工，所以就認識了。然後我們結婚了，一離開學校就結婚。」

「但妳當時——幾歲——十六？」

「我們真的準備好了，我們辦了一個很溫馨的婚禮，很豪華，還請大家吃鮭魚呢。」

「是嗎？」

「不是罐頭，是一條魚。」

「哇。」

我真希望自己也能說些實際發生過的事——「一條鮭魚，嗯？很棒的選擇。在我的婚禮上，我們吃雞，一整隻雞。」——但我們的人生感覺很遙遠，對我來說，十六歲是在哈弗利的第五間臥室。妮娜是我的室友，臉上布滿銀粉色的疤痕疙瘩，因為在她來的那天，有個女孩把煮沸的糖水潑到她的臉上。我聽到她尖叫跑了進去，她縮在地板上，雙手捂著臉頰，皮膚像一大桶果醬冒著泡。普通的滾水只會燙一下，但糖水會像膠水黏在皮膚上，不停燙著皮膚。之後，妮娜在醫務室住了一段時間，回來後，在我們的宿舍從來也住不久。每隔幾週，她就吞下一些不該吞下的東西——漂白劑、電池、拼字遊戲組的字母——管理員只好送她去醫院。當琳達建立起一個家庭，一個孩子接著一個孩子生下，我掀開妮娜空蕩蕩的床鋪的毯子，不知道她是否會回來，還是這一次她終於吞下了讓自己死的東西。

「莫莉的爸爸……」說著琳達把手伸到背上。

「不在了。」我說。

「哦，一定很不容易，沒有基特，我是沒辦法的。」

「不過，妳有大約五百個孩子呢。」

我們看著那五百零一個孩子在院子衝來衝去，莫莉和最大的男孩一塊玩飛盤，飛盤打中走路還不穩的那個小男孩的頭，他哇哇叫著走進房子。

「真是不好意思。」我說：「莫莉，過來說對不起。」

「哦，別說傻話了。」琳達說。她把椅子向後稍微推開，將小娃兒抱到膝蓋上。

「不小心的，不小心的。」她把他帶到櫃子前，從罐子拿出一塊小餅乾，塞進他的拳頭裡。他的哭聲像關水龍頭一樣停止了。外頭，天幾乎黑了，孩子跑來跑去，容光煥發，手腳像是從內被照亮了。小娃兒把頭靠在琳達的肩膀上，她說：「我得開始哄他們上床睡覺了。」

「噢，當然，抱歉，我們就走了。」我說。

「妳回到家要多久的時間？」

「幾個小時，四個小時，也許。」

「妳不能走，妳半夜才到得了家，莫莉才——多大——五歲？」

「我們不會有問題的。」

「妳們怎麼不留下來？」

「沒事，我們就走了。」

「但妳們怎麼不留下來？」

「我們不行留下，妳已經招待我們很多了。」

「別這樣，我不過就請妳吃個便飯，我們都還沒好好聊呢。我希望妳留下來。拜託，求求妳，就讓我對妳好吧。」

接下來的大部分時間，我在走廊晃蕩，覺得自己很閒。琳達完全有能力獨自完成洗澡和就寢的儀式——即使多了一個孩子，即使那個孩子是莫莉。莫莉因為脫離了常規而興奮自滿，琳達告訴她，如果她不想在陌生屋子脫衣服，她不必洗澡。但她爬上樓時已經光溜溜了，跳進浴缸，跟雙胞胎一塊洗澡，頓時忘了手腕上厚厚的石膏。我幫她穿上琳達在她兒子抽屜底找到的蜘蛛人睡衣，把牙膏擠在手指上，往她的嘴裡刷了刷。我很驚訝，幫五個孩子洗澡穿衣刷牙所花的時間，和一個孩子一樣多。當他們都乾乾淨淨，散發著薄荷味的時候，琳達把他們帶到床上準備講故事，我覺得自己好像在一個故事中，因為我不知道這種胡鬧的快樂存在於書本之外。我背靠著衣櫃坐著，聽她讀書——看著她指著一個個的字念出字母。如果你不認識八歲的她，你會以為她這個動作是為了孩子。八歲的她在教室裡，駝著背看課本，指關節壓著桌子的地方有粉紅色的凹痕。我想起我對我媽說的話。

大多數時候的確很難，很無聊，但也不是不可能做到，只需要真心想去做就行了。

莫莉睡樓下沙發，我帶著她躺下來，她把毯子塞到下巴底，嘆了口氣。
「我喜歡這裡。」她說。
「嗯。」我說。
「好好玩。」
「嗯。」
「我喜歡那個阿姨。」
「嗯。」
我站起來準備離開，但她坐了起來。「妳要去哪裡？」她問。
「去廚房而已。」我說。
「妳沒有要留下來嗎？」她問。我不該驚訝的，她的世界裡沒有別的選擇，只有我坐在她的床邊直到她睡著為止。我聽到前門打開，琳達喊了一聲，一個男人應話。我又坐了下來。
「要啊，我當然會留下。」我說。
她幾分鐘就睡著了。我走進廚房，琳達和那個男人坐在桌子旁，我覺得很難為情。他兩隻眼分得很開，臉上冒著密密麻麻的鬍碴。
「這是基特。」琳達說：「我正在跟他說我們是很好的朋友，在中學的時候。」
「很高興見到妳。」他說：「琳達的朋友我沒認識幾個。」
「嗯。」我說：「唔，謝謝你們邀請我們，謝謝你們讓我們住一晚。」
「別說傻話了。」他說：「妳肯留下，那才叫勇敢，這裡跟瘋人院沒兩樣，況且我們從不知道有多少人留下來過夜。」

琳達從櫃裡拿出盤子，裝了牧羊人派端上來。她也沒確認我想不想再吃點，就盛了一些給我。基特開了瓶啤酒喝。吃完牧羊人派後，我們用小孩彩繪的碗吃了巧克力冰淇淋。九點，基特站起來，伸了個懶腰。「真不好意思，但我最好先去睡了，明天六點還要到工地。」他說。

我想起了媽媽，她在天亮前偷偷出門，低著頭，拖著腳步。我將腦中的她推開。

「很高興認識妳，唐娜。」他上樓時叫道。「希望很快能再見到妳。」

然後，就剩下我們了——琳達和我。永遠都是我們，真的。

「很對不起。」她說：「我討厭說謊，說謊真的很糟糕。我只是想妳不希望我告訴他妳的事，我想最安全的辦法就是編個故事，我也不知道妳希望別人叫妳什麼，我一時慌張，就說妳是唐娜。」

「哎呀，我不能原諒妳。」我說：「我的臉一點也不像馬鈴薯。」

她笑了。「我正想問妳記不記得。」她說。

「我很自豪。」我說：「這個形容這麼刻薄。」

「是茱莉亞對吧？」她邊說邊把冰淇淋碗放到水槽。「我是說妳的新名字。」

「對。」我說：「不過，我其實不希望妳那樣叫我，我寧願妳叫我克莉絲。」

哈弗利是我上次真正做克莉絲的地方，是我上次像水蛭一樣吮吸別人的身體的地方，也是上次被責罵時伸出下巴的地方。那是我最後一次尿床的地方。哈弗利的人能夠理解：我們的床墊是橡膠的，房間裡有洗衣籃和備用床單，所以如果早上尿床，可以趁還沒人來檢查之前換床單，沒人會知道。我剛到時，還不清楚檢查的事，不知道起床到查房之間有整整十五分鐘的空檔。我拆濕床單時，一個管理員走進來，彎著腰的我僵住了，想著睡衣後面濕了一圈的地方。管理員走到床的另一頭，解開被單的四角。

「妳為什麼來我房間？」我問。

「只是檢查一下。」她說：「覺得妳需要人幫妳整理床鋪。」

「我不需要妳幫忙，我討厭妳，妳這醜八怪，我討厭妳的樣子，我不想讓妳來檢查我，我要別人，誰都好，就是不要妳。」我說。

她把床單捆成一團，扔進洗衣籃。「恐怕今天早上就只有我。」她說。

「我把水灑在床上。」我說：「我在床上喝東西，不小心灑到了床單上。」房間裡沒有水槽，我們也從不在床上喝東西，就算喝了，也不可能把飲料灑在睡衣的後面。

「哦，天哪。」她說：「真倒楣。」

她從衣櫃拿出乾淨的床單，在床墊上抖了抖。「妳知道，這裡有很多孩子會把飲料灑在床上。」她說：「所以櫃子裡有備用的床單，沒關係的，妳不如去挑幾件衣服？大多數男生都還沒起床，我帶妳去洗個澡。」

那是我在哈弗利最後一次尿床，從此再也沒有發生過。外面世界把我榨乾，成了一個沒有汁液的軀殼。很孤獨，也很安全，如果我內心一無所有，沒有什麼能傷害我。有時我想我懷念的根本不是哈弗利，而是我在那裡是誰。有時我覺得我想念的是克莉絲。

「唐娜還住在這裡嗎？」我問。

「沒有。」琳達說：「搬去城裡了，我們這個年紀大多數人都搬去了，這裡沒什麼，當你不再是一個孩子時，就會開始發現這件事。」

「史蒂文的家人在哪裡？」我問。

「他們搬去了鄉下，在那次的活動後。妳知道那件事嗎？活動的事？」

我從哈弗利交誼廳的電視看到了。在螢幕上，史蒂文媽媽的臉顯得又大又蒼老，垂在背上的頭髮又長又細又焦枯，肩頭布滿白色頭皮屑。那時史蒂文已經走了好幾年，她看起來仍然在悲傷中逐漸腐爛，好像內臟被掏了出來，攤在灼熱的柏油路面上煎出了臭味。

「這太不公平了。」她對記者說：「她關了——什麼——九年？在一間被美化為寄宿學校的地方關了九年，她根本沒親身體驗過關在牢裡的滋味，現在呢？他們想放她出來？想讓她重新開始？這對我兒子來說公平嗎？史蒂文沒有機會重新開始，我也沒有，她應該關上一輩子，不對——去他的，她應該被判處死刑。」

她抓著一張史蒂文的照片，就是蘇珊的書的封面上那一張。她把照片推到記者面前。「看看他。」她說：「好好看看他，看著他，告訴我那個惡魔應該得到自由，他死的時候，沒有媽媽陪著，他死的時候，是那樣地害怕。這是每一個做母親最可怕的噩夢：妳的孩子沒有妳在身邊，他很害怕。她是人渣。」

這就是史蒂文這樣的孩子的結局：他們凍結在完美的狀態，永遠純真，永遠可愛，因為他們永遠只有兩歲。大多數孩子成長到會犯錯、會讓人失望、會使壞的年紀，他們不完美，他們就是活著。像史蒂文這樣的孩子，沒能繼續活著，所以得以保持完美。這是一種交易。我沒把他媽媽說我的那些話放在心上，那些話說得很對——人渣，像渣一樣又薄又髒，浮在水面上，伸展擴散開來。這就是我的感覺：飄浮在世界之巔，等著被撇去扔掉。

琳達拉了一綹頭髮開始繞結。「妳明白吧，是不是？」她說。「為什麼她不能原諒妳，想像一下如果那是莫莉。」

我想尖叫。「琳達，我所做的就是想像那是莫莉。」我想要大吼。「自從她出生以來，我就一直想像如果那是莫莉。有時我看著莫莉，心想我是否見過她，見過她真正的樣子，因為我看著她的時候看不到她的臉，我看到的是一張生命被壓榨出來的臉。也有的時候我忘了，而莫莉笑了，我發現自己因為她而得到快樂，然後又想到我不能這樣，因為我從別人那裡奪走了他們這個權利，他們再也無法因為孩子的笑聲、笑臉或成長而得到快樂，再也不能了。我希望他們原諒我，但我知道他們做不到，因為如果那是莫莉，我也是不能原諒我自己。有時，我覺得我不需要被判終身監禁，因為我有莫莉，她就是我的徒刑，只要她在我的身邊，我就忘不了我做過的事。永遠忘不了。永遠永遠也忘不了。」

「其實我應該放棄的，是不是？」我說。我口齒不清，好像鼻子塞住了，我強迫自己笑，證明我沒有哭。

「什麼意思？」琳達問。

「我永遠無法讓時光倒轉，我不可能彌補，所以一切都沒有意義，都是愚蠢的，不如放棄算了。」

「『一切』是什麼？妳應該放棄什麼？」

「就是一切，所有的努力。」

「因為人們不會原諒妳？」
「對。」
「我想應該是放棄的相反才對。」
「什麼？」
「我想無論妳做什麼，他們都不會原諒妳的，所以妳可以一輩子都過得很苦很苦，因為妳讓他們很苦很苦，他們不原諒妳。或者，妳可以過正常的生活，努力——就像我們其他人一樣，盡量讓妳和莫莉過得好，而他們呢，也是不原諒妳。反正無論哪一種情況，他們都不會原諒妳，妳不能讓妳的孩子過得更好，但妳可以讓兩個人過得更好。」
「一個，莫莉。」
「兩個，莫莉和妳。」
我什麼也沒說。白費工夫——這幾個字像下水道凝固的油汙堵住我的喉嚨，白費工夫的不是想辦法讓人原諒，白費工夫的是，想像兩個即將被拆散的人的未來。
「他們要把她帶走了。」我說。這句話沒有反駁的意思，但它就這麼脫口而出，急促且暴躁。
「誰？社工？」琳達問。
「嗯。」我說。
「為什麼？」
「應該是我這個母親做得不夠稱職吧。」
「我不相信有人會覺得自己做母親做得很稱職。」

我笑了，笑得很壞。「好像妳不是完美的。」我說。

「我？」她說。「什麼？妳見識過這地方的狀況吧？一片混亂。孩子多到都快養不起，馬上還要多一個。我是愛他們的，我喜歡當他們的媽媽，我怎麼會不喜歡呢，這是我最擅長的。但要說完美？還沒，差很遠。」

「我覺得妳已經做得很好了。」我說。

她低下頭，臉頰浮現了紅暈。我突然想到這或許是我頭一回誇她某件事很棒，她的嘴角忍不住往上揚。很明顯，我想回到過去，彌補過去犯下的大錯，但在那一刻，能夠改變小錯我就滿足了。但願我們能回到八歲，這樣我可以對琳達好一點，誇她倒立很行，稱讚她是一個很棒的好朋友。

「妳認為他們為什麼要帶走莫莉？」她問道，用袖子擦了擦臉，好像可以擦掉臉紅。

「她的手腕。」我說。

「骨折嗎？」

「對。」

「可憐，去年莉莉的手腕也骨折過。」

「真的嗎？」

「嗯，她一開始還很喜歡——石膏啊什麼的都喜歡——可是到最後她覺得很無聊，想去游泳什麼的。再前一年，傑森摔斷腿，夏洛特的頭上破了一個可怕的傷口，再低一點就傷到眼睛了。那一年我們好像住在急診室。」

「妳不擔心嗎？」

「擔心啊，但小傢伙很強壯，沒幾天就好了。」

「他們不強壯，他們可能受重傷，真的很容易，妳一個閃神就發生了。」

「不是那樣，這叫意外。」

「她站在堤防上，她不應該爬上去，但她爬了上去。我那時沒有留意，我想抱她下來，所以拉著她的手臂。結果，她就摔下來了。」

「沒錯，這就叫意外。傑森摔斷腿，因為我在樓梯口絆倒他，他從最上層的樓梯跌到樓梯底。我很難過，但只能忘了它。妳絕對不是故意要傷害他們。」

我們無語坐了一會兒。外頭的黑夜將落地窗變成鏡子，我看見了我們在餐桌旁，我們的倒影像成年女人──這似乎不對，在我的腦中，我們仍舊是兩個瘦弱的孩子，偷糖果，走牆頭，翻身倒立。

「妳為什麼來了？」琳達問道。

「其實我也不知道，我察覺他們要帶走莫莉，就在昨天，所以想回來。」

真難相信，莎夏的那通電話才是不久前的事，從那通電話到現在，時間像泡泡糖一樣延展，感覺像是幾週之久，而非只有幾個小時。我突然想到該算算從預訂的見面到現在有多久了。我又想到，知道了，也沒有好處。

「所以妳不是因為電話才來的？」她說。

「什麼？」

「我打了幾次電話給妳，幾週前妳接了，我想如果妳撥了會告訴妳是誰打來的那個電話，就會知道是我打的，妳也許會來找我。」她越說越小聲，最後完全只剩下呼吸聲鬆散構成的話語。由於勉強，她的聲音嘶啞了，像拉開罐頭的聲音。

「是妳？是妳打電話給我？」

「只打了幾通，我不是想嚇妳什麼的，妳上次寫信時給了我妳的電話號碼。」

「妳為什麼打來？妳從沒打過，妳連我的信都不回。」

「我知道，對不起，真的很抱歉。但是——妳知道——我還是沒救，克莉絲，我到現在也幾乎不會寫字，我不想讓妳知道我還是那樣。打電話比較簡單。」

「但為什麼現在想到要打？」

「我想，跟妳也一樣，就是覺得時機到了。我剛發現自己懷孕了，自從我知道妳生了個女兒後，在懷孕期間常常想起妳。我一直想知道妳應付得來嗎，這是我們最後一個孩子，我不打算再生了，所以我很想和妳談談。」

那一瞬間，通向另一個世界的窗開啟了，在那個世界，我和琳達一起懷孕，莫莉和她的雙胞胎一塊長大。一種炙熱明亮的痛，像直視著太陽。

「我以為是報社打來的。」我說：「我以為我們的社工告訴他們我的事。」

「她為什麼要這麼做？」

「她為什麼不這麼做？」

「因為照顧妳是她的工作。」

我思索怎麼回話——「沒有人照顧過我」或「照顧我不是任何人的工作」或「照顧我不是她的工作」。我的指甲在桌面上慢慢地畫圈。

「我以為妳恨我。」我說。

「我不恨妳。」琳達說。

「不過那只是因為妳是虔誠的基督徒。」我說。

她微微張嘴一笑。「我是基督徒，但就算不是，我也不會恨妳。」

「妳想念過我嗎？」我問。這句話讓人無法忍受——又幼稚又可憐——在等她回答時，我只能看著窗上的琳達，而不是我身旁的琳達。

「嗯。」她說。

「我對妳很壞。」

「沒有，妳只是愛嘲笑，妳很照顧我，不是嗎？」

「我是魔鬼。」

「妳是我的朋友。」

我把腿收到椅子上，將臉埋入膝蓋，嘴唇貼著牙齒。「最好的朋友。」我對著我的牛仔褲說。

審判期間，有一天我很難過，我在牢房對自己說的就是這句話。那天，唐娜媽媽站起來說我「麻煩」、「邪惡」、「沒有道德」，我不難過。史蒂文媽媽站起來說我應該接受剮刑，我也沒有難過（因為我其實不知道那是什麼意思）。輪到琳達媽媽時，我心裡才開始覺得難過。

「妳怎麼認識克莉絲汀的？」戴白色假髮的男人問。

「她是我女兒琳達的朋友。」琳達媽媽說。

「很好的朋友？」白假髮說。

「我想克莉絲汀會這麼說的。」琳達媽媽說：「克莉絲汀會說她們是最好的朋友，我家的琳達呢，她跟誰都是朋友，真的，好多好多小女孩來過我家——有時多到我都記不住，克莉絲汀只是其中一個。」

我肚子開始絞痛，我一隻手放在上面，手掌感覺到了心跳，我懷疑我的心臟是不是掉到了肚子。

「但是妳經常見到克莉絲汀。」白假髮說：「妳告訴過我們她常常去妳家，在妳家裡的時間多過於在她自己家裡。」

琳達媽媽看向一旁，我媽媽獨自坐在那邊的長凳。接著，琳達媽媽整個人又轉向白假髮。「我想沒有什麼讓她想回家的。」

「妳這句話是什麼意思？」白假髮問。

「克莉絲媽媽，愛蓮娜，她做不來。」

「哪方面做不來。」

「就是做不來，從克莉絲很小就是這樣。我記得我用嬰兒車推琳達經過屋子時，聽到嬰兒哭聲，不是正常的哭聲，嬰兒不該那樣哭的。根本是嚎叫，是尖叫。我一次又一次聽到，我一次又一次走過去，因為沒有人想窺探別人家的事，是不是？然後有一天，我想，這不對勁，真的，這不對勁，於是我走去敲門，過了好一會兒，她終於來了——愛蓮娜抱著克莉絲來了。我還沒有機會說什麼，她就把她塞給我。『她哭個不停，我沒辦法，妳帶她走吧。』說完她就把門關上了。」

「那妳怎麼辦？」白假髮問。

「我能怎麼辦？她好小一個，只有琳達的一半大，而琳達又不是特別胖。我帶她回家，餵了她一瓶奶。其實是三瓶——我留了她幾個小時，她餓壞了。然後我回去，愛蓮娜打開門，從我手上抱走她，好像這是再正常不過的事，整個下午把孩子交給一個陌生人，是再正常不過的事。」

「妳沒想過把這件事告訴誰嗎？社會福利處？警察？」

「我當然想過，有一陣子我一直有這個念頭，但我要去說什麼呢？『我知道有一個嬰兒很愛哭。』聽起來很好笑。有時，我在教堂看到愛蓮娜推著嬰兒車，有時爸爸也在，我就想『好吧，他們開始知道怎麼做了，他們沒事了』。我不能這樣對她，那感覺像是去告密，我不能對另一個媽媽做這種事。」

「以一個外人的角度來看，克莉絲汀大一點之後，她和她母親的關係大概是怎樣的感覺？」

琳達媽媽背對著媽媽，把身子別得更遠些。「愛蓮娜盡一切所能想要甩開克莉絲。」她說：「我說過了，我不知道是什麼原因——不想要孩子，應付不了孩子，應付不了那個孩子。隨便，但你看看她們兩人之間的互動，很難相信她真心關心克莉絲。」

「閉嘴。」這句話從我的胸腔像嘔吐一樣湧出，響亮的聲音讓每個人紛紛轉頭看著我。「閉嘴，閉嘴，閉嘴。」

琳達媽媽沒有看著我，仍然面對著法官。「我總是說我會盡量幫助克莉絲。」她說：「我跟我先生說：『我們要盡力幫助這個小女孩，她沒有得到什麼關愛。』我們是這麼相信，主是這麼引導我們。有一段時間，我確實盡力了。她小的時候，我讓她來我家，給她吃東西，給她幾件琳達的衣服。不過後來她長大了，個性變壞了，我不再幫她這些事，因為我覺得如果我繼續幫她，她就會一直跟著我們，我不想讓她一直和琳達玩，我不想讓人覺得她們是一對。」

她咳了一聲，聲音濕濕的，然後擦掉臉上的什麼東西。「她做了可怕的事情，她確實是做了可怕的事，但她只是個孩子，需要像我這樣的人幫助她，我沒有幫她，我辜負了她，我們都辜負了她。她不過是個小女孩。」

她轉頭看著我，接著，好像她無法讓眼睛持續看著我，目光垂到我的玻璃箱下方的地板上，然後轉到史蒂文媽媽所坐的長椅上。

「我很抱歉。」她說。

我摀著臉。我沒說話，我只是狂吼。

「我討厭妳，我討厭妳，我討厭妳。」

我一面吼，一面喘氣，跺著箱子的地板，一下又一下，像在跑步或行軍。警衛從胳肢窩抓住我的胳膊，把我拖下樓，送進一間牢房。他們壓著我，直到我累到再也不能踢，再也不能吼。然後，他們走了。「我們是最好的朋友。」我獨自一人時低聲說。「我和琳達是最好的朋友，我才不需要妳，媽媽其實關心我。」

現在琳達坐在桌子旁，好久好久沒有出聲，我的臉頰沸騰了，喉嚨也著火了。然後，她說：「嗯，最好的朋友。」非常小聲，我差點就聽不見。但我確實聽到了，我也信了。

「謝謝。」我說。

「妳應該睡一會兒。」她說：「妳一定很累。」

「嗯，大概吧。」我說。我不想停止談話，這些年來，我用了好多好多時間想像，想像重聚時會對她說些什麼，但我連一小部分都還沒說呢。面對媽媽，也是這種的情況：不是排練過的感人表白，而是與腦海中的人物截然不同的人發生超現實的衝突。我想，即使和她們談了一個月的話，我也許也會一直有這種感覺，因為我無法卸下要由我背負的負擔。

「妳明天要回家嗎？」她問。

「也許，我不知道。」我說。

「他們會找妳嗎？」

「嗯，莫莉有法庭保護令，所以我必須按他們說的做，我不能想帶她走就走，他們會當成是綁架。」

「是。」即使她感到震驚，她也設法不讓它從聲音中流露出來。

「不過我不知道我們明天會不會回去。」我說：「我在想也許我應該等到他們真的找到了我們，那可能是好多天以後了。」

「我認為面對可能好些。」她說：「如果妳回去承認自己犯了錯，我想他們會感覺好一些。」

「也許他們把她帶走反而更好。」

「為什麼？」

「帶走她感覺很合理，不是嗎？讓我失去她，這就是我對別人做的事，所以我也該有這樣的結果。」

「像——什麼——一報還一報？」

「類似吧。」

「但不能那麼說吧？他們對妳的行為已經給予了懲罰，妳在監獄裡待了很長時間，妳不可能永遠被懲罰下去。」

「我沒有進監獄，我去的是兒童之家。」

「但那不是一個真正的家，不是妳會選擇去的地方。妳不自由。」

我磨著臼齒，直到舌頭都有了碎礫。很難描述我在哈弗利時想念的自由——從草地滾下來，一邊翻滾，一邊發癢；生日蛋糕蠟燭的氣味——更難承認失去的遠小於得到的。在層層內疚和糾結之下，有三件事是真的：哈弗利給了我所需要的；我在那裡是有代價的；付出代價的不是我。那裡是我願意選擇的地方，如果時光倒轉，如果時光倒流，我會一遍又一遍選擇它，如果它仍然存在，那一刻，我和莫莉會在那裡，懇求管理員收留我們。

法庭上，一個白假髮說我所做的事讓我失去童年，對我已是足夠的懲罰。他是對的，也是錯的。那年春天，我失去了一些東西——一些光明而珍貴的東西——但沒有了它，我仍然可以四處跑，爬樹，與最好的朋友玩倒立。如果死了，就做不到。現在我長大了，時時刻刻背負著沉重的包袱，有時覺得脊椎被壓到要折斷了。但我不時沉迷於莫莉，忘了我是誰，把重荷拋到地上。如果你的孩子死了，你沒辦法這麼做。

一聲尖銳的哭喊，猛然把我拉回來——「媽媽，媽媽，媽媽」——但是琳達沒有起身。

「妳去沒關係。」我說。

「不是莫莉嗎？」她說。

「媽媽，媽媽，媽媽。」

「但那不是我的名字。」我一面想著，一面站起來。我沿著走廊走到客廳，莫莉在沙發上坐直了，捏著拳頭揉眼睛。

「沒事。」我說：「妳沒事了。」

她抽了一口氣，哽住了。我在她旁邊跪下，一手放在她的背上。「沒事，莫莉。」我說：「妳只是作了惡夢，沒事的。」

「我──醒──來──發──現──妳──不──在──這──裡──」她說：「我──以──為──妳──把──我──一──個──人──留──下──」

我擠到她剛才枕著頭的沙發空間，把她拉過來抱到腿上。我很驚訝，這感覺竟然很像肌肉記憶；我做得不夠多，因此肌肉記不住這個動作。她摟住我的肩膀，我又一次感到驚訝，我們的身體竟然是契合的，自從她離開我的身體後，我們的身體幾乎不需要契合了。她把臉貼在我的脖子上，口水鼻涕流得我的脖子變得滑溜溜又濕漉漉，讓我覺得我們是兩池相融的海水，沒有邊緣，而且鹹鹹的。她喘著氣，舌頭碰到了我的皮膚，我的頭皮被扯了一下，我看到一大團頭髮纏在她手上。哈弗利的回憶像一股浪頭向我襲來，我感覺內心承受了衝擊。

管理員不讓我晚上偷東西吃後，我每餐吃得更多，一日三頓，吃到想吐為止。於是他們在我進餐廳前就把我的份盛好，讓我在角落的桌子吃，其他人則在長桌上吃。到了晚上，我尖叫得更大聲了。

「怎麼了，克莉絲？」我最喜歡的管理員走進我的房間問。
「我好餓。」我尖叫著說。
「沒有，妳不餓，小寶貝。」她說：「妳吃過豐盛的晚餐，妳吃得很飽。」
「我真的好餓，真的。」我尖聲說。她坐在我床邊的地板上，大多數管理員不會那麼靠近我，因為我太難搞了。我不再尖叫了，只是低聲說話。
「我真的好餓，我真的好餓，真的。」
「妳需要去睡覺。」她說：「來，躺下吧。」
我把頭放在枕頭上，她離得很近，我可以抓起她的一大把頭髮握著。
「我真的好餓，我真的好餓，真的。」我不停地低聲說，直到眼皮變得沉重。而就在閉上眼睛前，我喃喃說：「再叫我一聲小寶貝。」
「什麼，小寶貝？」她說。然後，我睡著了，當我早上醒來的時候，她已經走了，我的手指上還纏著一綹打死結的黃褐色頭髮。
我把莫莉的身體抱得更靠近我，她嗚嗚咽咽，我感覺到她的拳頭在我套衫的縐褶中張開又握緊。她喜歡這裡，她喜歡琳達，但她需要我。
「我沒有離開妳，小寶貝。」我對著她的肩膀說：「我沒有離開妳。」

克莉絲

從醫院回來後，我就盡可能地不回屋子。我知道，要是我做了什麼讓媽媽生氣的事，她可能會把史蒂文的事告訴警察，或者給我更多的聰明豆藥丸，這兩件事我都不希望發生。有時我在外面待太久，她會生氣，因為她說我好像不愛她。如果我在屋裡，她更容易生氣，因為我在時會做出一些煩人的事，比如討吃的。我想，她給我聰明豆藥丸，可能是想把我從一個壞孩子變成一個好孩子，如果她看到我，她會想到我還是壞孩子，可能試著用其他方法讓我變成好孩子。所以，最安全的辦法就是不回去。「克莉絲，妳媽媽一定在擔心妳到哪裡去了。」我晚餐時間如果還在琳達家，她媽媽就會這樣說，她的意思是：「不曉得妳為什麼還在這裡，克莉絲。」但我假裝不知道。

「她不會。」我總是這麼說：「她從來不擔心我在哪裡。」琳達媽媽因為我住院而喜歡我，但她的喜歡沒有維持很久。附近還是有警察，他們還是敲著門找小孩說話，媽媽們還是隔著院子圍牆嘰嘰喳喳談論那件事。琳達媽媽很少嘰嘰喳喳，她從來沒有真正加入其他媽媽，可能是因為她太老了，一個人這麼老了，嘰嘰喳喳會得心臟病的。

星期日做完禮拜後，我留下來幫琳達和她媽媽把跪墊放回長木椅，羅伯特媽媽也一起幫忙。她不停咳聲嘆氣，嘖嘖地說：「我真不知道，哦，我真不知道。」琳達媽媽什麼也沒說，羅伯特媽媽就嘆了一聲說：「我真不知道，哦，我真不知道。」越說越大聲，最後把手放在屁股上說：「我不應該告訴妳，真的，我真的不應該。」

「什麼也不用告訴我。」琳達媽媽說。

「我真的不應該說，旁邊有孩子在不行。」羅伯特媽媽說。

「不要說，我相信妳不該說。」說著琳達媽媽走到櫥櫃要拿掃帚，羅伯特媽媽也去了。

「妳也聽到他們在說什麼了，是不是？」她說。

「我可沒聽到。」琳達媽媽說。她掃了長椅之間的過道，羅伯特媽媽等著她問他們說了些什麼，當她發現琳達媽媽不打算問時，又跟在她後面。

「就是他們為什麼一直問孩子們這些問題？妳聽說了，是不是？」

琳達媽媽繼續掃地。她說：「只是小道消息，不值得聽。」

「他們說一定是一個孩子幹的。」羅伯特媽媽說。琳達媽媽一時不動，掃帚停在地板上。她繼續說下去。「妳聽見我說的話了嗎？一個孩子幹的？」羅伯特媽媽說。

「我聽見了。」琳達媽媽說。

「好可怕，不是嗎？」羅伯特媽媽說：「真的讓人心都涼了，我聽到這個消息後，就覺得渾身發冷。」她看上去並沒有冷到骨子裡，她看起來像小孩生日那天別著生日徽章上學的樣子——神氣活現，滿面紅光。琳達在教堂另一頭，正在整理裝主日學校用品的盒子，所以她聽不到媽媽們的聲音，但我就在她們後面，蹲在兩排長椅中間。我蹲得很低，她們看不見我。

「當然，妳會猜想……」羅伯特媽媽說。

「我不會。」琳達媽媽說。她掃那塊地方已經掃很久了，早就掃乾淨了。

「妳一定會猜想。」羅伯特媽媽說：「我絞盡了腦汁，但我不認識大一點的孩子，我沒有像妳家琳達這麼大的孩子——那一定是一個大孩子，不是嗎？」

我們開始整理跪墊前，我脫掉了我的開襟羊毛衫，就掛在離琳達媽媽最近的長椅後面。她把衣服拿起來，抖了抖，拿在面前。

「妳有什麼主意嗎？」羅伯特媽媽問。琳達媽媽把我的羊毛衫摺成兩半，扔回椅子上，走去櫃子把掃帚收起來。

「琳達。」她喊道：「來吧，我們要走了。」琳達小跑步到她的身邊，我也跟著她們出了教堂，沿著馬路往下走。琳達媽媽拉著琳達的手腕，走得很快，我們走到馬納街街口，她轉過身來看著我。

「去吧，妳繼續走吧。」她說。

「但我想和琳達一起玩。」我說。

「琳達要和我一起回家。」

「那麼我也去妳們家。」

「不行，克莉絲。」她說：「不要來，那不是妳的家。」

她拉著琳達繼續走，我看著她們越來越小，越來越小，最後拐上通往她們家的小徑。這時她們已經很遠了，我也看不清琳達有沒有轉過頭來看我。我縮在教堂長椅中間時，她媽媽把一團團的灰塵掃到我的身上，我這時感覺到了那些灰塵——像一層粉末狀的薄膜落在我的肺裡。

由於盡量不在屋子裡待太久，所以有很多時間要打發。白天我到外頭玩，和琳達、威廉、唐娜一起玩，現在加了一個露絲。到了晚餐時間，其他人回家去了，我則留在外頭。我在外頭待到天黑了，眼皮沉了，然後偷偷溜進屋子，上了樓，爬上床，用被子蒙住頭。

星期六，我一個人坐在牛頭酒館院子的草地上，因為已經到了晚餐時間，其他人都回家了。有個人出來抽菸，我抬頭一看，竟然是爸爸。

「爸？」我說。他必須瞇起眼才能看清楚我。

「小絲？」他說。

「我以為你還是死的。」我說。他的手一時沒有力氣，點不著菸，所以我幫他把菸拿好。火焰舔了舔菸頭，菸頭出現了橘光。

「太棒了。」他說。他深深吸了一口。「我剛回來不久。」

「什麼時候？」

「不久，上星期，也許是上上星期。」

「你為什麼不來看我呢？」

「妳知道的，處理事情，我正要去看妳呢，就是今天。我只是順路進去喝一杯。」

他坐在臺階上，我坐在他前面。爸爸總是告訴我，他不死之後做的第一件事永遠是來看我，他甚至沒有停下來把袋子放到什麼地方，直接就來看我，這證明了我們不在一起的時候他是多麼想念我。

「你為什麼不馬上來找我？」我問道。

「天哪，小絲，饒了我吧，我現在不就見到妳了嗎？」我使勁地用下巴抵著胸口，要是他能早點來，我就不會因為聽明豆生病，因為他會保護我。

「妳好不好？」他問：「最近在做什麼？」

我抬起下巴對著他，看著他的眼睛。「我住院了。」我說。

「什麼？」他說。

「媽媽把藥裝在聽明豆的圓筒裡，叫我全部吃完，我差點死了。」

他的手伸向下巴，搓一搓，又抓一抓。他把菸放到嘴裡，然後把菸拿出來，丟到鞋底碾熄。兩隻手都沒東西後，他把手伸到頭髮裡，手指攥緊了又鬆開，額頭皮膚也跟著繃緊了又鬆開。

「我只好在醫院裡住了好幾天。」我說：「他們得把我肚子裡的東西都吸出來，如果他們動作不夠快，我就死了。」

「不要跟我說這個，小絲。」他說。他站起來，頭髮也豎起來，變成尖銳的尖刺。

「拜託，拜託不要跟我說這個。」

「但是你可以幫我。」我說：「你現在活著，我可以保護你，你不會再死了，你可以帶我走。」

「我沒辦法。」他說。他的聲音像雨水從裂縫進入的窗戶。「我沒辦法。」

「但你說過你會帶我走，你說過下次見到我時你會帶我走，你說過。」

「對不起，小絲。」他說。他轉身回到酒館，我想跟著進去，他卻把我推開。「對不起，我對不起妳，我沒辦法。」他說。

「你又要去死了嗎？是因為這個原因嗎？」

「他媽的拜託妳。」他說：「他媽的別再說什麼死不死的，妳都八歲了，小絲，妳都這麼大了，怎麼會相信有那種事，別說了。」

一隻蒼蠅在門框上爬，他用拳頭壓扁，在白漆木板上留下一抹藍黑色的屍體。通常我喜歡看死的東西，我們在兒童遊戲場發現死鳥時，我會拿棍子戳戳牠們，把黏糊糊的內臟抹得滿地都是，唐娜、琳達和其他女孩就放聲尖叫。我盯著那隻被壓扁的蒼蠅看了很久很久，發現一邊的翅膀脫離了身體，像一小塊彩色玻璃自己黏在上頭。我把目光移開。

「媽媽都不給我吃東西。」我說：「我好餓好餓，有時我覺得快要餓死了。」

「不要跟我說。」他幾乎叫了起來：「我沒辦法聽這些事。」

「你說過你會帶我走。」我說。

「我沒辦法，對不起，對不起。」他說。他進了酒館，我跑到院子底，狠狠踢了木柵欄一腳，踢裂了一塊木板。我的臉頰很熱，我想進去，衝過那些酸臭的男人身邊去找爸爸。

「我從來不信。」我很想大喊。「一次也沒有，永遠也不會，我一直都知道，人死了是不會回來的，就連耶穌可能其實也不是死了再復活，他可能待在山洞，沒有出聲，每個人就以為他死了，然後他跳出來嚇他們一跳。你離開的時候，我從來不認為你是死了，你回來見我時，我也從來沒想過你是復活。弄死史蒂文後，我知道他永遠死了，不是只會死一天、死一個星期、死一個月。我知道他永遠不會回來了，這正是我想要的。我弄死的下一個人也會永遠永遠死掉，再下一個，再下一個，再下一個都一樣。我要弄死更多更多的人，他們都會永遠死去，這就是我想要的。」

我曾經相信爸爸死了，我曾經不知道史蒂文原來再也不會回來了，但這些都不重要了。我討厭別人認為我很愚蠢，那簡直是世上最令人討厭的感覺，我不希望爸爸覺得我很愚蠢。我從後門往裡看，看了很久很久，看著黑黝黝的男人影子互相纏繞。我看不見爸爸，覺得又癢又焦急，好像有蜈蚣在皮膚上爬，而蜈蚣的腳是針做的。我不想一個人，我想要琳達，她明白別人認為你很愚蠢是多麼討厭的感覺。我去她家按門鈴。

她媽媽一開門，我就問：「琳達可以出來嗎？」

「不可以。」她說。

「那麼，我可以進去嗎？」我問。

「不可以。」她說。

「為什麼不可以呢？」我問。

「他們要吃晚餐了。」她說。

「他們在吃什麼？」我問。

「燉菜。」她說。

「我喜歡燉菜。」我說。

「妳不可以進來，克莉絲。」她說：「我希望妳不要再和琳達玩了，妳得回家了。

回妳的家。」

她在墊子上動了動腳，我一時以為她要跪下來抱我，就像她在我第一天上學前那樣。我不會介意，可能還滿喜歡的。結果她退回到走廊，關上了門。我一動不動地站在那裡，想著如果她還沒有關門可以說些什麼。

「妳不能阻止我和琳達一起玩，我們是最好的朋友，妳不能阻止最好的朋友一起玩，這基本上是違法的。妳不能阻止我過來，我會等到妳出門，等到只有琳達爸爸在家，然後我再過來，他會讓我進去。妳不能逼我回家，我沒有家。我只有一間屋子，妳不能逼我去那裡。」

這麼多的話哽著，撐得喉嚨都痛了。我揉了喉嚨，又捏了捏，然後兩隻手保持不動，停在脈搏急促跳動的地方。鮮血在我的手指下掠過，那些話在我的腦袋裡掠過。

我在這裡，我在這裡，我在這裡。滴答，滴答，滴答。

第二天早上我離開屋子時，世界是明亮的白光構成的，而我是噪音構成的。不是嘶嘶——不像以前嘶嘶起泡的聲音，也不再是雪酪冰的感覺，而是一種沙沙沙的轟隆聲，在我的肚子底咬著我，在我的身體變成一個秘密的地方啃著。像老虎的咆哮，像火焰的舔舐，我的手指末梢和腳趾尖都閃著火光，火花讓我跑出有史以來最快的速度，但不是啪——啵——唰——，而是哼——隆——吼——跑上山時，我凝視著街道的最高處，屋頂刺入天空，留下一個鋸齒狀的洞，好像有誰把藍油漆倒進了那個洞。我得瞇起眼睛才能看清楚，當我瞇起眼睛時，我的火光更加耀眼了。

我的身體不是電，是熔岩。砰噔砰噔，滴答滴答。

我到雜貨店時，邦蒂太太正好走到街上掛牌子，她看到我就扠起腰。

「得了，克莉絲。」她說：「夠了，妳知道我是不會讓妳進來偷東西的。」

「沒準備偷東西。」我說：「我有錢。」

她笑了，好像火雞在咕咕叫，她的下巴晃來晃去，所以人看起來也像火雞。「那我就是示巴女王了。」她說。

「不是，妳才不是，但我真的有錢。」我說。我把硬幣從口袋裡掏出來拿到她面前。

「那麼，妳是從誰那裡偷來的？」她問。

「我沒偷，是人家給的。」我說。

「誰給的？」

我想起了爸爸，我朝屋子走回去時，他搖搖晃晃走出酒館，熱呼呼的手抓住我的手肘。他伸進口袋，嘩啦嘩啦掏出硬幣，塞在我的掌心。他說：「給妳，收好，我身上就這些了，拿去給妳自己買點吃的。」他搖搖晃晃回到酒館，我聽到他走去吧檯向羅尼再要一杯酒，所以這不是他全部的錢，這是他買了他真正喜歡的東西後所剩的。

「沒有人給的。」我對邦蒂太太說：「不過我不是偷來的，是我的錢。我想買糖。」

她本想說我不准買，不過後來牧師進來買報紙，她怕下地獄，只好裝出和藹可親的模樣。我從櫃臺抱起裝棒棒糖的大罐子，想轉開蓋子，但怎麼也轉不開，我的手不斷滑開。

「需要幫忙嗎，小妹妹？」牧師伸手問。

「不用。」我說。我最後用力一轉，蓋子轉開了。

「哇。」牧師說：「妳的手好有力哦！」

「對。」我說：「我有一雙非常強壯的手。」

我買了一根棒棒糖和一袋娃娃水果軟糖，雖然我不喜歡棒棒糖，也不喜歡娃娃水果軟糖。邦蒂太太收下我的硬幣，她的樣子好像我在上面撒過尿。真希望我真的在上面撒尿了。

到了露絲的家，我走上院子小徑，按了門牌號碼下面的門鈴。起初沒有人應門，於是我一次又一次地按，按到漂亮女人來了為止。她看起來不是她最漂亮的模樣，過了早餐時間，她還穿著睡衣睡袍，頭髮像黃蟲子從捲髮器裡鑽出來。她的臉是洗衣水的顏色。

「哦，妳好，克莉絲。」她說。露絲走出客廳，跑到她的大腿後面，用力打了她一下，她差一點跌到我身上。我心想，露絲就是這種孩子，總是讓漂亮女人的生活變糟。她穿著紅白格子蓬袖棉布連身裙，腳上套著荷葉邊白襪和紅色皮鞋，她的醫生箱也是紅色的，她提著箱子把柄，所以從頭到腳都是搭配好的。她的橘色頭髮甚至還有紅色緞帶，讓她的頭看起來像火一樣。

「我可以帶露絲去兒童遊戲場嗎？」我問。露絲聽到「兒童遊戲場」，拍了拍她的小胖手，拉扯漂亮女人的手臂。每一次漂亮女人掙脫開來，露絲就又抓住她的手，上上下下拉扯著。

「拜託，媽咪！兒童遊戲場，媽咪！」

「別煩我！」她幾乎是用喊的，還用力把手抽出來。露絲看起來受到驚嚇，我也覺得震驚，這是我第一次聽到漂亮女人差點失聲大吼。她的臉頰泛起紅暈，一直蔓延到脖子。

「對不起，露絲。」她摸著她的頭髮說：「對不起，小天使，淘氣的媽咪生氣了。媽咪淘氣，媽咪亂叫。」

「那麼，她能去玩嗎？」我問。漂亮女人望著外面的街道，汽車沿路呼嘯而過，排水溝裡的啤酒瓶碎片閃閃發光。

「妳真好，來邀她一起玩。不過露絲今天早上膝蓋受傷了，她去院子玩，結果擦傷了，很嚴重，我想她今天最好待在屋裡。」

漂亮女人老是這樣，編故事，說露絲不能出來玩。露絲的膝蓋露在裙子下面，我們都低頭盯著，左膝蓋有一條粉紅色的線，大小和形狀都像被紙割到，就連露絲看著漂亮女人的眼神，都像是覺得她瘋了。

「我們去兒童遊戲場而已。」我說：「我會牽好她的手，不用過馬路。」漂亮女人又向門外張望，我想她大概期盼來一聲雷鳴或一場小地震——把露絲關在家裡的好理由。頭上的天空，是海玻璃色的藍，腳下的大地，一點也不晃，漂亮女人望著美麗的天空，突然開始格格發抖，身體向前傾，發出像窒息的聲音。當她直起身子的時候，臉色更像洗碗水。她把露絲往前推。

「好，好，當然可以，帶她去吧，希望妳們玩得愉快，露絲。要小心，晚點見。」

她跑上樓，進了浴室，我們聽到她嘔吐的聲音。我心想，要是我每天得照顧露絲，恐怕也會想吐吧。

經過兒童遊戲場時，露絲跑去推柵欄門，但我抓著她的衣領把她拉回來。「來來。」說著我握住她的手腕。「我們不去那裡。」

「遊戲場！」她發出哀鳴。她想掙脫開我，但是我的力氣比她大得多。

「沒有，不去遊戲場。」我說。她好像要鼓起勇氣放聲尖叫，讓漂亮女人在四條街外都聽得到，所以我把一個娃娃果凍像塞奶嘴一樣塞到她嘴裡。她吃了一驚，足足愣了一分鐘。然後她開始咀嚼，還伸手想再討一個。

她說：「還要。」我給她看袋子。

「妳繼續走，不要出聲音，我才給妳。」我說。

在完美的天空下，小巷的房子顯得比平時更沒有存在感。我們走到了藍屋子，露絲就在外頭的灌木叢裡坐下。

「累。」她說。她翻了個身，躺到地上。我看著她橘色頭髮盤繞著草，像老虎，也像火焰。

「來。」我說。她沒有動，所以我從口袋拿出棒棒糖，在她面前晃了晃。「想要這個嗎？」她點了點頭，伸手抓住了，但我從她手中抽出棒棒糖。「那妳就要跟著我。」

她一進門，鞋尖立刻就磨到了，白襪也沾了泥。她嘴裡的果凍娃娃吃完了，不過她很安靜。我從後面推著她上樓梯，免得她還沒爬到樓上就跌下來。樓上房間比屋子其他地方明亮，因為日光從屋頂洞射了進來。洞下那一片濕濕的地方已經擴大了，我記得我蹲在那裡撒過尿。露絲走到濕濕的地方，抬頭看著洞，發出鈴鐺般的笑聲。「看！」她尖聲尖氣地說。「洞！天空破了洞！」她在濕地板旁的沙發墊上坐下，打開她的醫生箱。

「跟我玩醫生。」她尖聲說。「妳當病人。」她把聽診器放到耳朵裡，然後拿聽頭貼在自己的手臂和手上。

「不是這樣，露絲。」我說。我走過去，從她手中拿過聽診器。「我告訴妳怎麼做才對。」她叫了一聲，把聽診器搶回去。

「我的。」她尖叫著說。「我是醫生。」她胖嘟嘟的小臉蛋紅紅的，我想踢她，卻踢翻了醫生玩具組的其他東西。漂亮女人花了大半輩子時間重新捲好的繃帶散了，像一條白色長舌頭在地上延展開來。我繞著房間邊緣走著，手指貼著牆壁移動。我身體內部沸騰了，有熔岩，也有電。

「玩醫生！」露絲尖叫。她老愛尖叫，我幾乎沒有一次聽她說話是不尖叫的。這麼多尖叫，這麼多玩具，還有這麼多、這麼多、這麼多的愛，她渾身上下都是愛的油脂，你在她的皮膚上就能看到。我知道該找什麼，我在史蒂文身上看到過那樣東西。

我背靠著遠處的牆，寒毛直豎，手臂也起了雞皮疙瘩。起泡的感覺無所不在——臉上，脖子上，肚子裡，啵啵啵啵，到了我幾乎無法忍受的地步。我用一隻腳蹬開牆壁，跑到房間的另一頭，空間不夠，沒辦法加快到雙腿迸出火花的速度。我抬頭看著天空，天空的藍刺痛我的眼，我想爬過那個洞，站在屋頂上咆哮，直到沒了聲音為止。

露絲看著我。「妳在做什麼？」她問。我捂住耳朵，她那可怕尖銳的哀哀叫，我擺脫不了，它鑽進了我體內。

「來吧。」我說。「我跟妳玩，但我當醫生，聽診器給我。」她一定是自己一個人也玩膩了，因為她馬上把聽診器給我。「躺好。」我說。

「不要。」她說：「不躺，病人坐坐。」

我又把棒棒糖拿到她面前晃了晃。「妳想要這個嗎？」我問。她點點頭，我拆開包裝，她躺下後，我把棒棒糖放到她的嘴裡，她像笨蛋一樣開始吸。

「妹妹好乖。」我說。我把聽診器掛到脖子上。「好，妳的喉嚨不舒服嗎？」我摸著她身體和頭部交接處的皺摺。

她點了點頭。「咳嗽。」她含著棒棒糖說。

「要我想辦法讓妳舒服一點嗎？」我說。聽診器垂下來，擋到了我，我扯下來扔開。我手掌伸平打直放到她的脖子上，手指靠近地板，拇指放在她脈搏跳動的地方。我握起一隻手，當這隻手每個部分都貼著她的脖子時，另一隻手也合攏起來。我眨眨眼，鐘面在眼瞼後面一閃而過，兩根指針已經在最上面重疊了。

「我要輕輕按摩妳的脖子。」我說：「咳嗽就會不見了。」我的手一用力，她的頭就往後仰。

「痛痛。」她哭哭啼啼說，身子向側面扭去，躺到了潮濕地板的中央。我看到一隻木虱爬進她的頭髮，我繼續抓著她。

「不會痛很久。」我說：「我會讓妳變舒服，等一下會變舒服的。我只要做一次，再做一次，然後一切都會變得更好，我保證。」

我掐緊了她的脖子。我用身體裡所有的東西掐緊了——所有的啵啵啵啵，所有的隆隆隆隆，所有的吱吱吱吱。它們順著我的手臂流到手上，我靠著它們掐住露絲的脖子。她用力拍打我的手腕，但不痛，因為漂亮女人把她的指甲剪成整潔的粉色半月形，她的手沒力，而我的手很有力。我聽到她遙遠的嗚咽，但她就像一隻蒼蠅，在另一個國度另一棟屋子另一個房間一個上鎖櫥櫃裡嗡嗡作響。我伸手一揮，就把她打出了大腦，我把一切都打出了大腦，只有我的手在她的脖子上，我的眼睛看著她的眼睛，她的腳砰砰砰敲著地板。她躺在我撒過尿的地方，我在尋找那種感覺，那種黑色美妙的快感。我找不到。這一次，沒有嘶嘶的起泡聲，只有恨，恨，恨。還有露絲在地板上跺腳的聲音，越來越慢，最後停止了。露絲停止了。一切停止了。

她死了，我的手還留在她的脖子上一會兒。皮膚好柔軟，像花瓣一樣柔軟，柔軟到我不確定哪裡是我，哪裡是她。棒棒糖從她的嘴裡掉出來，在她臉頰留下一道黏糊的痕跡。她的眼睛仍然睜著，但已經不再眨動，臉上外凸的褐色眼珠像彈珠。

弄死史蒂文後，我坐回到腳跟，甩了甩緊握的手，覺得又熱又累。但不餓，難得沒有餓的感覺，我心想：「沒有比這更棒的感覺。」我看著露絲，想找回那種感覺，我很努力很努力，覺得內臟都要被擠出來了，因為這就是努力的感覺。用力，擠壓。我把手放在她的肩膀上，輕輕搖了她幾下，又拍拍她的臉頰。「快回來吧。」我低聲說：「別死了，我不是故意的，回來吧。」她仍舊沒聲音，她仍舊沒動靜。我又搖了搖她，揉揉她的臉蛋，還湊近她的臉，對著她吹出溫暖的氣息。我對著她的耳朵說——「回來，拜託回來吧。」她仍舊沒聲音，她仍舊沒動靜。在我們上方，洞裡的天空是灼熱的藍，炎熱的太陽照著我的脖子，我的內心卻好冷。我好累，我的手好痛。露絲死了，她再也不會活過來。我仰起頭，望著天空中的洞。我大聲地吼，大聲地吼，大聲地吼。

茱莉亞

在琳達的屋子，早晨的混亂從六點就開始了，而且非常激烈。我被雙胞胎其中一人吵醒，她把臉湊到我的鼻前，喊著：「讓出沙發，我們要看電視。」琳達把小身體塞進制服，把香甜玉米片倒進碗裡，卡通嘰哩呱啦，她好像也不在意沒人聽得見她的聲音。八點，我和莫莉準備走了，但在門階站了一會兒，因為琳達從廚房喊道：「等一下，等一下，我要先看看麥奇有沒有吞下這個。」

她抱著麥奇從走廊走來，麥奇得意地咧著嘴笑。

「他吞了什麼？」我問。

「就玩具的一個小零件，很小很小，應該沒吞下，我想是沒有吞下，要是真的吞了——嗯，我想我很快就會知道了。」

我很驚訝琳達的孩子都還活著。「我們要走了。」我說。

「嗯，回去面對事情。」她說。

麥奇咳了一聲，她把他放下來，拍拍他的背，他彎腰開始咳嗽，吐出了什麼在手上。一個小娃娃頭，她拿起來往T恤擦了擦。

「你真棒，小寶貝。」她說：「舒服一點了嗎？」他點了點頭，然後一溜煙回去廚房了。

「呼。」她說：「少了一件要擔心的事。」

「妳知道，先前妳問我是不是因為妳打電話所以來？」我說。

「哦，我只是講傻話，沒有別的意思。」

「我的確是來找妳的。」我說：「我不知道是妳打電話，但妳是我真正想見到的人。」

這不是謊言。我一直需要的是琳達：那個需要，不是在我的腦中，而是在我的身體裡。多年來，我一心只想著媽媽，因為當你感到空虛時，你的媽媽應該要填補你的空虛，但她從來沒有為我做過這件事。她給了我少量零碎的溫暖，如今我又見到了她，我相信這就是她所能給我的全部。但不夠，她給的永遠不夠。我知道，因為她告訴我她想要什麼時，她說她想回到過去，改變她自己的人生。她沒說她想要為我做得更好。

在克莉絲的生命中，只有一個人以一種普通日常的方式愛著她，就像你愛鹽或陽光一樣。琳達不會綁鞋帶，也不會看時鐘，但是在愛人、忠誠、付出一切而不求回報方面，她是最聰明的。在我失去莫莉和一切停止以前，她是我需要再見一次面的人。我懂了，因為我不再覺得餓。不是因為吃了牧羊人派和巧克力冰淇淋的緣故。是琳達。

「謝謝。」她說。她把娃娃頭放在手指間滾動。「我不知道該不該這麼說，不知道這會不會讓妳不舒服，但我想讓妳知道，我們一直在為妳祈禱，我和基特一直都在為妳祈禱。其實他知道妳的事，只是不知道他見到的就是妳，如果可以這樣說的話。在我們為家人和其他需要神幫助的人祈禱後，我們的祈禱最後永遠是妳。」

「我們現在要回家嗎？」莫莉大聲地問。

我對她說：「對，我們要回家了。」然後對琳達說：「謝謝妳，我不會覺得不舒服，妳人真的很好。」

「我沒有新的東西可以帶去說故事。」莫莉說。

「這不重要。」我說。

「我需要一樣東西。」她說。

「說故事時間，是嗎，莫莉？」琳達說：「我想我其實有一樣妳可能用得上的東西，反正我本來就想給妳媽媽，妳提醒了我，妳真棒。」

「她不需要任何東西。」我說。

「是什麼啊？」莫莉問。琳達進了房子，上了樓。

「真的沒那麼重要。」我小聲對莫莉說。

「那是說故事時間。」她低聲回答。

我很驚訝，琳達這麼快就回來了，在混亂沸騰的蛇窩，她能馬上找到她要的東西。她在莫莉的手掌上放了一個鵝卵石大小的彈珠，陽光掠過它的表面——世界上所有的顏色。

「妳想妳的同學想不想看看這個？」她問。她沒有看著我，莫莉把彈珠從一隻手傳給另一隻手。

「一顆彈珠？」她問。

「是一顆非常特別的彈珠。」琳達說。

「為什麼特別？」

「它以前是妳媽媽的。」
「有特別的功能嗎?」
「嗯,沒有,但它非常漂亮。」
「妳有別的東西嗎?」
「我沒想到妳還留著。」我對琳達說。
「我當然還留著。」她說。她看著彈珠在莫莉手掌上保持平衡,然後目光垂到地上。「那是我擁有的一部分的妳,不是嗎?在我想妳的時候幫了我。」
我感覺十七年來把我們聯繫在一起的紐帶拉緊了,我走上前抱住她,她又溫暖又寬宏,把我抱得好緊好緊,讓我覺得我們要變成了一個人。她放開後,我走過院子小徑,穿過柵欄門。她站在屋門,麥奇走來貼著她的腿,她看起來又高大又堅強,像一座燈塔。我不知道為什麼會有這種感覺,但那個感覺確實來了,很強烈。一座燈塔。
坐上火車後,莫莉吃了個與她手臂等長的三明治,用包裝紙蓋著頭睡著了。我看不見她的臉,只看見她的黑髮。我連手指尖如游絲般的微血管都累了,但我睡不著,而且背對著行進的方向讓我噁心。但我沒有換位子,坐在莫莉旁邊,才能感受到她的體熱,感覺與她相融。這讓我們將被拆散的事更難受。這個週末結束前,她將住進一對不育夫婦的家,屋子有三間臥室,吃了蔬菜和寫好功課,就可以在獎卡上畫星星。我想我能給她的新父母寫一封信,告訴他們她看過的書,她喜歡的電視節目,還有,她很想要一件小禮服。他們可以帶她去百貨公司,他們可以替她拍照,她站在他們家的門階,穿著荷葉邊小禮服,繫著緞布腰帶。如果不用記得蒼白靜止的雙腿從紅白格子裙伸出來,這些事你也做得了。

我的未來也決定了。我會因為違反法庭命令被捕，如果沒坐牢，我也會自殺。這是另一個已成定局的結論：沒有她，就沒有別的選擇。在我有時間害怕之前，在我有時間回到公寓之前，我就會自我了結。那些房間都是莫莉：門框上有她的身高記號，床單上有她的氣味。我一個人走不過去，我寧願走入大海。

我用彈珠在火車桌子畫小圈。我的思緒如水般骨溜溜地快速旋轉。當我不再嘗試控制時，思緒回到琳達身上。我想像她在她的小屋，落地窗敞開著，孩子從抽屜蹦出來，從地板鑽出來，髒兮兮的，半裸著身體。我想像基特回家吃晚餐，從後面摟住她，俯身吻她的臉頰。我想到了她正在肚子裡成長的新寶寶，她似乎沒有因為生了那麼多孩子而難為情，當我不得不告訴珍我懷了莫莉時，我因為羞愧而起了雞皮疙瘩。那時，我去警察局找她，在她的辦公室裡，我們面對面坐著，她從鼻子緩緩吸了一口氣，別過臉去，直到不再顯得要氣炸了才轉回來。

「妳想過怎麼辦嗎？」她問。她看了看我的肚子，想知道該如何生氣，然後鼻子悠悠地吸了口氣。非常生氣。

「說實在，還沒有。」我說，因為我確實還沒想過。「那麼，妳想留著嗎？」她問。

我想到了那團在我體內停泊的新細胞，好像泡沫或蛙卵，是我不小心吞下的東西。珍知道我是誰，她知道我做過什麼，我感覺史蒂文和露絲就在我們中間，冰冷的小身軀躺在桌上。

「我再也不能弄死別的東西了。」我低聲說。

「什麼？」珍說。

「我要留著。」我說：「這是我的。」

我們在醫院時，珍來探望我們。莫莉乾乾淨淨，穿著白色連身嬰兒服。我告訴珍，她有八磅重，珍說她是巨嬰，我差點笑出來，莫莉是我見過最小的人。我們靜靜地坐了幾分鐘後，珍在椅子上挺直身子。

「妳知道我必須要問。」她說。

「嗯。」我說。

「妳的感覺或許改變了。」她說：「沒什麼可恥的，這對誰都不是能夠簡單應付的事。」

莫莉半瞇著眼，懶洋洋地吸著我。我想，她一離開我的身體，就被丟到我的胸脯前，在我根本沒同意受縛之前，就用鐵繩把我們綁在一起，真是個卑鄙的詭計。

冷靜，克莉絲。妳能看到什麼？床，毯子，莫莉。

「沒有我她會餓的。」我說。

「她可以喝奶瓶。」珍說。

「她不會喜歡的。」

「她會習慣的。」

「還沒習慣以前，她會餓。」

「也許吧。」

莫莉的嘴離開了我的乳頭，逐漸醒了過來。我托著她的後腦勺，她又緊緊靠著我，一隻手捏著我的皮膚。

「她喜歡我。」我說：「她真的表現得像是很喜歡我。」

「是啊。」珍說：「妳是她的世界。」

「我想留下她。」我說。

「好。」珍說：「那就留下吧。」

莫莉瞇著眼睛抬起頭，三明治包裝紙黏在臉頰上，她撕下包裝紙，皮膚留下了皺巴巴的痕跡。「脖子痛。」她說。

我脫下外套給了她。「拿去，摺起來墊在窗戶上，看看那樣能不能睡，妳的脖子維持同一個姿勢太久了。」

她沒有立刻閉上眼睛，她望向窗外，火車在軌道上顛簸，她的頭跟著一顫一顫。

「外婆是個好媽媽嗎？」她問。

「不是。」我說。

「她不知道怎樣當媽媽嗎？」她問。

我以前沒有想過這個問題，但當我在腦中思索時，我決定讓它成真。媽媽沒用，但她不壞。她不想要我，所以想把我送走。她發現我弄死史蒂文，所以她想要我死，可能是為了懲罰我，也可能是為了保護我，或者都不是。可能是她嘗試去愛一個感覺像陌生人的孩子，但失敗了，所以覺得累了。我不會再見到她了，我可以選擇如何記住她。我替她選擇的是，一個不知道怎麼做母親的人，我替她選擇的是，一個無用又笨拙、粗心又殘忍的人，對我的關心只是剛好足以讓那份關心有意義，足以記住我的年齡，足以留著第一天上學的照片。我替她選擇「不壞」。

「不知道。」我說：「我想她不知道。」

「所以妳一直都很難過嗎？」

我把頭往左右歪了歪，脖子吱吱作響。我不知道正確答案，最簡單的回答是：「對，我一直都很難過，莫莉，每天，每星期，每年，從我醒來的那一刻，到我睡著的那一刻，我都非常非常難過。我太難過了，難過到弄死人。這是我弄死人的唯一原因，莫莉，因為我太難過了。」

這麼說也不是全然的謊言。回想八歲的時候，我會想起飢餓感把我的大腦扭曲成尖銳的形狀，在濕被單中醒來的羞愧，世上沒有一個人想要我的感受。這世上甚至沒有一個人是真正喜歡我的。但我也記得，在科普利街上追著威廉和唐娜，感覺那樣輕盈，相信自己會飛上天空。背著邦蒂太太偷糖果，跑開時高聲發出長長的嗚笛聲。沿著院子的圍牆，從詹克斯先生家走到鬧鬼的房子。曬傷的地方癢得要命，教室有蠟筆的味道，蘋果核有杏仁軟糖的味道。和琳達玩演電視劇的遊戲，跟琳達學拍手遊戲，與琳達倒立。

我想起那一天，他們帶我離開藍屋子和天空上的洞，帶我去了警察局。他們問完了問題，把我留在一間空無一物的房間，一個女警坐在角落的塑膠椅子上。她沒有看我。我盪著雙腿，敲著雙手，舌頭在牙齒上發出響亮的嘖嘖聲。她還是不看我。最後，我放棄了，不再設法讓她看我。我把臉頰貼在桌子上，閉上眼睛。房間很冷，我的嘴巴摩擦手臂時，嘴唇碰到了豎起的寒毛。

「能給我一條毯子嗎？」我問女警。

她沒有回答，她沒有看我。

在警局裡，沒有辦法知道是白天還是晚上，因為沒有窗戶，燈始終亮著。過了一會兒，他們把我關進一間有床有馬桶的牢房，盤子裡有一個乳酪三明治。過了一會兒，他們回來，拿走盤子，給我一顆枕頭。我想這一定代表睡覺時間到了，所以我踢掉鞋子躺下。床比我長一倍，因為牢房不是為小孩準備的。如果你未滿十歲，通常不會進牢房或接受審判，因為不管你做了什麼壞事，你只是個孩子，不是你的錯。我當時只有八歲，但仍然進了牢房，接受了審判。有的事太壞了，所以他們不再把你當小孩。

我眼皮要闔上時，聽到牢房門打開。我坐起來，是媽媽，她走進來，守衛把門關上。

「我就在外面。」他喊道：「有什麼事就敲門。」媽媽走過來，背靠著另一頭的牆站著，於是我們面對面。我們對看了很久，然後我伸直雙臂朝前方舉起來，我見過年幼的小孩這麼做：史蒂文伸手找他的媽媽，露絲伸手摸漂亮女人。我不知道我為什麼要這麼做。

媽媽抄手抱胸。「放下，克莉絲汀。」她說：「妳這樣很像小孩子。」然後她走到門口敲了敲，守衛讓她出去了。我的手臂留在半空，我維持這個姿勢，直到血流乾了，直到手臂感覺像兩根從身體伸出的鉛竿。然後，我躺下來睡著了。

審判的那幾星期，他們把我關在監獄，監獄有個又大又暗的地下室，我就關在那裡一個白色小房間。我不知道監獄外面是什麼樣子的，因為每一次他們把我帶下廂型車時，就給我蓋上一條有汗味和馬鈴薯皮味的毯子。他們第一次拿毯子蓋我，我又踢又叫，他們只好抬起我，一邊一個警察。我以為他們要送我去砍頭，或者吊在十字架上。

「不要，不要這樣，我不想死。」我尖叫著。

「沒有人會死，克莉絲汀。」右邊的警察說。

「沒有別人會死。」左邊的那個說。

我最不喜歡他，我咬了他一口，他回我髒話。

到了我的房間，我看到沒有十字架，也沒有斷頭臺，就不再掙扎。他們把我放在床上，我像鼻涕蟲軟綿綿地癱躺著，望著光禿禿的白色天花板。房裡什麼也沒有，只有一張床，角落上方的架上有電視。

「妳現在冷靜了嗎？」右邊的警察問。「怎麼回事，嗯？妳為什麼覺得我們會要妳的命？」

我交叉雙臂轉向牆壁。他說話的口氣聽起來好像我很愚蠢，竟然認為他們要弄死我，但才怪。你永遠不知道什麼時候有人會弄死你，問問史蒂文和露絲就曉得了。

每天早上，他們用馬鈴薯皮毯子蓋住我，把我放在廂型車的籠子裡，送我到法庭。我斜靠在金屬網上，喀嚓喀嚓的行進聲驅散了我的思緒。在搭車的過程中，我發現我沒有任何感覺，我知道是因為喀嚓喀嚓的聲音。開庭時，我坐在一個玻璃箱子看著木頭房間的四周，有幾億雙眼睛回望我。起初，我喜歡這種感覺，每個人都在看著我，那種感覺讓我覺得刺刺的，幾乎像是嘶嘶起泡的感覺，幾乎像是上帝。但審判持續了好多天，我很快就不喜歡了。大家輪流站起來說我有多壞，他們說我壞，我不介意，我介意的是，說我壞的人這麼多，而且講了很久很久。我在箱子裡很累，也很煩。有時起身講話的人講了太久了，我把頭靠在前面的小平臺上，閉上眼睛。有個警衛總會拍拍我的肩，叫我坐起來，我總是又把頭放下，而他們總是又來拍我。這簡直像在玩遊戲，時間因此過得更快。一天結束後，我進入我的籠子，總是感到很累，累得眼睛發癢，臉龐刺痛。回監獄後，他們把我關回房間，用塑膠托盤給我送來了晚餐，我狼吞虎嚥，常常打嗝。然後，我躺在床上，閉起眼睛，接著消失。感覺不像睡覺，感覺像離開了這個世界。

在監獄的週末最難熬，因為不坐車，不去法庭，除了房外的警衛，沒有人看著我。日子像過篩糖漿一樣，又黏又慢。早上，他們把我的早餐放在一個流下水珠的蓋子下。吃完後，我把托盤放在地上，等下一頓。電視機在角落嘰嘰喳喳，但不是轉到兒童節目頻道，而且按鈕太高，我搆不著。有時，我計算從房間一頭走到另一頭要多少步：如果腳跟貼著腳趾走，要走二十五步。有時，我靠著潔白的牆壁做倒立。這面牆和倒立牆不一樣。

審判的最後一天，剛好是我的九歲生日。我進入我的箱子時，看到那個漂亮女人，她坐在長木凳上，旁邊是史蒂文媽媽。這是她第一次來。她看起來很蒼白，也很胖，因為她要生寶寶了。我隔著玻璃牆看她的肚子，看了很久，然後把頭放到小平臺上。這一切原來沒有任何的意義，如果我不能成為漂亮女人的小女兒，那麼其他人也不可以，所以我弄死了露絲。結果呢，她就要有一個完全屬於自己的孩子。我知道，一定也是女孩，我就是知道，我不能弄死她，因為我會被關進監獄，所以她可以活下來，可以有漂亮女人當她的媽媽，可以長大，可以得到玩具、衣服和親吻。警衛拍拍我的肩，要我坐起來，但我沒有坐起來。我太累了。

法官命令我起身時，我吃力地站起來。他看著我的眼睛，說我會去一個「家」，那時我已經知道家不過是監獄的另一種說法，我很想說：「但是你不能這樣做，你不能把我送進監獄，今天是我的生日，這樣做很不公平。」他說了惡劣、魯莽、邪惡一類的話，警衛抓住我的手肘，我明白我再也見不到倒立牆，再也見不到琳達。我想跑到法官席前，用拳頭敲木頭，大吼：「但是我不是故意的！我沒有要弄死人！我收回！我收回！帶我回去！」

我沒有大吼，甚至也沒有說話。四周突然響起女人的哀號，我看了看四周，只來得及找到媽媽，她獨自坐在長椅上。她沒有哀號，也沒有哭泣，她把嘴唇抿成一條細細的黑線。我任由警衛把我帶出去，沒踢人，沒咬人。在內心深處，我知道人是無法回到過去。在內心深處，我知道人一旦死了，就不可能復活。關於死，有許多是我不知道的——死是什麼感覺，死是怎麼發生，我幾乎不知道，真的——但我明白了一件事，死會永遠持續。當你認識的人死了，你不會跟著他們一起死，你繼續活下去，經歷不同的階段，寫下不同的篇章，好像過著一個個不同的人生。但在所有這些人生中，死去的人仍然是死去的，無論你是高興還是難過，無論你是否想到他們，無論你是否想念他們，他們都死了。如果死沒有持續，那不是真正的死，只是一個漠不關心的人消失無蹤。

去牢房的路上，我很安靜，他們把我關到裡面時，我也很安靜。我躺在床上，把手指放在喉嚨上數著心跳——一、二、三、四、五、六、七、八、九。有時剛滿某個歲數時，我會把那個歲數當成幸運數字，所以我的幸運數字就是我的年齡，我就算不努力，也可能走好運。我決定不用「九」當新的幸運數字。

我的手指滑過火車窗，留下一道油膩的汙跡。想起過去的生活，我會想起痛苦，但也想起了令人狂喜眩暈的自由，這種自由是我希望莫莉擁有的。離開公寓的自由，離開勢利學校接待員的自由，離開我像約束衣一樣綁在她身上的作息表的自由，作息表是我能夠相信自己可以保證她安全的唯一方法。我是可以告訴她我一直都很難過，這麼說會讓我更舒服，更像膽小鬼。我很快樂，也很悲傷，因為那是天堂，也是地獄。我接受了它，咀嚼了它，消化了它，做了一些事情，使得兩個家庭沒有天堂，只有地獄。這是事實，每一次，每一天，這都永遠是事實。

「我常常很難過，但不是所有的時間都在難過。」我說：「有時我很快樂，有時我很生氣，因為太生氣而傷害別人。」

我為問題鋪好了路——「妳怎麼傷害別人？妳推他們嗎？妳打他們嗎？他們是誰？他們有沒有也傷害妳？」——但問題沒有來，莫莉又睡著了，她張著嘴，一股清澈的口水順著她的下巴流下。我沒有面紙，口水滴下，她的T恤出現深色的痕跡。

我想到送莫莉去上學，在一群其他的母親中呼吸困難，望著她消失在校舍，不知道會不會就在今天校長來電告訴我她攻擊別的孩子，就在今天我發現縱然盡了全力也沒能阻止她變成我。我想起當我看了時鐘發現午餐、晚餐、洗澡、睡覺都晚了五分鐘時的驚慌失措，想起繁瑣的讀書儀式，想起每一次錯過了時間都像是考試不及格，想起我竭力在兒童電視節目的吱喳聲中聆聽自己的想法。我想起坐在床墊上，望著她的睡臉，門外射入的淡黃燈泡光照得她的臉龐有了黃暈。把她的衣服拿到鼻子前，檢查是否需要清洗，聞到了蠟筆和學校午餐的味道。那一次，她膝蓋擦傷了，我從兒童遊戲場抱她回來的時候，她的手臂像溫暖的鏈子繞著我的脖子。曾經是地獄，曾經是天堂，而今結束了。她會忘記我。

我伸手到袋子裡找筆。莫莉受傷的手臂橫放在桌上，我輕輕移動，沒有弄醒她。剩餘的空白不多，但我找到一塊足夠大的地方寫上我的名字。

媽媽。

克莉絲

我從巷子走回來，像老人一樣彎著腰。我知道，如果我站直了，我的內心會掉出來。我得繞遠路，因為我不想經過漂亮女人的家，不想她不停嘮叨問露絲在哪裡。我真的沒有心情聽人嘮叨。繞這一大圈，經過了教堂和教堂大鐘，看到快到十點了。我和露絲只在一起半個小時，感覺像過了半年。

我敲琳達家的門時，她爸爸來應門，露出了她媽媽肯定不會露出的笑容。

「妳好嗎，咱們的克莉絲？」他說。他滿嘴的烤麵包，奶油和橘子醬在嘴角聚集成閃閃發光的小塊。「妳要找琳達。」他用袖子擦擦嘴，油膩膩的橙色果醬轉移到襯衫上，好像蝸牛痕跡。看來沒有人告訴他「琳達不跟克莉絲玩」的新規定。

「看那片天空。」他指著我的頭頂說。我抬頭一看，天空的藍刺痛了我的眼睛。「完美，春天就該如此。」他回頭看了看我。「妳沒事吧，克莉絲？妳看起來有點蒼白。」

「我很好。」我說。

「妳確定？」

「確定，我可以去琳達的房間嗎？」

「當然，當然可以，上去吧，如果有事，我就在棚子裡。」

琳達穿著一隻鞋跳來跳去，正在找另一隻鞋。「妳有沒有看到我的鞋子？」她問。

我坐到她的床上。「沒有。」

「我記得昨天是在這裡脫的。」

「沒關係，我不想出去。」

她走過來坐在我的旁邊。「那妳想做什麼？」

「我們能躺一會兒嗎？」

「啊？」

我踢掉鞋子爬上床，靠著枕頭躺下。她彎下腰看著我的臉。「妳病了？」她問。

「沒有，我只是想躺一會兒。」

「好。」

她一點一點把我推過去，我們以相反方向躺在一起，腳在對方的頭旁邊。我把臉頰貼在她裸露的足弓上，她的皮膚又軟又涼。

「琳達？」

「嗯。」

「如果我走了，妳會怎麼辦？」

「不知道。」

「可是妳會怎麼辦呢？」

「我想，再找一個最好的朋友吧。」

我不太喜歡她這麼說，說得好像這很容易。「噢。」我說：「如果妳搬走了，我會再交到一個最好的朋友，也許不管怎樣都會去交一個新的，我其實並不喜歡妳。」

「妳爸爸要帶妳走了嗎？」她問。我的腳掌擱在她頭旁的枕頭上，我收縮腳掌，結果一片趾甲勾到她的頭髮，她發出尖叫，我快速把腳拿開，儘管我知道這樣她會很痛。

「哎喲！」她掙脫開來。「好痛。」

「我爸不會帶我走的。」我說。

「為什麼不帶妳走？」她問。

「因為我是壞胚子。」我說。

「哦。」她說。

「我其實一開始也不想讓他帶我走。」

「為什麼不想？」

「不喜歡他。」

「可是他人很好，他給了妳那顆彈珠。」

「閉嘴。」

我們兩個人有一陣子都沒有說話。陽光穿過屋外的樹枝，在地毯投下斑駁的光影。

她的頭髮讓我的腳趾覺得癢。

「那妳又怎麼離開？」她問。

「只是可能，可能我自己離開。」我說。

「妳不能，妳是小孩子。」她說。

「我想做什麼就做什麼。」我說。

皮特在樓下開始哭鬧，琳達爸爸就開始唱歌給他聽，我知道那首歌是亂編的，因為裡面有皮特的名字。琳達爸爸總是亂編歌，把琳達和皮特的名字編進去，有時我在，他也把我的名字編進去。我喜歡他這樣做。

「妳新交的最好的朋友可能沒有我好。」我說。

「不知道，可能更好。」琳達說。

「妳會想念我嗎？」

「不會，可能不會。」

「但也可能不會。」

「會。」

「妳會給我寫信嗎？」

「我很不會寫字。」

「嗯，但如果我寫信給妳，妳會讀嗎？」

「也許吧，如果信不太長的話。」

「我不會寫得太長。」

「那好，我會讀。」

我的臉頰還是貼著她的腳，我把頭轉向一邊，嘴唇碰到她大腳趾底的圓骨頭，我親了一下。她咯咯發笑。

「幹什麼親我的腳？」

我坐起身來。我的肚子已經不再嘶嘶起泡，也沒有雪酪冰或熔岩或電流的感覺，只剩一個空洞的空間，好像有人把手伸進我的肚子，將我曾擁有的一切都掏了出來。

「走吧，琳達。」我說：「我們去外面吧。」

▎

從外面看，藍屋子和我帶露絲走去時一模一樣。我們走進小巷，琳達蹦蹦跳跳，嘰嘰喳喳，但我什麼也沒說。我不停回頭看漂亮女人是不是追來了。我知道，過不了多久，她會開始懷疑露絲在哪裡，過不了多久，她會知道她不在兒童遊戲場上，過不了多久，每個人都來找她了。想到這些，我覺得很累。

我先走上搖搖欲墜的樓梯。露絲躺在我丟下她的地方，裙子捲到了內褲的高度，橘色頭髮亂蓬蓬，散在頭部的四周。我走近時看到螞蟻包圍了從她嘴裡掉出來的棒棒糖，有隻螞蟻沿著她嘴角流出的黏呼呼的口水往臉頰爬。我在她身邊蹲下，抓起那隻螞蟻，夾在食指和拇指中間捏扁。

「她睡著了嗎？」琳達問，蹲到她的另一側。

「沒有。」我說。

「她身體不舒服嗎？」

「沒有。」我不想再聽她猜了，就說：「她死了。」

「怎麼死的？」

「我弄的。」

「不可能。」

「是我弄的。」

她站起來往後退，最後撞上了牆。我的腿蹲到發麻了，所以我撲通坐到地板上，把下巴靠在膝上。我的喉嚨痛得要命，我不記得以前有過這種感覺，我想我一定是得了扁桃腺炎。琳達從牆上滑下來，就像一團炒蛋從盤子上滑下來一樣，她坐在那裡，膝蓋也靠著胸口，於是我們就像彼此的鏡子。露絲躺在我們中間，比活著的時候瘦小許多。

「拜託，不要弄死我。」琳達說。

「我不會弄死妳。」我說。

「妳弄死了史蒂文嗎？」她問。「這就是妳寫那個的原因嗎？」她看著我頭後方的牆，我不用轉身，那幾個字貼在我的眼瞼後面，每一次眨眼都能看到。

我在這裡，我在這裡，我在這裡。你不會忘記我的。

史蒂文也黏在我的眼瞼後面。我眨眼時，我睡覺時，他都在，他的膝蓋頂著我的肚子，我的雙手握著他的喉嚨。我從他的身體榨出了他的生命，直到他躺在我的下方，像一管空了的牙膏，直到他沉沉地死去，我知道他好幾天都不會活著回來。然後，我把他的小身體放在地板中央，找琳達去倒立牆。我在她身邊上下顛倒。然後，唐娜媽媽晃著乳房跑了過去，哭聲劃破了平靜，我假裝和其他人一樣驚訝有個小男孩死在藍屋子。

「嗯。」我說：「我弄死了他。」我無數次想像過說出這句話，在我的腦海裡，這句話總是聽起來閃閃發光，真正大聲說出來後，聽起來卻晦暗無光。琳達沒有說我不再是她最好的朋友，也沒有說我不能去參加她的生日聚會。她說了另一句話，每一次我做了她不喜歡的事她都說的那句話。

「我要去告訴我媽媽。」

她盯著我，慢慢地慢慢地站起來，好像覺得如果動作太快，我會撲上前去，把手放在她的脖子。我還是坐著沒動，我太累了，弄死不了人。我太累了，什麼都做不了。

「好。」我說。她一隻手臂像蛇一樣繞到背上，懷特老師在學校要她看時鐘時，她也是這個動作，她害怕或不知如何是好時就會做出這個動作。她站著不動。

「妳為什麼？」她問。

「我什麼為什麼？」

「弄死他們。」

我的臉龐逐漸緊繃，我把手放在臉頰上，不讓她看到我的臉頰變紅了。

「只是意外。」我低聲說。

「妳不可能意外弄死了人。」她說。

「我以為他們會回來。」我低聲說。

「人死了不會回來。」她說。

「我就是想。」我說。

「但為什麼？」

「因為不公平。」

「什麼不公平？」

「每一件事都不公平。」我說。如果你有一個會做司康的媽媽，一個把你的名字編進歌裡的爸爸，你不會理解什麼是公平和不公平。

「妳為什麼要我來？」她問。

「就是想要妳來。」我說。

「可是我現在要去告訴我媽媽，大家都會知道是妳做的。」她說。

「嗯。」我說。

「妳想讓大家知道是妳嗎？」她問。

「以前想。」我說。

「妳現在想嗎？」她問。

「我現在就是很累了。」我說。

這不是真的。我的感覺不是累，不只是累。我的感覺像上次我們玩捉迷藏，我溜進教堂，躲在聖壇下面。我把身子蜷縮成小小一團，聽著心臟在胸膛裡撲通撲通地跳，聞到了讚美詩集和陳年的呵欠味。唐娜當鬼，我等著她來找我。她找得越久，我就越興奮，因為我越來越相信我贏了。我等到膝蓋都麻了，我等到背部都僵了，我等到教堂的寒意滲入了骨頭，渾身僵硬痠痛。躲藏，是孤獨的。

最後，我從聖壇底爬出來，回到街上。我發現琳達在停車場旁的灌木叢裡偷窺，她一見到我就笑了。

「抓到妳了！」她說。

「唐娜才是鬼。」我說。

「她覺得很無聊，回家吃午餐去了。」她說：「大家都回去了。」

「妳為什麼沒回去？」我問。
她露出困惑的表情。「我們還沒找到妳。」她說。
「妳可以放棄。」我說：「其他人都放棄了。」
「我不想放棄。」她說：「我想找到妳。」
「為什麼？」
「這就是遊戲的目的。」
「但是妳可以放棄這一局，沒有我，你們也可以玩別局，妳為什麼要找我？」
「不知道，妳是我最好的朋友，我喜歡妳。」
我抱住她。她比我高，所以我的臉貼在她的鎖骨上。我緊緊地抱著她，感覺我們會變成一個女孩。緊緊抱著，緊緊抱著，把她吸到身體裡，心裡想：「我最喜歡妳，我最喜歡妳，我最喜歡妳。」
那就是我弄死露絲後的感覺──不像弄死史蒂文後那麼強烈，那麼耀眼，反而像是蜷縮在聖壇下，那樣冰冷，那樣麻木。不再有趣了。我不想再躲了，我只想要琳達。
「妳會去坐牢。」她說。這一次，她看起來不像是要擁抱我，也不像是要告訴我她喜歡我。
「嗯。」我說。
「也許會關一輩子。」她說。
「嗯。」我說。
「妳不會想念妳媽媽嗎？」她問。

「不會。」我說。

她向旁邊挪了一步，離樓梯更近，但她沒有走下去。她的手還在背後，抓著一根辮子的尾巴。她拉扯辮子時，頭向後仰，脖子上的皮膚就繃得緊緊的，我看到了表皮下的血管，也幾乎能看到血液在血管中流動。

「我必須再交一個最好的朋友。」她說。

「是唐娜嗎？」我問。

她聳聳肩。「也許吧，唐娜或是貝蒂。」

「唐娜有自行車。」

「那就唐娜吧。」

我喉頭的痛擴散到胸口，我感覺自己被打開，就像一本書的書脊裂開。然後，我哭了。我知道為什麼我從來沒有喉嚨痛的感覺，因為那是哭才會有的痛，而我從來都不哭的。

「妳哭了。」琳達說。「妳從來不哭的。」

我沒有哭出聲音。我讓眼淚從臉頰落下，滴在洋裝的胸襟，淚水濡濕一小塊一小塊的衣服。我與蘇珊在倒立牆前喝牛奶時，蘇珊就是這麼哭的，沒有聲音，一動也不動。那時，我一點也不明白，這好像是一種很奇怪的哭法。現在我明白了，當你累到了骨子裡，當你心中除了哭之外沒有足夠的力氣做其他事，你就會這麼哭的。

「妳是不是因為我要再交一個最好的朋友所以難過？」琳達問。那也是原因之一吧，但我不想讓她知道，所以我搖了搖頭。當她明白我不會停止哭泣時，她朝樓梯又走了一步。「我要回家了。」她說：「我要把妳做的事告訴我媽媽。」

「等一下。」我說。我拉起裙子，擦了擦臉，然後伸進口袋，掏出爸爸給的彈珠朝她推過去。彈珠滾過地板，陽光照得它閃閃發光。全世界的顏色。

「妳要給我？」她一面問，一面撿起來。

「嗯。」我說。

「可這是妳的彈珠，妳爸爸給妳的，是妳最好的東西。」

「我想給妳。」

「為什麼？」

我想讓妳記住我，我想讓妳記住做過我最好的朋友。我想讓妳記住，妳必須喜歡我，喜歡我是妳的責任，因為妳是全世界唯一喜歡我的人。

「就是想給妳。」我說。

「好吧。」說著她把彈珠丟進口袋。她沿著房間邊緣移動，與我保持最遠的距離，眼睛仍然盯著我的眼睛。走到樓梯口，她停下腳步，搖搖晃晃站在那裡。她舉起手，輕輕揮了揮手指，我也向她揮了揮手。然後，她小心翼翼走下樓梯，不見了。我聽到她的鞋子走過樓下房間的玻璃和汙垢，嘎吱嘎吱，聽見她跑到街上，啪嗒啪嗒。她坐在角落時，我注意到她一邊的鞋帶鬆了，她自己沒辦法重綁。希望她不要絆倒了。

琳達走了，露絲死了，樓上房間靜悄悄的。我所有不同種類的嘶嘶起泡都消失了：像雪酪冰的，像熔岩的，像把我的內心舀出來的，統統消失了。我反而覺得渾身是碎玻璃，我想也許這就是為什麼媽媽如果難得碰了我一下，反應會像被鋒利的東西割了一樣，因為她看到了爸爸和琳達沒看到的：我是一個碎玻璃女孩，我要傷害他人才能做我自己。我嘴裡有一股噁心的酸味，我用舌頭舔牙齒，想消除那味道。舔到那顆蛀牙時，我用力地推，吧唧一聲，那顆牙從牙齦脫落了，好痛。我把牙齒吐到掌心上，它是棕色的，好像一捏就會碎，沒有了它，我的嘴有空虛感。不知道我所有的劣性是不是就在這顆蛀牙，這是不是就是我一直很壞的原因，現在它掉了，我是不是可能會變好。希望如此。我因為太壞了，開始覺得孤單。我把牙齒往衣服上擦了擦，扳開露絲的手，把牙齒塞進去。她的手指已經開始變冷了。

射入房間的光線依然刺眼，藍，依然明亮得讓我的眼睛發痛。光打在土虱閃亮的背部，反彈出閃爍的火花。太陽慢慢爬到了洞中央，直射在露絲的身上。我看著她僵硬地躺在太陽照亮的光圈中，好像一個洋娃娃。我的手累了，我的眼累了，我的心累了。露絲再也不會回來。我挪著屁股往前移動，在她的旁邊躺下來，平躺著不出聲。我想要媽媽，我想把頭靠在她的胸口，像在醫院時那樣，讓她的手貼著我的臉頰，皮膚感覺到她的掌紋。我不知道為什麼，我就是想要。我想也許是因為我有點害怕，害怕的感覺很恐怖。我用手指握住露絲的手指，舌頭伸到掉了蛀牙的地方，等待尖銳的警笛聲，等待警察把我送到監獄關上一輩子。在天空的破洞下，我和露絲躺著，一起等待。

茱莉亞

車站沒有藍燈，沒有警鈴，外面也沒有停著警車。只有一個老人坐在嘟嘟咖啡館的桌子旁，讀報喝茶。

我們走到街上，我環顧四周，沒有人等著撲上來。我知道我應該高興——我應該從莫莉的胳肢窩把她抱起來旋轉——但我感到一種冰冷的恐懼。在我的腦海裡，警察想把我塞進車裡，把莫莉塞到另一輛，把我送進監獄，把她送到新父母那裡。我會變得空虛、破碎，我會鬆了一口氣，因為我不再有責任了，將有真正的成年人照顧莫莉，將有監獄照顧我。卸下了照顧兩個完整的人的負擔，感覺會像脫下一件鉛製緊身衣。

「走吧。」莫莉說。她拉著我走向大街，大海在遠方隱約可見，遊樂場的繽紛後方是灰色。

「妳想去那裡嗎？」我問。

「遊樂場？」她說。

「對。」我說。

她拍了拍手，踮著腳跳了幾下。「要！我要玩迴旋滑梯！」

遊樂場操作員見到有客人來了，似乎都吃了一驚，他們看著莫莉，好像看到了海市蜃樓。她跳上碰碰車軌道，撞得整個結構晃了起來，他們這才回過神來。她一溜煙跑去迴旋滑梯，招手要我過去付錢，我遞了一枚五十便士硬幣，迴旋滑梯管理員搖了搖頭。

「她太小，不能自己玩。」他說：「妳必須陪她，兩個人是一鎊，可以溜三趟。」

莫莉把手掌平放在我的胸口，輕輕拍了拍。「玩嘛，來玩嘛。」她說：「妳一定會喜歡的，真的很好玩。」我又給了那人一枚硬幣，他給我一張蓆子。莫莉爬上彎彎曲曲的臺階，一下子不見人影。梯子是金屬格網搭成的，可以看見梯子下方的情景，我覺得不大舒服。我爬上去後，麻紗編蓆已經刮破了我的腳踝。莫莉等在那裡，一蹦一跳，扭著身體，像是快要尿褲子。我讓她教我怎麼把腳套朝上放下墊子，怎麼坐，怎麼放腳。

「現在妳要等一下。」她嚴厲地說：「還不能推哦，因為我也要坐好，所以先別動，好嗎？」

她鑽到我兩腿間，向後推我的胸部。她很溫暖，很有生命力，有血、有皮膚、有神經，和我在她的X光片上看到的不同，在X光片上，骨頭周圍只有一片黑。

「等一下，妳屁股得往前扭，我們才會往下滑。」她說。她非常興奮，每講幾個字就得停下來喘口氣。「滑得很快，但妳不要害怕，我知道怎麼做，我會照顧妳。」

她把手放在我旁邊的繩把手上，喊道：「出發囉！」然後，我們朝著地面一圈一圈滑下去，身體紅了，臉頰上有鹽粒，沒有空間去思考、尖叫或哭泣。

我們溜了九趟迴旋滑梯，然後迴旋滑梯皇帝又送我們三趟，「既然她那麼喜歡」。我從莫莉的外套後面拉住她，她才沒有去親那個人。我真想打他，遊樂場彌漫著洋蔥和汽油的味道，我已經噁心想吐，臉色發青。

即便是莫莉，溜十二趟滑梯也夠了。我把僅剩的一英鎊硬幣給她，她拿去「有玩就有獎」攤位玩遊戲，還買了一根粉紅色棉花糖。我們帶著她的「有玩就有獎」的獎品（一個不確定品種的藍色絨毛動物）和棉花糖到海灘，我們找了地方坐下，潮濕的沙濕了我們的屁股。下方的潮濕，呼呼的海潮聲，給我一種一切都是液態的感覺。

「我要拿這個玩具去學校說故事。」莫莉說。她的嘴邊黏了一圈的棉花糖。

「是嗎？」我說。

「對。」她說：「我其實不想要另外那個地方的東西，我其實想要這裡的東西，我比較喜歡這裡。」

「好。」我說。玩具醜死了，不過我喜歡這麼想：它擺在她新家的枕頭上，這又是一種延後她忘記我的時間的方法。

「我們現在可以回家了嗎？」她問。

「還不能。」我說。

「我們要去哪裡？」

「我們必須去莎夏那裡。」

她嘆了口氣，用袖子擦擦嘴，外套的纖維黏在嘴唇上。我想，在那個時刻，世界上大概沒有哪個孩子像莫莉這麼黏，也沒有哪個人能像她讓我無法忘懷地想要黏著她。

我站起來，伸出一隻手，她看著我的手，看了很久很久。「走吧。」我說。我把手指伸得更寬。「我們走吧。」

兒童福利服務中心的接待員有著棕色的頭髮，棕色的眼睛，穿著棕色的高領毛衣。看起來像一團泥。我們走過去，她立刻拿起電話，轉動椅子背向辦公桌。我聽到她說：「對對，剛進來。」她回頭看我們時，臉頰通紅，眼鏡底有霧氣。我猜，在她找到與她的髮色和眼睛顏色完全相同的毛衣後，這是最讓她興奮的一件事。

我說：「我們要找莎夏。」我努力不讓聲音顫抖，泥巴團尖聲說什麼要我們先坐下。在燈光敞亮的大廳，莫莉似乎黏到讓人無法忍受的地步，所以我帶她去廁所洗手洗臉。

我擦著她的臉，她說：「我好餓。」

「妳才吃過棉花糖。」我說。

「那又不是食物。」她說：「只是棉花糖。」

「唉，我現在沒有東西可以給妳吃。」我說：「妳要等等。」

「這樣不好。」她說。

「我知道。」我說：「抱歉。」

「好吧，我原諒妳。」她說。

我們回到接待處才坐下，莎夏就推著旋轉門進來了，名牌掛繩輕輕拍著她開襟羊毛衫的鈕釦。她綁了一個馬尾，頭髮以奇怪的角度翹起，一半散在馬尾外。

「茱莉亞。」她說：「真高興妳來了。」她碰了碰我的手臂，然後蹲下身子，這樣跟我說話才不會讓莫莉聽見。結果，莫莉幫了個大忙，她走過來站在我的面前，確保她都能聽到。莎夏一副很想揍她的樣子。

「茱莉亞，我看我們最好讓莫莉去親子室，然後我們聊聊，這樣可以嗎？我會請一個同事坐在那裡陪她。」我點點頭。我不想哭，但感覺眼淚來了，就在我的喉嚨上方。莎夏站起來，碰了碰莫莉的手臂。「來，莫莉。伊迪在等妳，妳見過伊迪嗎？我想她有一個拼圖需要妳的幫助，也許還有一塊餅乾也要請妳幫忙吃掉。」

我跟在她們後面，覺得自己是多餘的。莎夏停在一扇門前，敲了敲，把門推開。「進去吧，莫莉。」她說：「我和妳媽媽在另一個房間聊天，如果妳有什麼事，伊迪會來叫我們。」

「等一下。」我說。她們兩人都看著我，我很同情莎夏，她想說一些不讓莫莉聽到的話，而莫莉就是在場，而且很想聽。「我還會再見到她嗎？」我問。

「見到誰？」莫莉問。

「沒事。」我說。

莎夏碰了碰我的手臂。我很好奇，她每天共用多少時間來碰別人的手臂。「當然會。」她說：「不是那樣，我們只是——就讓伊迪陪著她，好嗎？我們去聊一聊，妳當然會再見到她。」我點點頭。我知道我無法再忍住眼淚了，但我不想讓莫莉看到。「莫莉，進去吧。」莎夏說：「我覺得那些好像是巧克力餅乾哦，我們一會兒見。」

她關上門，沿著走廊繼續走，上了樓，來到一個大房間，房間中間擺了一套桌椅。

我坐到椅子上，莎夏先坐在我的對面，接著改變心意，換到了桌首，於是我們的膝蓋幾乎要碰到了。她嘟囔著說很冷，起身走到一個移動式暖氣機前蹲了一會兒。咔嗒一聲，暖氣機開始唧唧作響，也開始往我的腿送出暖風。房間沒有那麼冷，她在拖延時間。

「好。」她重新入座後說：「好，是這樣的，警察知道妳在這裡，妳的觀護人，她也會過來和妳談談，我想她會帶一個同事來。」

「好。」

「妳帶走莫莉，我們勢必要通知他們，因為莫莉有保護令，出了這種事，我們就得通知他們。」

「好。」

有一會兒，我們誰也沒有說話。接著，莎夏冷不防往椅子一靠，雙手一攤。

「他媽的，茱莉亞。」她說：「為什麼？」

我沒聽過社工講髒話，我還以為他們是不可以講髒話的。我手中的衛生紙被鼻涕弄濕了，我扯著扯著，就把衛生紙撕開了。「妳要帶走她。」我說。

「什麼？」

「妳要帶走她。會面，妳要帶走她。」

「妳是說我們昨天約好的會面？」

「對。」

「妳以為我跟妳會面是要告訴妳我們想把莫莉從妳身邊帶走？」

「對。」

「但是為什麼呢？我們為什麼要這麼做？」

「她的手腕，這還用說。」

我看得出莎夏又想罵髒話了，不過她用手指捂住嘴，然後把手指移到頭髮上，開始梳理頭髮。我想她可能整天都這樣做，這可能就是這麼多頭髮從馬尾散落的原因。

「好，我懂了。」她說。她慎重地吸了一口氣。「對，我想和妳簡單談談這個意外，我們必須做後續觀察，這是莫莉接受保護令的意義，但我主要是想確認一下妳沒有因為這件事太難過，因為我們都明白情況就是如此，就是一個意外。」

「哦。」我說。

「我要澄清一點，我們從來沒有討論要把莫莉送去教養院，永遠不會，我們認識妳這麼久了，我們不會這麼做。如果兒童正在接受社會服務，所有就醫紀錄都要通報，這是標準做法。但如果我們把每個骨折的孩子都送去教養院，那麼沒有幾個家庭能夠保持完整。」

「我跟其他的家庭不同。」我說。

「妳是說其他家庭沒有妳的過去？」

「對。」

她伏在桌上。她低著頭，我看到了她烏黑的髮根，不知道她幾歲了，我一直認為她是一個真正的成年人，與我不同類，但是聽到她罵髒話，想像她靠在浴缸上漂白頭髮，讓我覺得她可能根本沒有那麼老。我是一個成年人——我在琳達的落地窗上看到過——莎夏和我可能是同齡人，也許她也厭倦了被人管著。她問：「妳去了哪裡？」她頭一轉，靠在一隻手上，眼睛看著我。「妳到哪裡去了？」

「我們只是去走一走，我們見了一個朋友。莫莉很安全，她沒有任何危險。」

「好。」她說：「嗯，那不錯。」她坐回到椅子上。「想不想知道我本來昨天見面時要說什麼嗎？等我確認莫莉的手腕在恢復中？我想說妳最近的表現讓我很感動，我去家訪時，莫莉總是很高興的樣子，她的需求似乎永遠都獲得了滿足。很明顯，在做她的母親這件事上，妳做了很多的努力，我認為這些努力確實得到了回報。我想告訴妳，我開始考慮盡快減少我的介入，因為我認為妳可以自己處理。」

眼淚來了。不是貓嚎似哭泣，而是滲水般的無聲的淚。我感覺像是一本書脊裂開的書。

莫莉出生以來，我就一直告訴自己一個故事：詭計多端的社工潛伏在暗處，伺機要把她從我無用的手中奪走。莎夏說得像是還有另一個故事，一個有好人也有壞人的故事，在這個故事中，即使你曾經是最壞的壞人，也是可以變成好人。我不知道這個故事存在，我因為害怕而迷失，害怕有一個喵喵叫的小傢伙，在她小小的生命中，一切都要依賴我，害怕不得不用結束了另外兩個小小的生命的手來抱著她。我忘記了我的自由是一個禮物，不是一個判決，於是把所有精力放在為我們打造一座新監獄上。

我問媽的時候，媽媽說她想要年輕，眼前有一個嶄新的生活。她沒有吐露這句話的真正涵義：她想成為我。被賦予了新生命的那個人是我，我不知道這是對還是錯，發生在我身上的事並非我自己決定，所以我沒有責任去判斷它的對錯。但是，即使是錯的——一個滑稽、可惡、可能作出的最錯誤的決定——我就算浪費這個新生活，也不能把錯誤的變成正確的，不能替史蒂文和露絲伸張正義，對我和莫莉，也沒有好處。

我把頭枕在手臂上。莎夏就在身邊，像暖爐溫暖我的腿一樣，她溫暖著我的身側。我想起我曾經信誓旦旦她打電話向記者出賣我，這個執念似乎很不可能，很遙遠，像發燒時作的夢。我緊閉上眼，不去看她那張親切的臉龐。

「我告訴妳這些，不是要讓妳難過。」她輕聲說：「我認為妳想知道我的感動。」

「我會去坐牢嗎？」我問道。

「不會。」她說：「妳的觀護人快到了，不過她來只是要確認妳沒事，也許會念妳幾句，叫妳別再讓大家操心。我昨天本來想在見面時說的那些話——那些話仍然有效，妳不該逃走，但妳知道的，這沒有改變事情，幾乎沒有改變。就我所知，妳仍然是三天前的那個媽媽。」

「我好嗎？」

「好？」

「妳認為我是一個好媽媽嗎？」

「絕對是，我認為妳絕對是。」

我坐起來，把頭左右搖晃，脖子很僵硬，我感覺到它咔咔作響。「現在呢？」我問。

「嗯，我想警察那邊的人很快會到了，妳可以在這裡等他們，或者去親子室陪莫莉。妳和他們談話時，我會和我的小組長談一談。」

「關於我們之後？」

「對。」

「好，我想和莫莉一起等，我們現在可以下去了嗎？」

「當然，我們走之前，妳還有什麼想問的？或者想告訴我的？」

我把衛生紙揉成一顆黏糊糊的球。我累到不能再累，但不再因為要被免除對於兩個人的責任而絕望。我不知道怎麼做到的，也許那份絕望感倉卒離開了我，我又回到前一日早上在公寓裡醒來的那個女人——她睡在莫莉的身旁，聽著牆內管道滴答滴答、嘎吱嘎吱。我睜開眼睛，看了看窗下的暖氣片，窗簾隨著上升的空氣飄動，房間好暖和，有著地毯和滾水的柔和氣味，在我的喉嚨後面有一個像是自豪的泡泡。

「我們有電可以開燈看電視。」我心想。「我們的櫃子裡有早餐麥片，冰箱裡有牛奶，我們有衣服，不必要被人家洗好燙過裝在塑膠袋送給我們。在我的人生中，我很多事都做得很差，但做這個小女孩的母親，我做得很好。」我好想好想永遠留在那一刻，窩在女兒身後，看著暖氣片冒著熱氣。

如果我能夠說出這些話，我會告訴莎夏我好愛莫莉。「我愛她，因為她在我體內長大，因為她陪伴我，救了我的命。還有，因為她一出來就喜歡我。」我會這麼說。「她讓我不必再當克莉絲、露西或茱莉亞，而是讓我當媽媽。她是我的朋友，我的女兒，我有趣頑固的忠實夥伴。我愛她，連她骨頭周圍的黑暗空間也愛，我想留住她，讓她和我在一起，在我的衣服上聞到她。我想耶誕節時在她的髮上繫上有金屬絲的緞帶，在她六歲生日時在門上貼上新的身高記號，今晚睡覺前溜到她身邊和她一起躺在床上。我想繼續做她的世界。」

我說不出來，說了我會太過赤裸。

「沒有。」我說：「我想我就是——妳知道的，我就是想繼續當她的媽媽。」
「我知道。」莎夏說：「我都知道。」

莫莉

媽媽和警察談完後把我帶到院子，伊迪和我們一起出來，但她只是坐在門邊的長凳上，所以好像是我和媽媽單獨在一起。我問媽媽警察想和她說什麼，媽媽說他們只是想確認我們兩個都沒事，我不相信媽媽，不過我沒說。媽媽的臉是粉紅色，有點像是哭過，但媽媽從來不哭的，所以我想可能是別的什麼問題，比如可能被蜜蜂叮了。

院子的攀爬架其實是給小寶寶玩的，不過我還是爬上去。我溜了三次溜滑梯，媽媽還推我盪鞦韆。

溜了溜滑梯，玩過鞦韆後，我發現其實沒別的好玩了。媽媽說：「對妳來說太幼稚了，是不是？」

「有一點。」我說：「我們明天能不能去大的兒童遊戲場？」

「嗯嗯。」媽媽說。媽媽想讓我不要再說什麼時，她就會「嗯嗯」。

攀爬架周圍的草地長著雛菊，跟媽媽說不是我們的教堂那邊的雛菊一樣。媽媽跪下來摘花，我也跟著摘。媽媽好厲害，可以把花連成長長的一串，我沒辦法，我會把莖從頭到尾都拉開。所以媽媽要我負責摘花，我讓媽媽負責串花，我們合作得很好。媽媽給我做了一條項鍊，一個皇冠，還有兩個手鐲。我想讓媽媽也有一樣東西，至少是皇冠或項鍊，但是媽媽說她什麼都不要。我的牙齒還是感覺怪怪的，這個奇怪的感覺已經很久了，有好幾週好幾週了，我不再跟媽媽說，因為每次我說牙齒怪怪的，媽媽就只會「嗯嗯」。我用舌尖來回推動牙齒，突然牙齒不在牙齦裡了，牙齒跑到嘴裡了。我把牙齒吐到手上。

「那是什麼？」媽媽問。

「我的牙齒。」我說。

「怎麼了？」媽媽問。

「掉下來了。」我說。

媽媽托起我的下巴，檢查牙齒原本的位置，下面的門牙多了一個洞，我看不見，但感覺得到那個洞，冷冷的，說話很像吹口哨。媽媽從口袋拿出一張衛生紙塞到我的嘴裡，媽媽把衛生紙拿出來時，上面有一小點紅紅的。

「痛不痛？」媽媽問。

「不痛。」我說，因為真的不痛。「就是掉下來，看。」

我把牙齒放到媽媽的手上，白白的，形狀像一隻小小的蛙鞋。

「為什麼會掉？」我問。

「應該就是時候到了。」媽媽說：「身體準備好了。」

「全部都會掉嗎？」我問。

「對，最後都會掉。」

「那我就沒牙齒了？」

「會長出新的牙齒，更大顆。」

「什麼時候？」

「過一段時間，讓我看看。」媽媽又托住我的下巴，看著我掉了牙的洞。「新的已經長出來了，我看到了，下面有一小點白白的。」

「我可以看看嗎？」

「下次去廁所時可以照鏡子。」

「我們能去這裡的廁所嗎？」

「現在不行。」

我好想好想去看，但是我不希望讓媽媽不開心。媽媽仔仔細細檢查我的牙齒，把它翻來翻去，用手指去壓尖尖的地方。

「可以給我嗎？」我問。

「嗯，對不起。」媽媽說。媽媽把牙齒放回我的手中，用我的手指把它包起來，然後她的手包住我的拳頭。「這是一顆很棒的牙齒。」媽媽說：「妳做得很棒。」

外面很冷，媽媽看到我的手臂有雞皮疙瘩，就把她的羊毛衫讓我穿。袖子垂下來比我的手臂還要長，但是我們把袖子捲起來。我以為伊迪會讓我們進去，但她的頭朝著天空仰著，眼睛閉著，所以我想她不會要我們做什麼，因為她根本就睡著了。

「我們什麼時候回家？」我問媽媽。

「我不確定。」媽媽說。

「晚餐吃什麼？」我問。

「我不確定。」媽媽說。媽媽聽起來有點要哭要哭的樣子，所以我就沒再問她問題了。我握緊拳頭，握到了牙齒尖尖的地方，牙齒好像在咬我。

「莫莉？」媽媽說。
「嗯。」我說。
「妳知道妳什麼時候要睡覺嗎？」媽媽說。
「知道。」我說。
「妳知道嗎？我還會想著妳的事情，在妳睡著、我醒著的時候。如果妳有爸爸，我會跟他討論妳的事。只有我一個人，但我還是會想著妳的事情，想想怎樣做對妳最好。」
「好的。」我說。我覺得媽媽說的話好奇怪。
「不會改變的。」媽媽說。
「什麼不會改變？」
「我會想著妳的事情。」
「什麼時候不改變？」
「就是不會改變，永遠不會，不管發生什麼事。」
「會發生什麼事嗎？」
「不管發生什麼事，妳都是我的莫莉，永遠都是。」
我其實很喜歡媽媽說那些話，但那不是媽媽平常會說的話，所以我不知道我應該回答什麼，媽媽看起來很希望我對她說什麼，所以最後我說：「妳是我媽媽。」
媽媽把我拉到她的兩腿中間，兩隻手抱住我的腰。我伸長手臂摟住媽媽的脖子，這樣會痛，因為手臂不應該這樣彎曲，但是我不介意。媽媽把下巴壓在我的肩上，媽媽身上有洗衣粉和雨的味道。我們這樣抱了很久很久。過了一會兒，手臂太瘦了，我只好放下來，但是我把手臂放在媽媽的手臂上，所以好像我們都在擁抱我一樣。媽媽繼續把下巴靠在我的肩膀上，低聲說了幾句話，我聽不清楚，因為媽媽的頭緊緊靠著我的耳朵，所以我只好自己決定媽媽說了什麼。我認為媽媽主要是在說「我愛妳，莫莉」。

當我又朝屋子看過去時，發現長凳上方的窗戶裡有一張臉。

「媽媽。」我說：「莎夏。」

媽媽抬起頭，她的身體緊貼著我的背。莎夏走出屋子，摸摸伊迪的肩膀把她叫醒，伊迪就進屋裡去了。莎夏把毛衣袖子拉下來蓋住手，雙臂交叉在胸前向我們走來。

「有點冷，是不是？」她說。

「我把我的毛衣給她了。」媽媽說。我打了個呵欠，莎夏蹲下來拍拍我的腿。

「今天對妳來說很漫長，是不是？」她說：「對不起，我們讓妳等了這麼久，我們現在好了。」

我聽到頭上有沙沙的聲音，媽媽在磨牙。

「妳明天有空再來一趟嗎？」莎夏問她。「等莫莉去學校以後？」

「為什麼？」媽媽問。

「有幾件事要談談，我們想出幾個其他的辦法來支援妳，最好在我們都比較清醒的時候再談。妳想古普塔先生能讓妳休息一個小時嗎？」

「妳是不是要……」

媽媽沒有把話說完。「要什麼？」我問。

「沒事。」媽媽說。

「沒有。」莎夏說：「我們不會那麼做。好了，莫莉，時間到了，媽媽要帶妳回家了，嗯？」

我還是好想知道媽媽在「妳是不是要」之後想說什麼，但是我太累了，沒辦法找出答案。我和莎夏站起來，媽媽卻還是坐在地上，一動也不動，保持著我坐在她兩腿之間時的姿勢，沒有我，媽媽看起來空空的。我怕媽媽需要幫助站起來，所以伸出了手。媽媽沒有握住我的手，媽媽盯著莎夏。

「我們要回去了？」媽媽說：「我們兩個？」

「對。」莎夏說。

「真的？」媽媽說。

「真的。」莎夏說。

媽媽沒有扶我的手，她自己慢慢站起來。媽媽搖搖晃晃，好像要倒下一樣，莎夏扶住她的兩個手肘，她們用眼神交談了一會兒，然後莎夏進去了。我看到她停在通往接待處的門口等我們。媽媽牽起我的手，緊緊地握好。

「來，莫莉。」媽媽說：「我們回家吧。」

謝辭

我常常說，寫書讓我最喜歡的事情是，能與這麼多有才華又有趣的人合作。能夠再度擁有這樣的經歷，我非常高興，也非常榮幸。

沒有我出色的經紀人Hattie Grünewald，我會迷失方向（情感上、實際上、職涯上），感謝你以機智和技巧處理故障／男孩麻煩／可怕的早期草稿；感謝你在我寫作生涯中最激動的時期讓我保持清醒；感謝你是夢之隊中的神隊友。也感謝The Blair Partnership公司團隊的其他成員：Georgie Mellor、Mirette El Rafie、Jessica Maslen和Luke Barnard負責國外版權銷售，Ompreet Cheema讓一切維持正常運轉，Rory Scarfe提供了智慧和專業知識。在美國，感謝Catherine Drayton熱情接受我和我的作品，並在創紀錄的時間內搞定了契約。

在讓這本書一點一滴成形的過程中，我有幸與三位令人振奮的編輯共事：Sarah McGrath、Jocasta Hamilton和Selina Walker。我花了幾個星期時間苦苦思索，如何才能充分感謝你們為我——無論是作為一名作家還是一名年輕女性——所做的一切。我想歸結起來就是：謝謝你們照顧我和克莉絲。

同時也要感謝一直以來讀稿後給予指教的其他編輯：Anna Argenio、Delia Taylor和Alison Fairbrother，非常感謝你們犧牲自己的時間，提出如此寶貴的見解。

出版一本書，需要一個村子那麼多的人的努力，我很幸運能與一群出色的女性共事。感謝Hutchinson出版社的Rebecca Ikin、Claire Simmonds和Najma Finlay，感謝Riverhead出版社的Melissa Solis、Caitlin Noonan、Denise Boyd、Amanda Dewey和Anna Jardine。

除了幫我把故事從腦海裡的東西變成我能夠掌握之物的人，還有一群人在背後強力支持著我。

謝謝Arminda、Charlotte、Ellie和文森廣場的其他團隊成員，感謝你們容忍我喜怒無常的情緒、沒完沒了的簡訊和在工作時唱歌的衝動。

感謝Allie、Becci、Carys、Kate、Nimarta、Miranda和Ros，你們是忠誠寬厚的好友隊，在順利時分享我的喜悅，在出錯時幫助我站起來，撣掉我身上的灰塵。

謝謝Sarah，謝謝妳透過WhatsApp提供無盡的諮詢／明智的意見／寶貝的照片。

謝謝媽媽、爸爸、Mattie、奶奶、爺爺和其他家人，謝謝你們幫助我、支持我，讓我在這段飄飄然的經歷中還能腳踏實地。

謝謝Phil，你讓我的生活變得比我想像的更美好、更燦爛；感謝你在我客觀上不可愛的時候依然愛我，你是我的家。

國家圖書館出版品預行編目資料

春天的第一天 / 南西 . 塔克 (Nancy Tucker) 著 ; 呂玉嬋譯 . -- 初版 . -- 臺北市 : 皇冠文化出版有限公司, 2022.02
面 ; 公分 . -- (皇冠叢書 ; 第 5004 種)(Choice ; 349)
譯自 : The First Day of Spring
ISBN 978-957-33-3846-8(平裝)

873.57 110022491

皇冠叢書第 5004 種
CHOICE 349

春天的第一天

The First Day of Spring

First published in the United Kingdom by Hutchinson in 2021

作　　者—南西 · 塔克
譯　　者—呂玉嬋
發 行 人—平雲
出版發行—皇冠文化出版有限公司
台北市敦化北路 120 巷 50 號
電話◎ 02-27168888
郵撥帳號◎ 15261516 號
皇冠出版社 (香港) 有限公司
香港銅鑼灣道 180 號百樂商業中心
19 字樓 1903 室
電話◎ 2529-1778　傳真◎ 2527-0904
總 編 輯—許婷婷
責任編輯—陳怡蓁
行銷企劃—蕭采芹
封面設計—江孟達
內文設計—李偉涵
著作完成日期— 2021 年
初版一刷日期— 2022 年 2 月
法律顧問—王惠光律師

讀者服務傳真專線◎ 02-27150507
電腦編號◎ 375349
ISBN ◎ 978-957-33-3846-8
Printed in Taiwan
本書定價◎新台幣 380 元 / 港幣 127 元